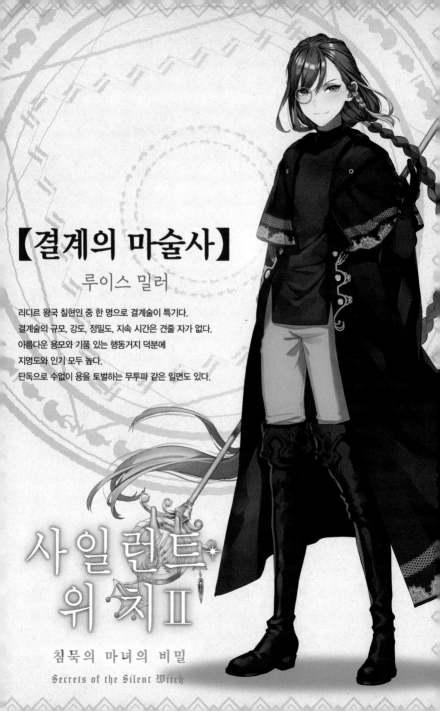

【결계의 마술사】
루이스 밀러

리디르 왕국 칠현인 중 한 명으로 결계술이 특기다.

결계술의 규모, 강도, 정밀도, 지속 시간은 견줄 자가 없다.

아름다운 용모와 기품 있는 행동거지 덕분에

지명도와 인기 모두 높다.

단독으로 수없이 용을 토벌하는 무투파 같은 일면도 있다.

사일런트
위치 II
침묵의 마녀의 비밀
Secrets of the Silent Witch

절망하는 청년과 병사.
그 자리에 있던 누구도 눈치채지 못했다.
청년이 날린 화염구의 그늘에서
한 발의 불화살이 생겨난 것을.

(……지금이야.)

모니카는 무영창으로
원시(遠視) 마술을 발동했다.
지룡, 청년, 그리고 청년이 날린 화염구.
그 세 타이밍이 맞는 순간을
조용히 기다렸다.

모니카는 컵을 양손으로 감싸듯이 들고는
눈썹을 내리면서 헤벌쭉 웃었다.

"……제가 제일 이 자리에
안 어울리네요."

사일런트 위치

II

침묵의 마녀의 비밀

Secrets of the Silent Witch

이소라 마츠리
Illust
후지미 난나

Contents Secrets of the Silent Witch

003 【 프롤로그 】 휴일의 자그마한 도전

038 【 1 장 】 침묵의 마녀, 혹은 실언의 마녀

049 【 2 장 】 공포의 마력량 측정

080 【 3 장 】 꼬리 없는 황소와 쾌활한 영애, 치마 입은 고양이

110 【 4 장 】 휘릭휘릭

128 【 5 장 】 대부분 보석 장인 덕분

162 【 6 장 】 안 어울리는 한 잔

197 【 7 장 】 쓴 홍차가 보여준 꿈

226 【 8 장 】 비장의 주연, 악역 영애의 우렁찬 웃음

256 【 9 장 】 초콜릿의 사정

276 【 10 장 】 행복한 약속

306 【 11 장 】 나의 책무

335 【 에필로그 】 부드러운 벽

357 【 시크릿 에피소드 】 그것은 연심과도 같은

367 지금까지의 등장인물

372 후기

프롤로그 휴일의 자그마한 도전

리디르 왕국 명문교 세렌디아 학원의 기숙사는 티 룸이나 담화실 등을 잘 갖춰서 휴일에도 떠들썩한 소리가 끊이지 않는다.

특히 휴일의 여자 기숙사에서는 교복을 벗고 화사한 드레스를 입은 영애들이 다과회를 열어서 우아하게 담소를 즐긴다.

그렇게 떠들썩한 티 룸 옆으로 발소리를 죽이고 걷는 소녀가 한 명 있다.

연살색 머리를 하나로 땋은 작은 체구의 소녀는 휴일인데도 교복을 입었다.

세렌디아 학원은 교복에 리본이나 프릴 등의 장식을 더해도 상관없고 액세서리 착용도 허락하지만, 소녀의 교복은 원래 형태 그대로다.

액세서리도 하지 않아서 머리를 묶은 리본만이 유일한 장식품이다.

소녀는 스쳐 지나가는 사람과 눈을 마주치지 않게 고개를 수그린 채 살금살금 복도를 걸었다. 그런데 그런 소녀 앞에 화사한 드레스를 입은 영애 셋이 나타나 길을 가로막았다.

"평안하신가요. 모니카 노튼 양."

그 말을 들은 작은 체구의 소녀── 모니카는 어깨를 움찔떨면서 발을 멈췄다.

　그리고 고개를 수그린 채, 앞머리 틈새로 자신을 보내지 않으려는 소녀들을 힐끔힐끔 바라봤다.

　세 사람 모두 모니카와 같은 반이다. 선두에 선 소녀의 이름은 캐럴라인 시몬즈.

　모니카가 갓 편입했을 무렵, 계단에서 굴러떨어진 원인을 제공한 영애다.

　모니카가 '평안하신가요'라는 한마디를 하려고 입을 꾸물꾸물 움직이자, 캐럴라인은 눈을 가늘게 떴다.

　"어머어머 당신. 휴일인데 왜 교복을 입었지?"

　"그, 그, 건…… 저기…….''

　기숙사에서 지내는 여학생은 휴일에는 사복인 드레스를 입기에, 교복 차림인 모니카는 대단히 눈에 띄었다.

　그러나 모니카에게는 최소한의 옷만 있는지라 평소에 입는 후줄근한 로브나 교복, 둘 중 하나밖에 선택지가 없었다.

　모니카가 고개를 수그리고 우물거리자, 캐럴라인의 추종자 소녀들이 키득키득 웃었다.

　"혹시 오늘 수업이 있다고 착각한 거 아니야?"

　"어머, 놀리면 안 돼. 어차피 다른 옷이 없어서 그렇겠지."

　"이런 아이가 학생회 임원으로 선발되다니, 역시 뭔가 착오가 있었던 거야."

　부채 너머로 키득키득 웃음소리가 들리자 모니카는 아무것도 반박하지 못한 채 입술을 깨물었다.

그렇게 묵묵히 고개를 숙이고 있는데, 캐럴라인 일행 뒤에서 의연하고 크게 울리는 목소리가 들렸다.

"어머, 그런 곳에서 뭐 해?"

이쪽으로 걸어오는 건, 빙글빙글 만 오렌지색 머리의 소녀.

소녀의 이름은 이자벨 노튼. 케르벡 백작 영애로, 이 학원에서 모니카의 협력자이기도 하다.

이자벨은 지금 상황을 한눈에 파악한 모양이었다.

"실례하겠어요."

이자벨은 캐럴라인 일행에게 한마디 양해를 구하고는 모니카와 캐럴라인 사이로 들어왔다.

그리고 굉장히 심술궂은 아가씨 같은 표정으로 모니카에게 말했다.

"심부름을 보낸 게 언젠데 아직도 이런 곳에서 꾸물거리고 있어?! 여전히 당나귀보다 굼뜨네!"

모니카가 쭈뼛쭈뼛 이자벨을 바라보자, 이자벨은 캐럴라인 일행에게 등을 돌리고 모니카에게만 보이게 몰래 윙크했다.

"자, 빨리 심부름 갔다 와! 하나라도 잊어버리면 용서하지 않을 테니까!"

"네, 넷!"

모니카는 고개를 끄덕이고는 마음속으로 이자벨에게 감사를 표하면서 도망치듯 그 자리를 떠났다.

그리고 기숙사 바깥으로 나온 모니카는 길고 긴 한숨을 내쉬면서 이마의 땀을 닦았다. 앳된 느낌이 남은 얼굴이 눈에 띄게 피곤해 보였다.

"오우, 모니카. 기숙사 밖으로 나왔을 뿐인데 왜 그렇게 지친 거냐."

어이없다는 듯한 목소리가 발밑에서 들렸다.

모니카가 발밑을 바라보니, 윤기 나는 털을 가진 검은 고양이가 금색 눈을 가늘게 뜨고는 모니카를 올려다보고 있었다.

모니카는 주변에 사람이 없는 걸 확인하고는 그 자리에 쪼그려 앉아서 검은 고양이와 눈을 맞췄다.

"네로…… 휴일에 바깥에 나오니까 왠지 엄청 긴장돼……. 이만 돌아가도 될까?"

"지금부터 쇼핑을 갈 거잖냐! 포장마차에서 이 몸에게 맛있는 걸 사준다는 약속은 어디로 갔어!"

검은 고양이 네로는 쪼그려 앉은 모니카 뒤로 돌아가서, 재촉하듯이 그 엉덩이를 앞발로 툭툭 쳤다.

"오늘은 왕자가 하루 내내 기숙사에 있을 예정이니까 호위인 너도 안심하고 도시에 쇼핑하러 갈 수 있잖아! 오늘을 놓치면 다음 기회는 언제가 될지 모른다고!"

"으으…… 그렇긴 하지마안……."

휴일에 기숙사 밖으로 나오는 것만으로도 숨을 헐떡이는 이 소녀가 바로 제2왕자 호위 임무를 위해 파견된 리디르 왕국 정점에 선 마술사.

칠현인 중 한 명, '침묵의 마녀' 모니카 에버렛.

그리고 앞발로 모니카의 엉덩이를 치는 고양이가 모니카의 사역마인 네로다.

모니카의 호위 임무는 제2왕자나 다른 학생들에게 들켜서는 안 되는 초 극비 임무.

그렇기에 모니카는 세렌디아 학원 여학생 모니카 노튼이 되어 학생 생활을 보내고 있지만……. 모니카는 뼛속부터 낯가림이 심하다.

남들 앞에서는 제대로 말도 못 하기에 말 안 해도 쓸 수 있는 무영창 마술을 습득했고, 칠현인이 되고 나서는 산속 오두막에 틀어박혀서 연구 삼매경에 빠졌다.

그런 모니카에게 휴일 쇼핑이란 용 무리를 향해 돌격하는 것보다 훨씬 곤란했다.

"역시 방으로 돌아가고 싶어……." 하고 모니카가 투덜투덜 중얼거리자, 네로가 어이없다는 눈빛으로 바라봤다.

"너 평소에는 제대로 기숙사를 나와서 교실까지 걸어가잖아."

"휴, 휴일은 달라! 그게, 평소보다 기숙사 복도에 사람이 많고, 나만 교복 차림이니까, 마주치는 사람들이 빤히 바라보고……."

투덜투덜 변명하는 모니카에게 뭐라 따지려던 네로가 갑자기 귀를 세우고 재빨리 근처 덤불로 뛰어들었다.

'네로?' 모니카가 그렇게 말을 걸기에 앞서, 누군가가 모니카를 불렀다.

"어라, 모니카잖아."

돌아보자 그곳에는 황갈색 머리의 같은 반 친구 라나 콜레트가 서 있었다.

평소에는 교복 차림인 라나도 오늘은 사복인 드레스를 입고 양산을 썼다. 고급스러운 벨벳 드레스는 깊이 있는 적자색이라 하얗고 화사한 라나와 잘 어울렸다.

"휴일에 마주치다니 별일이네. 모니카도 어디 나갈 거야?"

"그게…… 쇼핑…… 빗이, 필요해서."

모니카가 손가락을 꼬며 말하자, 라나가 눈을 확 반짝였다.

"마침 잘됐네! 나도 새 액세서리를 사러 가려던 참이거든. 어때? 같이 나가자. 내가 가려는 가게에 은이나 상아로 만든 귀여운 빗도 팔아!"

리본 달린 양산을 빙글빙글 돌리며 기뻐하는 라나의 권유를 듣고 모니카는 곤란해졌다.

라나가 가려는 가게는 분명 일류 귀금속을 취급하는 가게이리라.

그런 가게에 자신처럼 시원찮은 사람이 있으면 그 분위기와 어울리지 않을 게 뻔하다. 라나는 분명 모니카가 옆에 있는 걸 부끄럽게 생각할 것이다.

"……미안해요, 저…… 혼자서 갈, 테니까."

모니카가 소곤소곤 작은 목소리로 말하자, 라나는 눈에 띄게 불쾌한 듯 눈썹을 치켜들고 입술을 삐죽이며 고개를 돌렸다.

"아, 그래? 그럼 됐어."

그 말을 끝으로 라나는 빠르게 모니카 옆을 지나쳐 눈앞에 세워둔 마차에 올라탔다.

모니카가 멀어져 가는 마차를 멍하니 바라보는데, 네로가 덤불에서 고개를 내밀었다.

"같이 안 가도 괜찮은 거냐."

"……내가 라나와 같은 가게에 가면, 안 어울리니까."

그러니까 이러면 된다. 그렇게 자신을 타이른 모니카는 느린 발걸음으로 거리를 향해 걸었다.

* * *

세렌디아 학원에서 도보로 한 시간 정도 가면 크레메라는 도시가 있다.

커다란 가도 옆에 있는 그럭저럭 번창한 도시로, 중앙에는 벽돌로 지은 시계탑이 세워져 있다. 교회나 도서관이 시계탑을 겸하는 게 아니라 독립된 시계탑이라는 건 조금 드문 경우다.

"와, 훌륭한 시계탑……."

시계탑을 올려다본 모니카는 겉으로는 훌륭한 건축물에 감동하는 아이처럼 보이지만, 그 머릿속에서는 눈이 핑 돌 정도의 속도로 계산식을 전개하고 있었다.

건축물과 수학은 떼려야 뗄 수 없는 관계가 있다. 벽돌 쌓는 방식 하나만 하더라도 치밀한 계산을 거쳐 충격에 강하도록 설계되어 있다.

아아, 수학의 세계는 어쩜 이리도 아름다울까! 모니카는 훌륭한 시계탑을 바라보면서 현실 도피했다.

……현실 도피하고 싶어질 만큼, 거리에는 사람이 많았다.

시계탑을 올려다보던 고개를 천천히 되돌리자 눈앞에는 길을 오가는 사람, 사람, 사람.

(혹시, 내가, 교, 교복 차림이라, 굉장히 눈에 띄나? 세렌디아 학원 학생이라는 것만으로도 분명, 눈에 띄겠지…… 아아아, 겉옷을 가지고 올 걸 그랬어……!)

모니카는 떨리는 다리로 건물 뒤로 이동해서 이마의 땀을 닦았다. 이렇게 약간 이동한 것만으로도 오늘 하루 치 체력을 모조리 써버린 것 같았다.

건물 뒤에서 모니카가 호흡을 가다듬는데, 네로가 재촉하듯이 꼬리로 모니카의 다리를 건드렸다.

"이봐, 모니카. 쇼핑하러 간다면서."

"여, 역시, 오늘은, 돌아갈, 까…….."

"웃기지 마! 이 몸, 오늘은 반드시 고기를 먹겠다고 결심했으니까!"

모니카가 "그치마안." 하고 우는소리를 하자, 네로가 불쾌한 듯 콧소리를 내고는 모니카에게서 등을 돌렸다.

"그럼, 이 몸 맘대로 먹으면서 돌아다니겠어. 잘 있어라."

네로는 그 말을 남기고 근처 지붕으로 뛰어올랐다.

모니카는 황급히 쫓아갔지만, 네로의 모습은 순식간에 보이지 않게 되었다.

"기, 기다려어……! 싫어, 두고 가지 마……! 네로오……!"

모니카는 울상을 지으면서 건물 뒤에서 뛰쳐나왔지만 주변 사람들의 시선을 보고는 금세 멈췄다.

모든 시선에 악의가 섞인 게 아닌 걸 알면서도 모니카는 목이 막히고 호흡이 흐트러졌다.

허억, 후욱, 하고 가쁜 호흡만을 반복하니 이번에는 눈앞이 점점 어지러웠다.

모니카는 그 자리에 웅크려서 귀를 막고 눈을 감았다.

그렇게 바깥에서 들어오는 정보를 모두 차단하고 수학 생각만 하니 조금은 마음이 진정됐다.

(……이대로는, 안 되는데. 제대로, 일어나서, 스스로 걸어야, 하는데.)

어떻게든 떨리는 다리를 움직여서 일어나려 하는데, 누군가가 모니카의 어깨를 툭 쳤다.

모니카는 공포에 질려 숨을 삼키고 감았던 눈을 천천히 떴다.

"괜찮습까?"

고개를 들자 쪼그려 앉아서 모니카를 걱정스레 바라보는 금갈색 머리 청년과 눈이 마주쳤다. 나이는 모니카와 비슷한 정도일까. 움직이기 편한 복장이고, 어깨에는 가방을 비스듬히 멨다.

"어디 몸이라도 안 좋은 검까?"

"…………아, 우……."

처음 만난 사람과 대화하는 건 모니카에게는 고통이다.

하지만 이 청년은 자신을 걱정해 줬다. 어떻게든 대답해야 한다. 모니카는 떨리는 목을 움직였다.

"저기, 저, 네로…… 고양이하고, 떨어져서."

"어떻게 생겼습까?"

"……금색 눈에, 검은 고양이, 예요."

청년은 흠흠, 하고 고개를 끄덕이더니 힘차게 일어나서 하얀 이를 보이며 모니카에게 미소 지었다.

"잠깐 이 주변을 돌아다녀 볼 테니까, 여기서 기다리고 있으면 된다!"

청년은 그렇게 말하며 뭐라 중얼거리기 시작했다.

그 작은 목소리를 들은 모니카가 눈을 크게 떴다. 청년이 입에 담은 것은 마술 영창이다.

(게다가, 이 영창은……!)

영창이 끝남과 동시에 청년의 몸 주위로 바람이 불었다. 청년이 "얍!" 하고 중얼거리며 지면을 박차니 그 몸이 지붕보다 높게 뛰어올랐다.

저건 비행 마술이다. 하늘을 자유롭게 나는 편리한 마술이지만 마력 소비가 심한 데다 균형 감각이 필요한지라, 모니카는 주로 후자의 이유로 쓸 수 없다.

상급 마술사라도 비행 마술을 쓰는 사람은 그리 많지 않다. 행인들은 지붕 위를 날아다니는 청년을 신기한 눈으로 올려다봤다.

청년은 눈 위로 손을 올려서 주변을 돌아보다가, 이윽고 근처에 있는 붉은 지붕을 향해 급강하했다.

머리 위에서 "잡았다!"라는 청년의 목소리와 "햐아악~~!" 하는 울음소리가 동시에 들렸다.

몇 분 뒤, 지붕에서 천천히 내려온 청년은 품에 네로를 안고 있었다.

"근처 지붕 위에서 우왕좌왕하고 있던데, 이 녀석이 네로 맞습니까?"

청년이 가리킨 지붕은 모니카가 웅크리던 곳 바로 근처였다. 아무래도 네로는 지붕 위에서 모니카를 엿봤던 모양이다.

청년에게 안긴 네로는 겸연쩍은 듯 고개를 돌린 채 꼬리를 슬쩍 흔들었다.

"……네로, 미안해."

모니카가 사과하자, 네로는 '어쩔 수 없구만.'이라고 말하려는 듯한 표정으로 "야옹." 하고 울었다.

그때, 대앵, 대앵, 하고 종이 울렸다.

무척이나 성급하고 거친 그 소리는 시간을 알리는 게 아니다. 비상사태를 의미하는 종소리다.

"용이다! 떠돌이 용이 도시 근처에 나왔다!"

누군가가 큰 소리로 외쳤다.

그 목소리를 듣자마자 사람들은 웅성거리며 내달렸고, 노점상은 황급히 가게를 정리했다.

용은 주로 리디르 왕국 동부 산간에서 출몰하지만, 무리에서 떨어진 용이 이렇게 평지로 들어오는 일이 종종 있었다.

도시 주변에는 석벽이 세워져 있지만 날개가 있는 용은 그걸

쉽게 넘고, 날개가 없는 용이라 해도 성벽을 파괴하고 침입하는 일은 드물지 않다.

사람들이 웅성거리는 와중에 금갈색 머리 청년은 네로를 모니카에게 넘겨주고 빠르게 영창을 시작했다.

"난 잠깐 낌새를 보고 오겠슴다! 당신은 도시 안쪽으로 피난하는 검다!"

그 말을 남긴 채, 청년은 비행 마술을 써서 정문 쪽으로 날아갔다.

남겨진 모니카의 품에서 네로가 작게 속삭였다.

"이봐, 모니카. 어쩔 거야?"

이 정도 규모의 도시라면 그런대로 경비병이 있겠지만 용 재해가 적은 곳에 용 퇴치용 장비가 있다고는 생각하기 어렵다.

그렇다고 용 퇴치 전문가인 왕도 용기사단을 부르기에도 시간이 너무 오래 걸린다.

(……어쩔, 거냐니…… 그야 뻔하지.)

용이 변덕으로 꼬리를 한 번 휘두르기만 해도 심각한 피해가 생긴다. 이 도시에 쇼핑하러 온 라나가 말려들지도 모른다.

무엇보다 모니카는 제2왕자의 호위다. 떠돌이 용이 갑자기 세렌디아 학원으로 가서 제2왕자를 위험에 처하게 할 수도 있는 이상, 방치할 수는 없었다.

주민들은 너도나도 황급히 도시 안쪽, 혹은 건물 안으로 도망쳤다.

그런 가운데 모니카는 천천히 고개를 들어 네로에게 물었다.

"네로. 용의 위치와 종족을 알아?"

"대단한 마력이 안 느껴지는 걸 보면 아마 하위종이겠지. 정확한 위치는 모르겠지만 저쪽이야."

네로는 뾰족한 귀를 쫑긋거리면서 정문 방향으로 시선을 돌렸다.

하위종 용이라면 익룡, 지룡, 화룡 정도인가.

전부 상위종보다는 뒤떨어지지만 단단한 비늘로 칼날과 공격 마술을 튕겨내 버리는 강적이다. 확실하게 해치우려면 미간을 노려야 한다.

"아무튼 높고, 전망이 좋고, 사람이 없는 곳은……."

주변을 빙그르르 돌아보던 모니카의 눈에 비친 것은 벽돌로 만든 시계탑이다.

모니카의 품에서 스르륵 빠져나와 지면에 내려선 네로는 근처에 사람이 없는 걸 확인하고는 모니카를 올려다보며 씨익 웃었다.

"하는 거지?"

"……응. 내가, 해야 해."

자신을 타이르듯이 중얼거린 모니카는 결의로 가득한 표정으로 시계탑을 향해 달렸고…….

"앗, 갑자기 달렸더니 옆구리가…… 아, 아파…… 으…….."

"너…… 운동 부족인 것도 정도가 있지."

이 나라의 정점에 선 마녀는 옆구리를 누르고 달리면서 히잉, 하고 우는소리를 냈다.

모니카의 달리기는 허우적댄다는 표현에 알맞을 만큼 절망적으로 굼떴다.

보다 못한 네로가 못 말리겠다고 한숨을 내쉬더니 주변에 사람이 없는 걸 확인하고 꼬리를 슬쩍 흔들었다.

그러자 몸이 곧바로 검은 안개에 휩싸였다. 그 안개가 크게 부풀어 오르더니 사람의 형태가 되었다.

이윽고 검은 안개는 검은 잉크를 물로 씻어낸 것처럼 사라졌고, 그 속에서 고풍스러운 로브를 입은 흑발 남자가 모습을 드러냈다. 네로가 인간으로 변신한 것이다.

장신의 남자로 변한 네로는 허우적허우적 달리던 모니카의 목덜미를 잡아서 가볍게 들더니 어깨에 둘러멨다. 밀가루 포대를 짊어지는 것처럼 거칠었다.

"나 참, 손이 많이 가는 주인님이라니까. 꽉 잡아!"

"어, 어디, 어디를 잡아야 하는데에?!"

"아무 데나 괜찮아 보이는 곳을 잡아!"

네로는 대충 중얼거리더니 바람처럼 내달렸다.

사람으로 변한 네로는 꽤 장신이라서, 어깨에 올라간 모니카는 그 높이를 보고 어질어질해졌다. 무섭다.

일단 모니카는 네로가 입은 로브 등쪽 천을 꽉 잡고 이를 악물었다. 그러지 않으면 혀를 깨물 것 같았다.

이윽고 도착한 시계탑은 당연하게도 자물쇠로 잠겨 있었다. 유리나 격자가 없는 채광창이 있지만 2층 높이다. 뛰어서 닿을 거리가 아니었다.

시계탑이 잠겼을 가능성은 생각도 못 했던 모니카가 절망적인 표정을 짓자, 네로는 시계탑 채광창을 올려다보고는 입꼬리를 씨익 올렸다.

"소설가 더스틴 귄터가 말하기를 '한계를 넘어서야만 진정한 성장이 있다.' ……멋있지? 멋있잖아?"

"네, 네로, 설마……."

"이 몸, 비행 마술 같은 건 못 쓰니까."

네로는 모니카를 어깨에 둘러멘 채로 근처에 있는 나무를 잽싸게 타고 올라가 나뭇가지에서 민가 지붕으로 넘어갔다.

네로가 격하게 움직일 때마다 모니카는 붕붕 흔들리면서 비명을 질렀다. 그러나 모니카의 공포는 그것으로 끝나지 않았다.

민가 지붕과 시계탑 창문 사이는 운동 신경이 뛰어난 사람이 도움닫기를 해서 뛰어도 아슬아슬하게 닿을까 말까 하는 거리다.

"네, 네로. 이 거리는, 아무리 그래도, 무리인 게……."

"간~다~아……!"

네로는 전신을 용수철처럼 웅크리더니 도움닫기도 하지 않고 지붕에서 뛰어내렸다.

네로와 모니카는 작은 채광용 창을 빠져나와 그대로 시계탑 안에 착지했다. 시계탑 안에 네로가 신은 부츠가 지면과 강하게 마찰하는 소리가 울렸다.

자세를 다잡은 네로가 축 늘어진 모니카를 돌아보며 말했다.

"봤냐. 고양이 생활로 기른 도약 기술! 이 몸, 최강으로 멋있지! 이건 뭐, 거의 이야기의 주인공이라는 느낌이구만! 이봐, 모니카. 흰자위 보이지 말고 뭐라 말해 봐. 구체적으로는 이 몸을 칭찬해! 이봐!"

네로의 어깨 위에서 반쯤 기절했던 모니카는 이윽고 의식을 되찾고는 머리를 느릿느릿 흔들면서 주변을 돌아봤다.

시계탑 안에 조명은 없고 채광용 창문으로 들어오는 햇빛만이 유일한 광원이었다.

서서히 눈이 어둠에 익숙해지자 시계탑 위로 이어지는 나선 계단이 보였다.

"……네로…… 위로……."

"이크, 이러고 있으면 안 되지. 용이 온다고 했었으니까."

네로는 무엇을 위해 시계탑에 왔는지 잊어버렸던 모양이다.

네로는 "이얍." 하고 가볍게 모니카를 다시 둘러메고는 긴 다리로 계단을 두 칸씩 올라갔다. 모니카는 손발을 휙휙 흔들면서 의식이 날아가려는 걸 필사적으로 참았다.

"좋아, 도착!"

이윽고 시계탑 꼭대기, 대시계 뒤쪽에 착지한 네로는 모니카를 어깨에서 내려놨다.

최상층에는 환기용 창이 여러 개 있어서 바깥 상황을 내다볼 수 있었다.

네로의 어깨에서 내려온 모니카는 휘청거리며 창문 앞에 서서 무영창으로 원시(遠視) 마술을 발동했다.

도시에서 조금 떨어진 곳에 갈색 비늘의 용이 보였다. 크기는 황소보다 두세 배 큰 정도일까.

"······ 저건, 지룡."

"이 몸의 예상대로구만. 하위종이지만 튼튼한 게 장점인 녀석이지. 어중간한 공격으로는 해치울 수 없어."

지룡은 날개가 없어 하늘을 못 날지만 예리한 발톱이 난 두꺼운 발만으로도 충분히 위협적이다.

그런 지룡 옆에는 열 명 정도의 병사가 활이나 창으로 응전하고 있었다. 그리고 지룡 위쪽 상공을 나는 그림자가 하나 있다.

원시 마술을 사용한 모니카의 눈에는 그 인물이 또렷하게 보였다. 조금 전 네로를 찾아준 금갈색 머리 청년이다.

그 청년은 비행 마술로 지룡 주위를 날아다니며 용이 병사를 공격하지 않게 주의를 끌었다. 그리고 틈틈이 지면에 내려와 마술로 화염구를 날려 지룡을 공격했다.

청년이 날린 화염구는 어른 두 명이 팔을 맞잡고 고리를 만들 정도의 크기다. 화려하게 파열한 화염구는 상당한 위력이었지만 마력 내성이 높은 용이 상대인지라 발조차도 묶지 못했다.

아무리 상대가 하위종 용이라고 해도 위력이 강한 마술로 약점인 미간을 노리지 않으면 해치울 수 없다.

미간을 노리지 않아도 용을 해치울 만큼 강력한 공격 마술을 쓰는 자는 그야말로 칠현인 '포탄의 마술사' 정도뿐이리라.

모니카가 원시로 상황 파악에 전념하자, 네로가 모니카 머리 위에 턱을 올리고 눈을 가늘게 떴다.

네로는 원시 마술을 쓸 필요가 없을 만큼 눈이 좋다.

"이봐, 모니카. 저 녀석, 왜 하늘을 날며 공격하지 않는 거냐?"

네로 말대로 금갈색 머리 청년은 공격 마술을 쓸 때는 한 번 지면에 내려온다.

청년은 그렇게 공격 마술을 사용한 뒤에 다시 비행 마술을 써서 하늘을 날아 지룡의 공격을 회피한다. 그게 네로의 눈에는 비효율적으로 비친 것이리라.

"두 가지 마술을 동시에 발동하는 건, 굉장히 어려워."

네로가 "흐응." 하고 의미심장하게 중얼거렸다.

"네가 당연한 듯이 쓰길래 마술사라면 하는 줄 알았다고."

모니카는 네로의 농담에는 대답하지 않고 원시 마술을 유지하면서 시계탑과 용 사이 거리를 계산했다.

지룡, 청년, 그리고 청년이 날린 화염구. 모니카는 그 세 타이밍이 맞는 순간을 조용히 기다렸다.

창문에서 강한 바람이 불어와 머리를 흔들었지만 모니카는 미동도 하지 않았다.

언제나 오들오들 떠는 앳된 얼굴이 무표정하게 바뀌고 갈색이 감도는 눈이 햇빛을 반사하며 녹색으로 반짝였다.

그리고 그때가 왔다.

(……지금이야.)

* * *

(큰일, 큰일, 큰일임다! 전! 혀! 안 통한다!)

청년은 비행 마술로 용의 공격을 피하면서 마음속으로 초조해했다.

청년이 날리는 공격 마술이 전혀 대미지를 주지 못했다.

화살을 든 중년 병사가 걱정스러운 표정으로 청년에게 말을 걸었다.

"자네, 괜찮은가!"

"괜찮슴다!"

이 자리에 있는 크레메 병사들과 청년은 아는 사이도 뭣도 아니다. 애초에 청년은 크레메 주민도 아니다. 도시의 위기를 보고 달려온 지나가던 견습 마술사다.

견습인 청년이 쓸 줄 아는 건 비행 마술과 화염구를 날리는 마술 두 개뿐.

그것도 동시에 쓸 수는 없고, 화염구는 사정거리가 짧은 데다 명중률이 그리 높지 않다.

위력에는 그럭저럭 자신이 있어서 맞으면 다소 대미지를 주리라 생각했지만 지룡의 비늘이 조금 그을릴 뿐이었다. 역시 미간을 노려야 한다.

(이럴 바에는 스승님의 말대로 명중률을 더 높이는 훈련을 할걸!)

청년은 후회하면서 지면을 달려 빠르게 주문을 외웠다.

이 영창이 참으로 거슬린다.

청년은 비행 마술과 동시에 다른 마술을 쓸 수 없기에 공격 마술을 쓸 때는 뛰어서 도망쳐야만 한다. 전력으로 달리면서 영창하는 건 솔직히 꽤나 버겁다.

청년은 헥헥, 하고 거친 숨을 몰아쉬면서 어떻게든 주문을 끝내고 마술을 발동했다.

그리고 지룡의 미간을 조준해서 특대 화염구를 날렸다.

화염구는 지룡의 옆면에 직격해서 굉음과 함께 불똥을 튀겼다. 하지만 그뿐이다.

(틀렸어……. 미간에는 안 맞았어!)

절망하는 청년과 병사. 그 자리에 있는 누구도 눈치채지 못했다.

청년이 날린 화염구 그늘에서 한 발의 불화살이 생겨난 것을.

그것은 화려한 불똥에 섞일 정도로 나뭇가지처럼 작은 화살이었다. 그러나 다중 강화 술식으로 강화되어 마력 밀도가 높은 그 화살은 화염구보다 훨씬 강력한 위력을 숨기고 있었다.

그 가느다란 화살은 무서울 정도로 조용히 정면에서 지룡의 미간을 꿰뚫었다.

용은 포효를 내지르더니 천천히 지면에 쓰러졌다. 쿠웅, 하는 무거운 소리가 나면서 흙먼지가 솟아올랐다.

숨을 삼키며 그 모습을 지켜보던 병사들이 일제히 갈채를 보냈다.

"무찔렀다! 무찔렀어!"

"자네! 잘해 줬어!"

병사들이 울먹거릴 정도로 기뻐하면서 청년의 등을 두드리며 칭찬했다.

청년은 믿을 수 없어 하며 눈앞에 쓰러진 용을 봤다.

용의 미간에는 검게 탄 흔적이 있었다. 이 용은 틀림없이 화 속성 마술을 맞고 쓰러졌다.

"에, 에헤헤…… 그게~ 우연히 맞은 검다."

겸손하게 대답했지만 청년의 얼굴에는 숨기지 못한 기쁨이 묻어나왔다.

*　*　*

시계탑 창문 앞에 선 모니카는 용이 완전히 움직이지 않게 된 것을 확인하자 원시 마술을 해제했다.

"끝났냐."

"응."

공격 마술로 용의 미간을 꿰뚫는 건 모니카에게는 어려운 일이 아니다.

그러나 이미 다수의 사람과 용이 교전하는 상태에서 누구에게도 들키지 않게 용을 처치하는 건 난이도가 훨씬 올라간다.

그래서 모니카가 사용한 게 원격 마술이라 불리는 기술이다.

일반적인 마술은 술자 주변에서 전개된다. 그러나 원격 술식을 집어넣으면 멀리 떨어진 곳에서도 마술을 발동할 수 있다. 그게 원격 마술이다.

모니카는 청년이 공격하는 타이밍에 맞춰서 원격 마술로 불화살을 날려 용의 미간을 꿰뚫은 것이다.

원격 마술은 매우 강력하고 편리해 보이지만 정밀도가 현저하게 떨어진다는 단점이 있다.

그런데도 모니카는 그 마술을 무영창으로 해낸 것이다. 조금이라도 마술을 익힌 자라면 이 기적에 할 말을 잊을 것이다.

남몰래 그런 기적을 일으킨 마녀는 눈동자를 슬쩍 위로 움직여 여전히 자기 머리에 턱을 올려놓은 사역마를 올려다봤다.

"……네로, 무거워."

"호오. 여기까지 너를 옮겨다 준 이 몸에게 대단히 건방진 말이잖냐."

주인보다도 잘난 듯한 사역마는 모니카의 머리를 턱으로 꾹꾹 누르면서 심술궂은 목소리로 말했다.

"근면한 사역마에게 포상을 달라고, 주인님. 닭고기가 좋겠어. 소금을 많이 뿌린 걸로."

"파는 가게가 있을까아……."

아무튼 용이 나타난 바람에 도시는 대혼란에 빠졌다. 이런 상황에서 가게를 여는 태평한 사람이 있을까?

모니카가 고개를 갸웃하자, 네로는 "보라고."라며 아래쪽 경치를 가리켰다.

노점상이나 포장마차 사람은 장사를 재개했고, 개중에는 용의 비늘을 주우려고 도시 바깥으로 뛰쳐나가는 사람도 있었다.

"인간은 참 씩씩하구만."

"네에, 저는 씩씩하지 않지만요……."

모니카가 토라진 듯 중얼거리자, 네로는 모니카의 머리를 잡고 억지로 위를 보게 했다.

네로는 그렇게 위쪽에서 모니카의 얼굴을 들여다보며 히죽 히죽 웃었다.

"그러고 보니 너, 눈치 못 챘냐?"

"……? 뭘?"

"인간 모습이 된 이 몸이 근처에 있는데도 멀쩡하잖냐."

모니카는 "앗." 하는 소리를 내고 눈을 동그랗게 떴다.

모니카는 극도로 낯가림이 심한데 그중에서도 특히 거북한 게 덩치 큰 남성이다.

그래서 조금 전까지는 인간으로 변한 네로를 직시하지 못했고, 닿기만 해도 떨림이 멈추지 않았다.

그런데 어느새 괜찮아졌다.

"조금은 씩씩해지지 않았냐?"

"그런, 걸까……."

네로의 말에 자신감 없이 맞장구친 모니카는 얼굴에서 아주 약간 힘을 뺐다.

(……그렇다면, 좋겠네.)

＊＊＊

"라나 아가씨. 용을 무사히 퇴치한 것 같아요."

"……그래."

마차 좌석 쿠션에 기대서 턱을 괸 라나는 옆에 앉은 중년 시녀에게 짧게 대답하고는 창밖을 바라봤다.

아까까지 조용하던 거리에 사람이 돌아오기 시작했다. 왕래하는 사람의 흐름을 지켜봤지만 모니카의 모습은 없었다.

(……그 아이는 괜찮을까?)

용은 가도에 들어오기 전에 격퇴됐다고 하니까 모니카가 말려들었을 가능성은 낮지만, 그래도 라나는 모니카가 걱정이었다.

피난하던 인파에 휩쓸리는 바람에 넘어져서 울고 있을지도…… 굼뜬 모니카라면 그런 일도 충분히 있을 수 있다.

그런 불안감을 감추기 위해 라나는 더더욱 드센 목소리로 시녀에게 말했다.

"아아~ 오늘은 최악이야! 모처럼 쇼핑하러 나왔는데 좋은 물건은 안 보이고, 용도 나오고……."

게다가, 하고 작은 목소리로 중얼거린 라나는 시선을 내리깔았다. 그러자 큰 목소리가 자연스레 작아졌다.

"……모니카는 나랑 쇼핑 가고 싶지 않은 것 같고."

토라진 듯이 중얼거리는 말을 들은 중년 시녀는 어머어머, 하고 어린 딸을 보는 듯한 얼굴을 하고 웃었다.

이 시녀는 마차 앞에서 라나와 친구의 대화를 듣고 있었다.

라나의 친구라는 소녀는 휴일에도 드레스를 입지 않았고, 액세서리도 없었다.

그렇기에 시녀는 그 조그만 소녀가 무엇을 신경 쓰고 있었는지 대략 눈치채고 있었다.

"친구분이 원했던 건 은세공 빗이 아니지 않을까요."

"…………."

"저는 나무로 만든 빗을 애용한답니다."

라나는 그 말을 듣고 고개를 획 들었다.

그리고 한동안 거북한 표정으로 갈등하더니 턱을 확 들고 거만하게 말했다.

"나, 군밤이 먹고 싶어졌으니 포장마차까지 데려다줘."

"네네. 알겠습니다."

오랜 시간 모셔온 아가씨의 어리광을 들은 시녀는 부드럽게 웃으면서 마부에게 행선지를 알렸다.

* * *

모니카에게 용돈을 받은 네로는 인간 모습을 한 채로 기분 좋게 포장마차로 갔다.

모니카는 그 뒷모습을 바라보면서 가로수에 기댔다.

(……그러고 보니 빗을 사러 왔었지.)

뒤늦게 이 도시에 온 목적을 떠올리고 한숨을 내쉬었다.

큰길에서 떨어진 가로수에 숨어 가만히 있는 게 현재 자신이 할 수 있는 최선이다.

남에게 빗 가게의 위치를 물어보고 거기에 가서 빗을 구입하는 일은 모니카에게 아직 이르다.

빗을 사는 건 다음 기회로 하자. 그렇게 쓴웃음을 짓는데, 모니카의 이름을 부르는 목소리가 들렸다. 네로의 목소리가 아니다.

"모니카! 드디어 찾았네!"

목소리가 난 쪽을 바라보니 마차에서 내려온 라나가 이쪽으로 빠르게 다가오고 있었다.

오늘 아침 일을 떠올린 모니카는 저도 모르게 표정이 굳었다. 오늘 아침에 라나는 자기 때문에 불쾌한 경험을 했으니 분명 화가 났을 거다.

실제로 라나는 불쾌한 듯 눈썹을 치켜든 채 모니카를 노려보았다.

모니카가 손가락을 꼬면서 시선을 이리저리 돌리자, 라나는 퉁명스러운 표정으로 모니카에게 작은 종이봉투를 내밀었다.

저도 모르게 봉투를 받은 모니카가 눈을 동그랗게 떴다. 안을 보니 동그란 군밤이 가득 들어있었다.

"먹다 질렸으니까 이제 필요 없어. 줄게."

먹다 질렸다고 하기에는 양이 거의 줄지 않았고 봉투는 마치 방금 산 것처럼 따뜻했다.

"아, 저기…… 그게…….."

모니카는 고맙다고 대답하려다가 눈치챘다. 종이봉투에 간단한 지도가 그려져 있었다.

군밤 가게 위치인가 싶었는데 잘 보니 거리 이름과 장신구점이라는 글자가 적혀 있었다.

"……장신구점?"

"거기엔 나무로 만든 빗 같은 것도 판댔어."

그렇게 말한 라나는 고개를 홱 돌렸다. 그 뺨이 아주 조금 붉어져 있었다.

모니카는 따뜻한 종이봉투를 가슴에 꼬옥 안으면서 입을 열었다.

"저, 저기……!"

어째서인지 자신도 믿을 수 없을 만큼 큰 목소리가 나오고 말았다.

모니카의 머리를 스친 것은 조금 전 네로의 말이었다.

──조금은 씩씩해지지 않았냐?

조금이나마 성장한 자신이라면 분명 말할 수 있을 거다. 그렇게 자신을 질타한 모니카는 필사적으로 목소리를 쥐어짜냈다.

"가, 같이! …………가고……싶어요."

모니카가 라나를 힐끔 바라보자, 라나는 뭔가 입가가 근질근질한 듯했다.

"어쩔 수 없네! 자, 이쪽이야!"

"네, 네!"

의기양양하게 웃은 라나에게 손을 잡힌 모니카는 가로수 뒤에서 나왔다.

여전히 사람이 많은 곳은 무섭지만 지금은 신기하게도 고개를 들고 걸을 수 있었다.

지금까지 막혔던 길이 확 트인 듯한 기분이 들었다.

* * *

"이것하고, 이것하고…… 아아, 이 케이프도 귀엽네요. 사기로 할까요."

칠현인 중 한 명, '결계의 마술사' 루이스 밀러(이제 곧 아빠가 될 팔불출, 27세)는 왕도 옷가게에서 기분 좋게 쇼핑하고 있었다.

루이스는 업무 중이라면 칠현인의 로브를 입고 긴 지팡이를 들지만, 오늘은 무거운 로브를 벗고 가을 코트를 입었다.

루이스가 경쾌한 발걸음으로 가게 안을 걸을 때마다 코트 옷자락과 트레이드마크인 길게 땋은 머리가 들뜬 그 심정을 대변하듯이 크게 흔들렸다.

루이스가 손에 든 건 모두 조만간 태어날 아이를 위한 옷이다.

루이스와 동행한 메이드복을 입은 미녀—— 루이스의 계약 정령 린즈벨피드, 통칭 린은 카운터 위에 기세 좋게 툭툭 쌓이는 아기 옷을 보며 입을 열었다.

"여아용 옷뿐이군요."

린 말대로, 루이스가 고른 옷은 모두 프릴이나 리본이 잔뜩 달린 여아용 옷이었다.

아직 출산까지 반년 가까이 남은 데다 성별도 모르는데 성급하지 않은가. 린이 넌지시 그렇게 말하자, 루이스는 레이스

달린 양말을 들고는 흐흥, 하고 코웃음을 쳤다.

"태어나는 아이는 분명 로자리를 닮은 귀여운 딸일 게 분명해요."

"뭔가 근거가 있는 겁니까?"

"내 감은 대부분 맞거든요."

그 들뜬 모습을 유감없이 보여준 루이스는 태어날 아이를 위한 대량의 옷을 카운터에 올리다가 이번에는 10대 소녀가 좋아할 법한 옷을 물색하기 시작했다.

그런 루이스에게 린이 억양 없는 목소리로 진언했다.

"아무리 그래도 너무 성급한 게 아닐지?"

"무슨 착각을 하는 거죠. 이건 '침묵의 마녀' 님 몫이에요."

루이스가 태연하게 대답하자, 린이 눈을 살짝 크게 떴다.

바람의 정령인 린은 인간과는 다른 감성을 지녔고 단정한 얼굴은 좀처럼 표정 변화가 없다.

그런 린이 눈을 크게 뜰 만큼, 루이스의 발언은 충격적이었던 모양이다.

"……놀랍군요."

만감이 담긴 듯한 린의 한마디를 들은 루이스는 가느다란 눈썹을 치켜들면서 자신의 계약 정령을 가만히 노려봤다.

"당신은 나를 피도 눈물도 없는 비정한 인간이라 착각하고 있지 않나요?"

"동료를 협박해서 일을 떠넘기는 건, 일반적으로 피도 눈물도 없는 비정한 행동입니다만."

"그건 적재적소라고 하는 겁니다."

동료를 협박해서 제2왕자 호위 임무를 떠넘긴 남자는 상쾌하게 웃으면서 평소에도 입을 만한 드레스를 고르기 시작했다.

말하자면 이건 '침묵의 마녀'에게 주는 상이다.

모니카가 세렌디아 학원에 편입한 지 약 2주가 지났다. 이런 짧은 기간에 모니카는 학생회 임원으로 취임한 데다 학원 내 비리를 밝혀내고, 준금술에 손댄 범죄자를 사로잡는 데 성공했다.

모니카가 딱히 그 일을 자랑하지는 않았지만, 이건 충분히 상을 내리기에 걸맞은 활약이다. 성과에는 정당한 보수를 줘야 한다.

그래서 루이스가 고른 것이 새 옷이었다.

어차피 그 계집은 멀쩡한 옷이 없을 게 분명하다. 그렇다면 학원 생활에 지장이 생기겠지──. 그렇게 생각한 루이스는 실용적인 옷을 몇 벌 골라주려고 했다. 물론 딸 옷을 사는 김에 겸사겸사.

(……뭐, 그 고물딱지 계집은 옷보다는 수학책이나 마술서를 받아야 더 기뻐하겠지만.)

루이스는 그런 생각을 하면서 일상생활에서 입을 만한 드레스를 들었다.

잠입 중인 모니카는 케르벡 백작가의 소외된 양녀라는 설정이기에 너무 화사하지 않은 편이 좋다.

루이스는 낮에 외출할 때 입을 옷깃이 높은 감색 드레스와 지금 계절에 딱 맞는 외출용 코트를 하나씩 골라서 계산을 마치고는 마차에 싣고 자기도 올라탔다.

이윽고 마차가 움직이는 순간에 맞춰 루이스는 옆자리에 앉은 린에게 명했다.

"조만간 '침묵의 마녀' 님에게 이 옷을 전해주도록 하세요."

"뭐라고 전할까요?"

린이 묻자, 루이스는 잠시 고민하다가 입을 열었다.

"어디 보자. 빅터 손리를 사로잡은 포상이라고 말해 두세요. 당근과 채찍을 나눠서 쓰는 건 중요하니까요. 하하하."

"알겠습니다. 한 마디, 한 구절 어긋나지 않게 전하도록 하죠. 그런데 다른 한 명에게는 뭐라고 전하면 좋을까요?"

"다른 한 명? ……아아, 우리 제자 말인가요."

루이스는 모니카를 편입시키면서 자신의 제자도 똑같은 타이밍에 세렌디아 학원으로 편입시켰다.

제2왕자 펠릭스 아크 리디르는 감이 좋다. 호위, 자객을 불문하고 주변에 잠입한 인간을 간파하는 데 능숙하다. 그렇다면 편입생에게 의심의 눈초리를 보낼 게 분명하다.

그렇기에 루이스는 그 의심의 눈초리를 돌리는 미끼로서 자신의 제자를 학원에 보냈다.

린이 그 제자에게 보낼 물건은 없느냐 묻자, 루이스는 고개를 가로저었다.

"그렇게까지 할 필요는 없어요. 우리 바보 제자는 아무것도 모르니까."

"자신이 미끼라는 것도, 제2왕자 호위 임무도, 정말 그 무엇도 전하지 않으신 겁니까?"

"그 녀석은 거짓말이 서툴러서 말이죠. 뭐, 내가 이것저것 지시하지 않더라도 좋은 미끼가 되어주겠죠. 뭐니 뭐니 해도 우리 제자는 덩치도 목소리도 무식하게 큰 데다, 예전에 미네르바 건물을 부숴버리기까지 한 대단한 문제아니까 말이죠. 하하하."

여성처럼 아름다운 얼굴에 떠오른 미소는 상쾌했지만, 하는 말은 극악무도했다.

"아무것도 모르는 제자를 미끼로 삼는 건, 일반적으로는 피도 눈물도 없는 비정한 행위 아닐까요?"

린이 묻자, 루이스는 아무렇지도 않다는 표정으로 어깨를 으쓱했다.

"제자의 성장을 촉진하는 것도 스승의 역할이죠. 성장하려면 적절한 시련이 있어야 하는 법이에요."

* * *

'크레메 근처에 용이 나타났다——.' 그 정보는 곧장 세렌디아 학원에도 전해졌다.

평온한 휴일을 보내던 학생들은 다소 동요했지만 용을 퇴치했다는 소식이 전해지자 아무 일도 없었다는 듯이 평소와 같은 휴일로 돌아갔다.

그 광경에 입술을 깨문 한 명의 인물이 있었다.

(……이게, 용 재해가 적은 중앙부 귀족의 반응.)

왕도를 중심으로 한 리디르 왕국 중앙부는 용 퇴치 전문가 집단인 용기사단이나 실력파 마법병단을 거느리기에 용 재해에 위기감이 별로 없다.

항상 용 재해에 시달리는 동부 사람에게, 이렇게 태평하게 사는 중부 귀족의 모습은 질투의 대상이었다.

크레메에 나타난 용은 지나가던 마술사가 금방 퇴치했다고 한다.

만약 용이 자기 고향에 나타났다면 어땠을까? 그 인물이 생각해 봤다.

지룡 한 마리를 퇴치하는 데 얼마나 큰 피해가 나왔을까. 얼마나 많은 이가 피를 흘렸을까.

시골에서 마술사는 보는 것조차 힘든 존재다. 하물며 용을 무찌를 정도의 실력자는 거의 없다.

하지만 중앙부에는 그런 실력자가 발에 차일 정도로 굴러다닌다.

정작 용 재해가 심각한 건 동부 지방인데 군사력은 중앙 귀족을 지키고자 몰려있다. 이것이 크록포드 공작이 세력을 떨치는 리디르 왕국의 실정.

그렇기에 이 나라 자체를 바꿔야만 한다——. 그렇게 자신을 타이른 그 인물이 빠르게 자기 방으로 돌아와 자물쇠 달린 서랍 안쪽에 넣어둔 어떤 물건을 꺼냈다.

붉게 빛나는 보석에 금세공이 된 그것은, 언뜻 브로치로 보일지도 모른다. 그러나 잘 보면 장식틀 뒤쪽에 튼튼해 보이는 압정이 세 개 붙어 있다. 이건 벽이나 바닥에 박아서 고정하는 도구다.

(……차기 국왕이 결정되는 건 시간문제. 이제는 이걸 쓸 수밖에 없어.)

이건 단 한 번만 쓸 수 있는 도구다. 그러니 신중하게 진행해야만 한다.

(학원제 준비로 외부 업자 출입이 늘어나는 지금이 절호의 기회…… 자재 반입에 맞춰서 이걸 사용하면…….)

손바닥 위에 올린 물건을 응시하던 그 인물이 비장한 표정으로 결의를 다졌다.

평온한 휴일 뒤편에서 악의가 조용히 움직이려 하고 있었다.

The genius sorcerer who can derive the best solution to

a difficult magic formula in an instant

- and therefore doesn't need to chant.

난해한 마술식의 최적해를 순식간에 도출해 내는

──그렇기에 영창이 필요 없는 천재 마술사.

That's the "Silent Witch".

그것이 '침묵의 마녀'다.

사일런트·위치

침묵의 마녀의 비밀

Secrets of the Silent Witch

1장 침묵의 마녀, 혹은 실언의 마녀

세렌디아 학원의 여교사 린지 페일은 교무실 자기 자리에서 우울하게 한숨을 내쉬었다.

올해로 26세인 린지는 회색 기운이 감도는 금발을 하나로 묶은, 딱히 눈에 띄는 구석이 없는 수수한 여자다.

그래도 사교댄스 교사인 린지는 항상 자세만큼은 아름답게 유지하려고 한다. 그런 그 등이, 지금은 힘없이 구부정했다.

대략 2주 전, 기초 마술학 교사 빅터 손리가 체포되었다.

듣자 하니 손리는 학원 자금을 횡령해서 비밀리에 준금술 연구를 해 왔다고 한다.

그 때문에 세렌디아 학원에는 연일 왕도나 마술사 조합의 조사원이 찾아왔다.

세렌디아 학원은 국내 유력 귀족인 크록포드 공작 산하에 있는 학원이다. 그렇기에 조사는 최소한으로 끝내도록 배려한다지만, 그래도 바쁜 건 변함없었다.

왜냐하면 조사원이 올 때마다 젊은 직원인 린지가 제출할 자료를 준비하러 뛰어다녀야 했으니까.

(……덤으로 담임까지 맡았고. 아아.)

교사진 중에서는 비교적 젊은 나이인 린지는 지금까지 부담임만 맡았지만, 손리가 갑자기 체포되는 바람에 그 반 담임을 맡게 되었다. 솔직히 말하면 압박감 때문에 속이 쓰릴 지경이다.

린지가 등을 구부리고 연신 한숨을 내쉬는데, 학원장이 복도에서 직원실로 들어왔다. 그 옆에는 지팡이를 든 노인이 있었다.

새하얗고 두꺼운 속눈썹에 눈과 입이 수염에 파묻힌 작은 체구의 노인이다. 노인이 든 기다란 장식이 달린 지팡이는 상급 마술사만이 들 수 있다.

교무실 안 교사들이 주목하는 가운데, 초로의 학원장은 커다란 얼굴에 미소를 가득 머금고 입을 열었다.

"여러분 주목하시죠! 이쪽은 오늘부터 기초 마술학 교사로 부임하신 윌리엄 맥레건 선생님입니다!"

학원장의 말을 들은 맥레건은 고개를 한 번 끄덕이고는 하얀 수염에 파묻힌 입을 꾸물꾸물 움직였다.

"반가워. 잘 부탁해."

"여기 계신 맥레건 선생님은 '수교(水咬)의 마술사'라는 칭호를 가지신 상급 마술사로, 놀랍게도! 마술사 양성기관의 최고봉인 미네르바에서 명예 교수를 맡으셨던 분입니다! '결계의 마술사' 님이나 '침묵의 마녀' 님도 칠현인이 되기 전에 여기 계신 맥레건 선생님께 사사했다더군요!"

학원장이 조금 호들갑스럽게 몸짓 손짓을 섞어가면서 말하자, 맥레건은 어딘지 멍한 말투로 말했다.

"명예 교수 따위는 지루할 뿐이어서 말이지. 나는 직접 가르치는 걸 좋아하니…… 이 학원에도 기운 넘치는 아이가 있으면 기쁘겠어."

* * *

휴일이 지나고 첫날, 수업을 마치고 학생회실로 향하는 모니카의 발걸음은 평소보다 아주 조금 경쾌했다.

뭐니 뭐니 해도 오늘은 평소보다 머리를 잘 묶었기 때문이다. 어제 라나와 함께 고른 빗이 좋았던 것이리라.

마차 안에서 라나와 함께 먹은 군밤 맛을 떠올린 모니카는 쿠후후후, 하고 웃으면서 학생회실 문을 열었다.

학생회실엔 갈색 머리의 조그만 소년이 서류 정리 중이었다. 모니카와 같은 고등과 2학년, 서무인 닐 크레이 메이우드다.

닐은 모니카를 알아채고는 서류에서 고개를 들었다.

"안녕하세요. 노튼 양."

"아, 안녕하세요. 저기, 도와드릴게요!"

모니카가 서류 정리를 도와주겠다고 제안하자, 닐은 "고마워요."라며 부드럽게 웃었다. 굉장히 좋은 미소다.

닐은 학생회 임원 중에서 유일하게 같은 학년이고 붙임성이 매우 좋아서 낯가림이 심한 모니카도 비교적 이야기하기 쉬운 인물이……지만 사실 다른 학생회 임원들이 지나치게 개성이 강했다.

먼저 서기인 브리짓 그레이엄은 모니카의 회계 취임을 반대하던 인물로, 모니카가 회계인 지금도 최소한의 말밖에 하지 않는다.

　마찬가지로 서기인 엘리엇 하워드는 언뜻 우호적으로 보이지만 모니카를 보는 눈은 언제나 차갑고 그냥 던지는 말에도 가시가 있었다. 평민 출신인 모니카는 이 학원에 안 어울린다는 생각이 노골적으로 드러났다.

　그런 점에서 학생회 부회장 시릴 애슐리는 모니카의 출신은 언급하지 않고 세세하게 업무를 가르쳐 준다. 솔직히 말하면 널 다음으로 이야기하기 쉽다.

　그러나 시릴은 지나치게 학생회장을 따르는 탓에, 모니카가 예의를 모르는 것에 굉장히 엄했다.

　그리고 서열 최정상에 있는 것이 학생회장이자 이 나라 제2 왕자 펠릭스 아크 리디르다. 모니카를 회계로 임명한 인물이자 모니카의 호위 대상이기도 한 그는 아무래도 모니카를 놀리면서 즐거워하는 듯하다.

　펠릭스에게 놀림감이 되어 허둥댈 때마다 시릴은 불경하다며 꾸짖고, 엘리엇과 브리짓에게 차가운 시선을 받는 게 최근 모니카의 일상이다.

　(오늘이야말로 놀림감이 되어도 당당하게! 있을 수는 없겠지만, 적어도 이상해 보일 행동은 하지 말자…… 응…….)

　모니카는 그런 소박하디 소박한 결심을 가슴에 품고 자료를 훑어봤다.

자료는 학원제에서 이용하는 업자 리스트였다. 목록에는 상회명 옆에 각 상회 문장이 그려져 있다.

세렌디아 학원에 출입하는 업자는 당연히 일류 가게 중에 엄선한다. 그리고 수상한 업자가 학원에 출입 못하게 마차에 내거는 문장을 체크한다.

정교한 도형이나 도안을 보는 걸 좋아하는 모니카가 들뜬 마음으로 자료의 문장을 슬쩍 지켜보자 옆에서 자료를 정리하던 닐이 느긋하게 말했다.

"그러고 보니 내일은 선택 수업 견학회였죠. 어떤 수업을 고를지는 정하셨나요?"

"네?! 아, 그게, 아직⋯⋯이에요."

세렌디아 학원에는 일반 수업과는 별도로 선택 수업이 있다. 20개 이상 있는 수업 중에서 마음에 드는 걸 두 개 골라 수강한다.

종류가 매우 다양하기에, 모니카는 아직 정하지 못하고 있었다.

고등 수학 같은 게 있다면 좋았겠지만 수학에 그다지 비중을 두지 않는 세렌디아 학원에서는 기초 학문 교과에 있을 뿐이었다.

"저기⋯⋯ 어떤 수업이, 인기, 인가요?"

참고가 될까 싶어서 모니카가 묻자, 닐은 잠시 고민하듯이 턱에 손가락을 대고 동그란 눈을 빙그르르 굴렸다.

"남자라면 승마나 검술 같은 게 인기 있어요. 여자에게 인기인 건 자수, 시가(詩歌)려나요……? 그리고 연주는 남녀 모두에게 인기에요. 기본 소양이니까요."

닐이 거론한 수업은 다 모니카와는 인연이 없는 것들이었다.

일단 최소한의 바느질은 할 수 있지만 옷에 관심이 없는 모니카는 올이 풀린 걸 꿰매면 그만이라는 생각의 소유자다. 자수 같은 걸 하려고 생각한 적조차 없다.

이러면 좀 곤란하다 싶어서 모니카가 몰래 머리를 감싸 쥔 순간, 학생회실 문이 열리는 소리가 들렸다.

모니카가 돌아보자 다른 학생회 임원들이 차례차례 찾아오는 게 보였다.

"여어, 무슨 이야기 중이었어?"

웃으면서 닐과 모니카에게 말을 걸어온 것은 학생회장 펠릭스였다.

저도 모르게 고개를 숙이고 우물쭈물하는 모니카를 대신해서 닐이 대답했다.

"선택 수업 이야기를 하고 있었어요. 내일이 견학회라서요."

"그래? 노튼 양은 뭘 신청할지 정했어?"

"혜엑?!"

갑자기 화제가 자신에게 넘어오자 모니카가 괴성을 지르자, 아니나 다를까 시릴이 노려봤다.

모니카는 그 시선에 위축되어서 시선을 좌우로 돌리며 소곤소곤 대답했다.

"그, 그게, 아직, 못 정했……어요."

그런 모니카를 바보 취급하듯이 코웃음을 친 사람이 있었다. 서기 엘리엇이다.

엘리엇은 처진 눈을 가늘게 뜨고는 호들갑스럽게 어깨를 으쓱했다.

"귀족에게 예술이란 기본 소양. 악기 하나도 연주 못 하는 건 말도 안 돼. 노튼 양, 한 번이라도 악기를 연주해 본 적 있어?"

"……없, 어요."

모니카가 고개를 수그리자, 엘리엇의 미소가 더욱 짙어졌다.

그리고 일부러 모니카에게서 시선을 돌리면서 브리짓을 봤다.

"연주라고 하니 생각났는데 브리짓 양은 피아노를 잘 치지."

브리짓은 가문의 격도 용모도 뛰어난 데다 성적까지 우수해 흠잡을 데 없는 완벽한 영애다.

엘리엇은 그런 브리짓을 들먹이면서 시원찮은 모니카를 비웃으려는 것이다.

"브리짓 양은 연주 수업 신청할 거야?"

"아니요. 올해는 어학과 지리를 신청하려고 합니다."

브리짓은 서류 작업에 들어가면서 담담하게 대답했다.

엘리엇은 조금 뜻밖이라는 듯이 처진 눈을 들어 올렸다.

"그래? 그렇게나 잘 치는데 왠지 아깝네……. 이크, 그러고 보니 예술 소양이 없는 녀석이 여기에도 한 명 있었지……. 안 그래? 시릴."

엘리엇은 그렇게 말하고는 히죽히죽 웃으며 시릴을 바라봤다.

시릴은 신경질적으로 관자놀이를 꿈틀대며 엘리엇을 노려

봤다.

"난 올해에는 고도 실전 마술 수업을 받기로 정했다. 마술도 귀족의 소양이니까."

예술 소양이 없는 시릴과 마술 소양이 없는 엘리엇의 신경전이 벌어지자 학생회실 분위기가 단숨에 무거워졌다.

일촉즉발의 분위기에 소심한 모니카와 닐이 새파래지자, 집무 책상에 턱을 괴고 있던 펠릭스가 혼잣말처럼 말했다.

"시릴은 노래를 잘 부르니까 합창 수업을 들으면 좋을 텐데."

펠릭스가 한 말을 듣고 시릴이 깜짝 놀라면서 눈을 크게 떴다. 그 얼굴이 점점 새파래졌다.

"전하…… 대체, 언제 제 노래를……."

"혼자 자료실에 있을 때 가끔 노래를 불렀잖아. 늘 굉장히 잘 부른다고 생각했는데."

시릴은 이제 새파란 얼굴을 귀까지 붉게 물들이면서 펠릭스에게 깊이 고개를 숙였다.

"……전하의 귀를 더럽혀 대단히 죄송합니다."

진심으로 부끄러운 듯한 시릴의 모습을 본 펠릭스는 깍지 낀 손가락에 턱을 올리고는 장난스레 씨익 웃었다.

"다음에 천천히 들려줘."

"아뇨, 아닙니다! 저의 노래는 전하께 들려드릴 만한 게 아닙니다!"

시릴은 힘차게 고개를 내젓고는 "자료를 가져오겠습니다!" 하고 말하며 자료실에 틀어박히고 말았다.

펠릭스는 키득키득 웃으며 엘리엇을 바라봤다.

"그러고 보니 엘리엇은 바이올린을 잘 켰지. 다음에 시릴의 노래와 너의 바이올린 연주를 같이 들어보고 싶은걸."

"……좀 봐달라고."

엘리엇도 독기 빠진 표정으로 자리에 앉아 업무를 시작했다.

아무래도 이 화제는 이걸로 끝인 모양이다.

(이제, 작업으로 돌아가도 될까…….)

모니카가 책상에서 자세를 바로잡으려 하자, 펠릭스가 모니카에게 말을 걸었다.

"노튼 양. 아직 어떤 수업 들을지 못 정했다면 마술 관련을 들어 보는 게 어때?"

"헤엑?!"

덥지도 않은데 모니카의 전신에서 땀이 확 솟아났다.

"저기요오, 어째서, 갑자기, 마술, 을……."

"마술과 수학은 통하는 게 있으니까. 너는 수학이 특기잖아?"

펠릭스의 말이 맞다. 마술은 수학과 통하는 게 있다. 그렇기에 수학이 특기인 모니카는 무영창 마술을 구사해서 칠현인에 올랐다.

만약 모니카가 평범한 마술사라면 정체를 숨긴 채 마술 수업을 받았으리라. 그러나 모니카에게는 치명적인 단점이 있다.

남들 앞에서 제대로 영창할 수 없는 모니카는 평범한 마술이 불가능하다──. 즉, 무영창 마술만 쓸 수 있다.

그리고 무영창 마술을 쓴 순간, 모니카의 정체가 발각된다.

무영창 마술 사용자는 이 세상에 모니카 한 명밖에 없으니까.

이 나라의 최고봉 마술사 칠현인 중 한 명인 '침묵의 마녀'는 식은땀을 흘리며 대답했다.

(이럴 때는, 뭐라고 대답하는 게 정답이지? '마술 수업만큼은 절대로 안 받아요!' 라고 강하게 부정하면, 반대로 의심을 살 수도…….)

그때, 모니카의 머릿속에 화술이 뛰어난 동기──'결계의 마술사' 루이스 밀러가 한 말이 떠올랐다.

『귀찮은 상대의 말은 진지하게 받아들이지 않아도 됩니다. 긍정적으로 검토하겠다고만 말해 두고 이후에는 대충 흐지부지 넘기면 되는 겁니다.』

이거다. 모니카는 주먹을 움켜쥐었다.

마술 수업에 관해서는 '검토하겠습니다.' 라고만 말해서 얼버무리면 되는 거다.

"어때? 노튼 양. 나는 내일 견학회 안내를 맡았는데 괜찮다면 안내해 줄까?"

"네! 긍정적으로 검토할게요!"

그 말을 입 밖에 내고 나니 뭔가 엄청난 실수를 저지른 느낌이 들었다.

펠릭스가 씨익 웃었다.

"그래? 네가 긍정적으로 받아들여 줘서 기쁘네."

"네! …………………………어라?"

펠릭스는 대부분의 영애가 사랑에 빠질 만한 아름다운 미소를 지었다. 그러나 자신이 실언했음을 깨달은 모니카는 그럴 상황이 아니었다.

모니카의 임무는 펠릭스 호위다. 그러나 루이스도 연중무휴 곁에서 따라다니라고는 말하지 않았다. 애초에 같은 학생회 임원이 된 것만으로도 크나큰 쾌거다. 다른 곳에서 불필요하게 접촉했다가 정체가 들키면 더 위험하다.

모니카는 황급히 손을 파닥파닥 움직였다.

"저기, 그게, 지금 이건…… 아니…… 긍정적으로 검토한다는 건, 수업, 얘기라……."

"내일 교실로 마중 나갈게."

아름다운 미소와 함께 못을 박아버리니 모니카는 아무런 반박도 할 수 없었다.

멍해진 모니카의 머릿속에서 심술궂은 동기가 나타나 사악하게 웃었다.

『어라어라, 동기님. 당신, 이제부터는 '침묵의 마녀'가 아니라 '실언의 마녀'라고 자칭하는 게 어떤가요?』

환청에 아무런 반박도 못 한 실언의 마녀는 남몰래 머리를 감싸 쥐었다.

2장 공포의 마력량 측정

　세렌디아 학원 선택 수업은 기본적으로 세 학년 합동으로 진행된다.

　단, 3학년만은 새 학기 시작과 동시에 선택 수업을 정하기에 1, 2학년보다 보름 정도 빨리 수업을 진행한다.

　오늘 견학회에서는 주로 1, 2학년이 3학년의 수업 풍경을 자유롭게 견학하며 돌아다니게 된다.

　모니카는 사실 라나와 돌고 싶었지만, 라나는 이미 들을 수업을 정한 모양이었다.

　"있잖아. 모니카는 어떤 수업 들을 거야?"

　"그, 그게…… 이곳저곳 돌아보면서, 정할까, 해서요……."

　라나가 질문하자, 모니카는 애매하게 웃으면서 대답하고는 해산 지시가 떨어짐과 동시에 교실에서 뛰쳐나왔다.

　펠릭스는 교실로 마중 나가겠다고 했지만 그런 일이 벌어지면 또 눈에 띄고 만다.

　모니카가 교실에서 뛰쳐나와서 조금 걷자, 마침 복도 모퉁이를 도는 펠릭스가 보였다.

　펠릭스는 "여어." 라고 말하면서 아름다운 금발을 흩날리며 웃었다.

"내가 교실로 마중 나간다고 했는데, 그러기도 전에 나와 있다니 굉장히 기합이 들어갔네?"

모니카는 괜히 눈에 띄는 게 싫어서 교실을 뛰쳐나왔다고는 못 말하고 그저 시선을 갈팡질팡 돌렸다.

"저기, 마, 맞아요. 저, 기합이 들어가서…… 저기, 잘, 부탁합니다."

모니카는 고개를 꾸벅 숙이고는 펠릭스 뒤로 조금 떨어져 걸었다.

복도를 걷는 건 1, 2학년이 대부분이지만 펠릭스와 같은 3학년도 드문드문 있었다. 아무래도 3학년 일부가 안내인을 맡은 모양이다.

(일단 마술 수업은 견학만 하고…… 최종적으로 다른 수업을 듣는다고 하면 문제없, 을 거야. 응…….)

거기까지 생각하던 모니카는 문득 눈치챘다.

펠릭스는 무슨 수업을 골랐을까? 모니카에게 권유할 정도면 펠릭스도 마술을 공부하는 걸까?

리디르 왕국 왕가에는 마술이 특기인 사람이 많다고 들은 적이 있다. 현 국왕도 솔선해서 쓰는 일은 별로 없지만 어쨌든 토속성 마술 사용자다.

"저기이…… 저, 전하도, 마술 수업을 들으시는 건, 가요?"

"아니. 나는 마술 재능이 없어서."

펠릭스는 딱히 분한 기색도 없이 태연하게 고개를 가로저었다. 모니카는 그게 조금 의외였다.

펠릭스 아크 리디르에 대한 세간의 평가는 '뭐든 할 수 있는 완벽한 왕자님'이다.

실제로 펠릭스는 우수하다. 검술이나 승마뿐 아니라 학식도 뛰어나고 댄스 등의 교양도 완벽하다. 외교에서도 벌써 성과를 거뒀다고 한다. 뭐든지 서툴기만 한 모니카와는 너무 다르다.

(……근데, 마술만큼은, 못 하는구나.)

마술은 날 때부터 가진 마력량과 같은 재능이 좌우하니까 어쩔 수 없다.

펠릭스는 '마술과 수학은 통하는 게 있다'라고 말했으니까 틀림없이 마술에도 박식하리라 생각했다.

모니카가 멍하니 그런 생각을 하는데, 앞쪽에서 "아앗!" 하는 커다란 목소리가 들렸다.

별생각 없이 목소리가 난 방향을 보자 금갈색 머리 청년이 이리로 달려오는 게 보였다. 모니카는 그 얼굴을 본 적이 있었다.

모니카가 "앗." 하고 작게 외치며 멈추자, 펠릭스도 발을 멈추고 "아는 사이야?"라고 하며 모니카를 바라봤다.

그 질문에 어떻게 대답할지 고민하는 사이, 목소리 큰 청년이 모니카 앞에서 발을 멈췄다.

"역시 요전에 봤던 아이임다! 안녕하심까!"

하얀 이를 드러내며 쾌활하게 웃는 사람은 이틀 전 크레메에서 만났던 마술사 청년이었다.

(세렌디아 학원 학생이었구나……!)

크레메에서 봤을 때는 옷차림이 소박했고 말투도 하층민 같아서 세렌디아 학원 학생일 거라고는 생각지도 못했다.

모니카가 놀라는 사이, 청년이 온 방향에서 모니카와 같은 학생회 임원 닐이 빠르게 다가왔다.

"글렌. 복도에서 뛰면 안 되잖아요! ……어라. 회장님에 노튼 양? 글렌과 아는 사이였나요?"

닐은 놀랐는지 눈을 동그랗게 떴다.

모니카가 어떻게 설명할지 고민하자, 글렌이라 불린 청년이 닐에게 활기차게 설명했다.

"이쪽 조그만 애하고는 이틀 전 크레메에서 만났습다."

조그만 애라는 말에 살짝 충격을 받은 모니카는 청년을 올려다봤다. 크다. 펠릭스와 비슷하지 않을까.

그나저나 닐과 같은 반이라면 모니카와 같은 고등과 2학년이라는 건가.

"나는 글렌 더들리! 올가을에 막 편입했고 닐하고는 같은 반임다."

올가을 편입생. 즉, 모니카와 같은 타이밍에 편입했다는 뜻이 된다.

자기 이외에도 편입생이 있었다는 것에 조금 놀란 모니카는 글렌에게 자기소개했다.

"저기, 저, 전…… 모니카 노튼, 이에요…… ."

글렌은 "잘 부탁함다!"라며 모니카의 손을 잡고 붕붕 흔들고는, 모니카 옆에 선 펠릭스를 봤다.

세렌디아 학원 2학년
글렌 더들리

"그쪽 분도 처음 뵙겠슴다! 선배 맞죠? 잘 부탁함다!"

글렌의 말을 들은 모니카와 닐이 눈을 화들짝 떴다.

펠릭스의 얼굴을 모르는 사람이 이 학원에 있다니! ……모니카는 자기도 몰랐었다는 것도 잊은 채 새파래졌다.

그러나 펠릭스는 딱히 기분이 상한 기색 없이 평소와 다름없게 온화한 모습으로 글렌에게 웃어 줬다.

"반가워, 더들리…… 소문은 들었어. 학생회장 펠릭스 아크리디르야. 잘 부탁해."

"학생회장! 앗, 그럼 왕자님이잖슴까! 굉장해!"

"글렌, 글렌! 실례잖아요!"

닐이 새파란 얼굴로 글렌의 팔을 잡아당겼지만, 펠릭스는 "신경 안 써도 돼."라며 포근하게 웃었다. 매일 모니카의 무례한 행동을 넘어가 주는 만큼 역시 관대하다.

글렌에게 붙임성 있게 웃어주던 펠릭스는 "그러고 보니."라면서 뭔가 떠올린 듯 중얼거렸다.

"크레메라면 이틀 전에 지룡이 출몰했지. 하지만 지나가던 마술사가 위병과 협력해서 격퇴했다고 들었는데…… 너희는 말려들거나 하지 않았어?"

어깨를 움찔한 건 모니카만이 아니었다.

글렌은 노골적으로 시선을 이리저리 피하면서 부자연스러울 만큼 커다란 목소리로 말했다.

"이야~ 전! 혁! 아무 일도 없었슴다!"

(……어라?)

모니카는 글렌의 태도를 보고 조용히 고개를 갸웃했다.

그때, 모니카는 글렌의 마술에 자기 마술을 덮어씌우는 식으로 지룡을 해치웠다. 주변 사람들이 지룡을 무찌른 건 글렌의 마술이라고 생각하게 하려고.

그렇기에 모니카는 글렌이 자기가 지룡을 무찔렀다면서 주변에 공적을 자랑하리라 생각했다.

그러나 글렌은 왠지 필사적으로 그 일을 감추려 했다. 뭔가 사정이 있는 걸까?

모니카가 글렌을 가만히 올려다보자, 글렌이 시선을 눈치챘는지 모니카를 봤다.

"앗, 그러고 보니 모니카는 선택 수업은 뭘 들을 겁까?"

"저기…… 저, 저는…… 그게……."

"노튼 양은 기초 마술학 교실로 안내하려고 하는데."

모니카를 대신해서 펠릭스가 대답하자, 글렌의 표정이 확 밝아졌다.

"나링 닐하고 똑긭슴다!"

"우연이네. 그럼 같이 갈까."

"알겠슴다!"

펠릭스가 권유하자, 글렌은 기운차게 수긍했다.

무례하다면 무례하지만 붙임성 있는 성격 때문인지 왠지 미워할 수 없는 청년이었다.

글렌, 닐과 함께 이동하던 모니카는 조용히 가슴을 쓸어내렸다.

인원이 많은 건 거북하지만 눈에 띄는 펠릭스와 단둘이 걷는 것보다는 조금 마음이 편했다.

모니카가 슬그머니 뒤쪽으로 이동하자, 글렌도 마찬가지로 펠릭스와 거리를 두고는 모니카에게 손짓을 보냈다. 뭔가 두 사람에게는 알려지기 싫은 이야기가 있는 모양이다.

모니카가 올려다보자, 글렌이 허리를 숙이고는 모니카에게 귓속말을 보냈다.

"저기, 모니카에게 부탁할 게 있지 말임다."

"네, 넷……."

모니카가 몸을 웅크리자, 글렌은 진지한 표정으로 말했다.

"내가 거리에서 마술을 쓴 건 비밀로 해 줬으면 좋겠슴다."

글렌이 거리에서 사용한 마술이라면, 비행 마술인가?

마술을 쓴다는 건 일종의 스테이터스와 같아서 귀족들 사이에서는 매우 지적인 소양으로 여겨진다.

그래서 신분을 가장하고 잠입한 모니카라면 모를까 글렌이 마술을 쓰는 걸 일부러 숨길 이유는 없었다.

모니카가 의아하게 생각하는데, 글렌이 곤란한지 금갈색 머리를 긁적였다.

"나, 실은 아직 견습이라서 감독자가 없을 때는 마술을 쓰지 말라고 스승님에게 지시받았지 말임다."

"어, 겨, 견습……?"

견습이라면 초급 마술사 자격조차 없다는 뜻이다.

그러나 모니카는 비행 마술을 쓰는 견습 이야기는 들어본 적도 없었다.

모니카가 놀라자, 글렌이 심각한 표정으로 말했다.

"멋대로 마술을 쓴 게 들켰다가는…… 아마 스승님이라면 멍석말이를 해서 지붕에 매달아 버릴 검다. 자칫하면 강에 떠내려 보낼지도……."

"무, 무서운 스승님이네요."

"그렇지 말임다. 무지막지하게 무섭습다! 그러니까 모두에게 비밀로 해 줬으면 좋겠슴다! 부탁함다!"

모니카는 절박해 보이는 글렌을 보고 마음속으로 친근함을 느꼈다.

모니카도 마술을 쓸 줄 안다는 걸 숨겨야만 하는 상황이니까.

자신과는 사정이 다르지만 조금 친근함을 느낀 모니카는 "알았어요."라고 수긍했다.

"두 사람은 사이가 좋네."

전방에서 펠릭스의 목소리가 들려오자, 모니카와 글렌은 나란히 어깨를 흠칫했다.

모니카가 허둥지둥 변명하려는데, 갑자기 글렌이 무척 큰 목소리를 냈다.

"그렇지 말임다! 거리에서 만났을 때 무지 의기투합해서! 앗, 그러고 보니 기초 마술학을 듣는다는 건, 모니카도 마술에 흥미가 있는 검까?"

"아, 아아아아뇨, 저기, 저는……!"

펠릭스에게 떠밀려서 수업을 견학하게 됐지만, 모니카는 절대로 마술 관련 수업을 받을 수 없었다.

"자, 잠깐 보기만 할까, 하는 정도, 예요……."

일단 오늘은 견학만 해 두고 최종적으로 다른 수업을 고르면 된다.

모니카가 그렇게 자신을 타이르자, 펠릭스가 어느 교실 앞에서 발을 멈췄다. 아무래도 이곳이 기초 마술학 교실인 모양이다.

"나는 이 교실을 강하게 추천해. 뭐니 뭐니 해도 얼마 전에 오신 선생님이 굉장히 유명한 분이거든."

"유, 유명한 분, 이요……?"

펠릭스의 말을 듣자, 모니카는 불길한 예감이 들었다.

(괘, 괜찮아, 괜찮아, 이 학원에 나를 아는 사람은 없다고, 루이스 씨도 사전에 확인해 줬고………… 어라, 근데, 방금, '얼마 전에 왔다'고…….)

펠릭스가 교실 문을 열었다.

교단에 서 있는 건 로브를 입고 지팡이를 든 작은 체구의 노인이다.

새하얀 눈썹에, 눈과 귀가 수염에 파묻힌 노인은 이쪽을 바라보고는 어딘가 멍한 목소리로 "어라." 하고 중얼거렸다.

그 모습을 본 순간, 모니카는 온몸의 핏기가 가셨다.

(매……맥레건 선생님——?!)

'수교의 마술사' 윌리엄 맥레건은 예전에 모니카가 마술사 양성기관 미네르바에 재적할 무렵, 실전 마술 수업을 담당했던 교사다.

모니카가 미네르바를 졸업할 때와 거의 같은 시기에 미네르바 명예 교수가 됐다고 들었는데, 설마 세렌디아 학원의 교사가 될 줄이야!

임무 실패라는 글자가 모니카의 머릿속에서 빙글빙글 맴돌았다.

(끄, 끝났어……. 전부 들켰어……. 처형…… 처형…….)

모니카가 마치 세상 다 산 사람 같은 얼굴로 우두커니 서 있자, 맥레건이 모니카 일행 쪽으로 눈을 돌렸다.

"…………자네는 누구지?"

선두에 선 펠릭스가 대표로 입을 열었다.

"학생회장 펠릭스 아크 리디르입니다."

"아아, 그래, 학생회장이라…… 응…… 안내 고마워……. 으음, 견학자는 두 명? 아니 세 명인가? 미안하지만 내가 눈이 좀 안 좋아서 말이야."

"견학자는 세 명. 제가 안내인입니다."

"세 명이라. 그래그래. 그럼 적당한 곳에 앉으렴."

어딘가 멍하면서 독특한 말투도 모니카가 기억하는 그대로다……. 그리고 눈이 안 좋다는 점도.

생각해 보면 맥레건은 미네르바에 재임했을 때부터 눈이 안 좋았다.

(혹시…… 아, 안 들켰나?)

괜찮다. 지금이라면 아직 얼버무릴 수 있다.

애초에 이 학원에서 모니카는 '모니카 에버렛'이 아니라 '모니카 노튼'이다.

큰 소리로 풀 네임을 부르지 않는 한, 엔간해서는 동일 인물인 게 들킬 일은…….

"어~이, 닐! 모니카! 여기여기! 여기 자리가 비었습다~!"

(히이이이이익!)

글렌이 큰 소리로 자신을 부르자, 모니카는 소리 없는 비명을 지르고는 맥레건의 낌새를 힐끔힐끔 엿봤다.

맥레건은 딱히 모니카를 알아챈 기색이 없다. 역시 눈치채지 못한 모양이다.

모니카는 쿵쾅쿵쾅 시끄러운 심장을 진정시키면서 글렌 옆에 앉았다.

견학자가 아닌 펠릭스까지 재미있다는 표정으로 재빠르게 모니카 옆에 앉았다. 가능한 한 빨리 견학자 안내 업무로 돌아가 줬으면 좋겠다.

모니카가 의자 위에서 몸을 웅크리니 맥레건의 강의가 시작됐다.

"어~ 어흠. 그럼 먼저 무엇부터 이야기할까. 응, 그래. 먼저 마술사의 소질 이야기를 할까. 마술사가 되려면 세 가지 재능이 필요해. 바로 '마력량', '마술식 이해력', '마력 조작 기술'이지."

맥레건은 지금 거론한 세 가지를 칠판에 적고는 먼저 '마력량' 글자에 동그라미를 쳤다.

"하지만 뭐니 뭐니 해도 가장 필요한 재능은 이거, 마력량이야. 이게 없으면 애초에 마술을 발동 못 하니까. 지금은 마력량 계측기가 있어서 간단히 측정할 수 있지. 견습도 마력량 50 정도는 필요해. 100을 넘으면 그럭저럭 우수하고 150을 넘으면 칠현인이 될 수 있을지도."

칠현인이라는 한마디에 모니카의 어깨가 들썩였다.

아아, 정말 심장에 안 좋아!

"다음으로 '마술식 이해력' …… 마술식은 수식과 통하는 게 있으니 수학이 특기인 아이는 이 마술식 이해력이 뛰어난 경우가 많아. 마술식은 이른바 '마술의 설계도 겸 골조' 니까. 마술식을 올바르게 이해할수록 마술 정밀도가 부쩍 올라가지."

거기서 맥레건은 말을 끊고 뭔가 떠올리려는 듯 아련한 눈빛을 했다.

"그래그래. 옛날에 내 제자 중에 이 '마술식 이해력' 이 굉장히 뛰어난 아이가 있었어. 마술식을 부쩍부쩍 이해해 나가다가 끝에는 영창 없이도 마술을 쓰게 되어 버렸지……. 칠현인 '침묵의 마녀' 라고 하는데."

(허어어어억!)

"아, 참고로 이 '침묵의 마녀' 는 그녀가 만든 마술식도 포함해서 필기시험에 자주 나오니까 기억해 두도록."

(기억하지 말아 줘어어어!)

"뭐랄까. 근대 마술의 정석을 뒤집어 버렸다고 말해도 과언이 아닐 만큼 마술사니까."

(과언이에요오오오오오오, 이제 그만둬 주세요오오오오오!)

모니카의 안색은 이미 창백을 넘어서서 흙빛이었다. 가능하면 지금 당장 이 자리에서 도망치고 싶었다.

옆자리 글렌이 "괜찮습까?" 하고 몰래 말을 걸었지만, 모니카는 입술을 실룩거리듯 웃으면서 고개를 살짝 끄덕이는 게 고작이었다.

"마지막으로 '마력 조작 기술'이네. 이건 마술식을 토대 삼아서 마술을 완성하는 기술을 말하는데. 뭐어, 센스가 필요하지. 센스가 좋은 아이는 어려움 없이 마력을 짜내고, 센스가 나쁜 아이는 아무리 해도 마력을 흘려버려. 마술식 이해력이 낮은데도 어느 정도 마술을 쓰는 아이는 이 '마력 조작 기술'이 뛰어난 유형이 많아. 건설에 비유하자면, 설계도와 골조가 엉성하더라도 어느 정도 형태를 구축하는 유형이지. 뭐, 완성도는 낮지만."

아마도 글렌이 그 유형이리라. 모니카는 마음속으로 그렇게 생각했다.

크레메에서 봤던 글렌의 마술은 거칠었고 마술식은 빈말로도 세련됐다고 말하기 힘들었다.

그런데도 어려운 비행 마술을 그렇게나 잘 쓴 건 마력 조작 기술이 뛰어나기 때문이다.

"뭐, 일류 마술사가 목표라면 이 세 가지 재능을 겸비하는 게 바람직하지만. 대전제로 마력이 없다면 마술을 못 쓰니까. 수강 희망자는 전원 마력량 측정을 해 줘야겠어."

그렇게 말한 맥레건은 교단에 수정 구슬을 올렸다.

수정 구슬은 금속제 받침대에 고정되어 있고 받침대에는 '0에서 250까지' 숫자가 붙어 있었다.

"이건 말이지. 마력량 측정기라고 하는데 이 수정 구슬에 손을 대면 간단히 마력량을 측정할 수 있어. 자, 이런 식으로."

맥레건이 수정 구슬에 손을 대자 수정 구슬이 푸르게 빛나면서 눈금이 160으로 움직였다.

마력량 160…… 의심의 여지가 없는 상급 마술사 레벨이다.

"내 마력량은 160, 빛이 푸른색이니까 물 속성이 특기…… 이런 식으로 자신의 마력을 간단히 알 수 있어. 굉장하지? 자, 그럼 자네들도 순서대로 손을 대 보라고."

(……………어.)

모니카의 심장이 불길한 소리를 내며 경종을 울렸다.

마력량 기준은 1~49까지가 재능 없는 일반인. 50~99까지가 견습 및 하급 마술사. 100~129까지가 중급 마술사. 130이상이 상급 마술사다. 200을 넘는 사람은 거의 없다.

그리고 칠현인은 마력량 150 이상이 절대 조건이기에 1년에 한 번은 반드시 측정한다. 그래서 모니카는 자신의 마력량을 정확하게 기억했다.

(내, 내가 마지막으로 측정했을 때는…… 202…….)

마력량은 10대 후반에 최고점을 맞이하기에 자칫하면 더 늘어났을 가능성도 있다.

그리고 마력량이 200을 넘는 건 아무리 생각해도 일반적이지 않다.

(어, 어어어어어어어어어쩌지이이이이이이!)

모니카는 온몸이 식은땀으로 젖어 부들부들 떨었다.

어떤 자리에서 도망치고 싶을 때, 어느 시대에서나 통용되는 만능 변명이 있다.

바로 '잠깐 화장실에 다녀오겠습니다.' 이다.

그러나 모두가 이 만능 변명을 입에 담을 수는 없다.

극도의 부끄럼쟁이는 남들 앞에서 말하는 것조차 힘들다.

그렇기에 모니카는 자기 자리에서 굳은 채, 이 만능 변명을 말하려다가 입을 다물고, 다시 말하려다가 다물기를 반복했다.

이번에야말로 말하자, 다음에야말로 말하자, 대화가 딱 좋은 타이밍에 끊어졌을 때 말하자. 딱 좋게 끊어졌을 때란 언젤까, 아무튼 말하자, 이번에야말로, 이번에야말로⋯⋯. 그렇게 갈등하는 사이, 마력량 측정기가 슬금슬금 모니카에게 다가왔다. 지금은 닐이 손을 대고 있었다.

저걸 만지면 모니카는 끝장이다. 일반인이 아닌 게 들키고 만다.

"메이우드 서무는 토속성이 특기고 마력량은 96인가. 나쁘지 않은 숫자네. 지금까지 마술을 배운 적이 없었지?"

펠릭스가 감탄한 듯 닐에게 묻자, 닐은 수줍어하며 대답했다.

"네. 이론을 조금 배운 정도예요. 아버지는 그럭저럭 쓰시는 모양이지만요."

"아아, 메이우드 가는 대대로 토속성 마술이 특기니까."

지금이다. 지금이야말로 "잠깐 화장실에 다녀올게요."라고 말하는 거다……. 아아, 하지만 이 타이밍이라면 펠릭스의 말에 끼어들었다고 생각할지도. 모니카는 갈등했다.

"다음은 내 차례임다~!"

글렌이 기운차게 말하면서 측정기에 손을 뻗었다.

(아아아아아, 글렌 씨가 끝나면, 다음은 내 차례…… 그렇게 되기 전에 도망쳐야……!)

모니카가 머리를 감싸 쥐며 식은땀을 줄줄 흘리는데, 바로 옆에서 빠직, 하는 소리가 들렸다.

(……빠직?)

소리가 난 곳은 글렌 앞에 있는 마력량 측정기였다.

글렌 손이 닿은 부분이 붉게 빛나더니 그곳에 작은 금이 갔다.

글렌이 앗, 하고 외친 순간, 수정 구슬에 커다란 균열이 갔다. 글렌은 황급히 측정기에서 손을 뗐다.

"선생님~! 이거 망가졌슴다~!"

"거짓말이지? 자네, 그거 얼마나 하는 줄 알아?"

"끄악──! 제, 제제제제 탓이 아님다! 분명 불량품! 불량품인 검다!"

수정이 붉게 물들었다는 건, 글렌은 불속성이 특기라는 뜻이 된다.

문제는 마력량이다. 마력량을 나타내는 눈금이 가장 끝까지 돌아갔다.

저 측정기의 최대 수치는 250, 그런데 끝까지 갔다는 건 글렌의 마력량이 250을 넘는다는 뜻이 된다……. 그런 일이 가능한가?

국내에서 마력량이 250을 넘는 사람은 한 손에 꼽을 정도다. 칠현인 중에서도 두 명밖에 없다.

(만약 글렌 씨 마력량이 250을 넘는다면 굉장한 일이지만…….)

이 자리에 있는 모두가 측정기가 고장 났다고 생각한 모양이다. 그건 모니카도 마찬가지였다.

글렌은 덜덜 떨면서 금이 간 측정기를 들고는 "이거 폭발하지는 않겠죠? 괜찮겠죠?"라며 크게 소란을 피웠다.

다른 학생들도 웅성거리며 글렌을 주목했다. 이건 빠져나갈 기회다.

모니카는 글렌의 교복 소매를 당기고 작은 목소리로 말했다.

"저기, 저, 저…… 잠깐, 화장실, 다녀올게요!"

"알겠습다!"

글렌은 모니카를 의심하지 않고 바로 수긍했다.

가슴을 쓸어내린 모니카는 몰래 교실을 빠져나갔다.

＊ ＊ ＊

(위, 위험했어어…….)

기나긴 한숨을 내쉰 모니카는 복도 벽에 기댔다.

그러나 이걸로 안심해서는 안 된다. 선택 수업 견학 시간은 아직 많이 남았으니까. 이대로 기초 마술학 교실로 돌아가지 않으면 글렌이나 펠릭스가 이상하게 생각할지도 모른다.

모니카는 터덜터덜 복도를 걸으면서 어떻게 변명할지 고민했다.

차라리 끝날 때까지 두통 때문에 화장실에 틀어박혀 있었다고 할까……. 그런 허접한 변명을 고민하는 와중에 앞쪽에 다른 선택 수업 교실이 보였다.

문이 열려 있어서 자유롭게 출입할 수 있었다.

다른 수업이 신경 쓰였던 모니카는 문 뒤에서 몰래 실내를 들여다봤다.

(저건…… 체스?)

교실 안에서는 학생들이 묵묵히 체스를 두고 있었다.

모니카는 체스를 해 본 적이 없고 규칙도 모르지만 이런 탁상 유희가 귀족들에게 인기라는 건 안다.

(이 학원에서는 체스도 수업 중 하나구나…….)

주머니에서 선택 수업 목록을 꺼내 확인해 보니 분명히 체스가 있었다. 교실은 그 나름대로 학생이 있으니까, 인기 있는 수업이리라.

(저 말이 움직이는 데는 일정한 규칙성이 있는 걸까.)

왠지 모르게 제일 가까운 테이블을 문 뒤에서 가만히 바라보자, 누군가가 모니카의 어깨를 두드렸다.

"어라어라, 몰래 숨어 있는 녀석이 누군가 했더니만 전하의 마음에 든 아기 다람쥐잖아."

모니카를 내려다보는 건 진한 갈색 머리에 처진 눈의 청년, 학생회 서기 엘리엇 하워드였다.

엘리엇은 예술 소양이 없는 모니카를 비웃었을 때처럼 지금도 처진 눈을 심술궂게 떴다.

"아기 다람쥐는 체스에 흥미가 있나? 좋아, 그럼 내가 가르쳐 주지."

"아, 아뇨…… 저기…….."

엘리엇은 모니카가 발길을 돌리는 것보다 빠르게 손을 뻗어서 손목을 붙잡고는 교실 안으로 끌고 들어왔다.

교실에서 체스를 두던 사람 몇 명이 손을 멈추고 모니카를 주목했다. 그게 거북한 모니카는 곧장 고개를 수그렸다.

"뭐, 여기 앉으라고. 체스 경력이 몇 년이지? ……아아, 혹시 말 이름도 모르나?"

"네, 네. 몰, 라요!"

엘리엇이 농담처럼 한 말에 정직하게 수긍하자, 엘리엇은 어깨를 떨며 웃고는 모니카의 정면에 앉았다.

"그렇다면 말 이름과 움직이는 법부터 알려 주지. 이게 폰. 가장 약한 말."

엘리엇은 흰색과 검정색 말을 들어서 그 명칭과 움직이는 법을 설명했다.

모니카는 이런 탁상 유희 지식이 빈약하다. 흥미가 없었다기보다는 지금까지 접할 기회가 적었다.

체스는 미네르바에 다닐 무렵 귀족 아이들이 하던 걸 멀리서 본 정도가 다다.

엘리엇이 말 설명을 끝내자, 모니카는 조심조심 한 손을 들어서 물었다.

"저기요오……. 이건 애초에…… 어떻게 해야 이기는, 게임인가요?"

"하하! 정말로 그것조차 모르는 건가. 뭐어, 승패는 간단해. 적의 킹을 잡는다. 그것뿐이야."

엘리엇은 흰색 킹을 손끝으로 튕기며 씨익 웃었다.

"체스는 유사 전쟁──. 귀족에게 전략 감각을 익히게 해 주는 중요한 소양이니까."

"……유사 전쟁."

그렇게 중얼거린 모니카는 체스판에 선 말을 내려다봤다.

"마법병은, 어느 말에 해당하나요?"

"비숍이려나. 옛날에는 승병이 마법을 즐겨 사용했으니까."

"그럼, 마술사── 승병의 마술 역량이 설정되어 있나요? 주요 특기 마술과, 그 범위…… 그리고, 방어 결계의 예측 강도는 어느 정도죠? 보병의 무기는 뭔가요? 성내 식량 비축은 어떻게 하죠?"

"뭐?"

모니카는 놀란 토끼 눈을 한 엘리엇에게 빠르게 물었다.

"이 유사 전쟁은 계절이나 기후가 설정되어 있나요? 지형의 높낮이는요? 풍향은요?"

매우 진지한 모니카의 질문 앞에서 엘리엇은 잠시 멍해졌지만 이윽고 소리를 내며 낄낄 웃었다.

"어이어이, 이 게임에 그 정도 요소가 존재할 리가 없잖아! 이건 그냥 게임일 뿐이라고, 아기 다람쥐. 마치 전쟁을 겪어 본 말투인데!"

"……전쟁은, 해본 적 없, 어요."

그렇다. 모니카는 인간끼리 싸우는 전쟁에 참가한 적은 없다──. 그러나 '결계의 마술사' 루이스 밀러와 함께 마법병단의 실전 훈련에 참가한 적은 있다.

그때 모니카는 동기 루이스에게 전략도를 보는 법을 철저하게 배웠다.

익룡을 순식간에 격추할 만큼 정확한 마술을 날리려면 지형과 풍향을 파악해야 했으니까.

"……이 유사 전쟁의 무대는 그냥 평면이죠? 높이는 상관없고 말도 정해진 대로만 움직이고 상관의 교섭도 없다. 그냥 왕을 치면 그뿐인 거죠?"

"그, 그렇지."

새삼 확인을 받으려는 모니카의 질문을 듣고 엘리엇은 꺼림칙한 걸 본 표정으로 수긍했다.

모니카는 체스판을 바라본 채 선언했다.

"그럼 간단해요."

모니카의 발언을 듣자마자 엘리엇은 눈가를 험악하게 좁히고는 입꼬리를 들었다.

아아, 어쩜 이리도 어리석고 수치를 모르는 계집인가.

엘리엇은 분노와 모멸을 그대로 드러낸 채 비웃었다.

"알고 있어? 노튼 양. 너는 지금 이 교실에 있는 전원을 적으로 돌렸다고?"

모니카는 아무 대답도 하지 않았다. 그저 말없이 체스판을 빤히 바라봤다.

"어이어이, 거기 있는 폰을 한 칸 움직이고 '보세요, 저도 간단히 움직였잖아요!' 라고 말하려는 건 아니겠지?"

여전히 모니카는 아무 말도 하지 않았다. 체스판을 바라보는 모니카의 무표정한 얼굴은 엘리엇도 예전에 본 적이 있었다.

모니카가 회계 기록 재검토를 지시받았을 때와 똑같다.

모니카 노튼은 귀족이 갖춰야 할 교양이 없는 보잘것없는 계집이다.

그러나 이 계집이 펠릭스의 목숨을 노린 화분 낙하 사건의 범인을 찾아냈고 회계 기록 재검토를 완벽하게 해낸 것도 사실이다.

엘리엇은 잠시 고민하다가 모니카가 노려보는 체스판의 말을 다시 정렬했다. 모니카 쪽에 하얀 말이 늘어서도록.

지금까지 체스판을 빤히 바라보던 모니카가 천천히 고개를 들어 엘리엇을 바라봤다.

엘리엇은 일부러 건방지게 씨익 웃었다.

"시험 삼아 한 판 둬 보자고. 이쪽은 퀸을 빼고 하겠어."

"……선공은요?"

"백이 선공. 그쪽부터 하라고?"

검은색 퀸을 체스판에서 빼면서 말하자, 모니카는 동그란 눈으로 엘리엇을 잡아먹을 듯 바라봤다.

"제가, 선공을 해도, 되나요?"

"그래, 좋아."

여유로운 표정으로 끄덕인 엘리엇은 묘하게 초조했다.

모니카는 초심자인 주제에 눈치챈 것이다. 이 게임은 선공이 유리하다는 걸.

"……그럼, 갑니다."

모니카는 그렇게 말하고는 망설임 없이 중앙의 폰을 두 칸 전진시켰다.

폰의 전진은 언뜻 단순해 보이지만 의외로 복잡하다.

기본적으로 앞으로 한 칸만 움직이지만, 각 폰의 첫수일 때만 시작 지점에서 두 칸 움직일 수 있다.

그 밖에도 적 말을 잡을 때는 움직임이 변칙적으로 변해서 대각선으로 움직이기도 하고, 맨 끝까지 전진하면 다른 말로 승격할 수도 있다.

(……한 번 설명한 걸로 이해했을 것 같지는 않은데.)

첫수로 중앙 폰을 전진시키는 건 뭐, 자주 있는 경우다. 전방 폰을 빨리 움직여서 중앙을 비워 둬야 뒤쪽 말이 지나갈 길이 생기니까.

(……초보자가 나름대로 생각해서 둔 한 수라는 건가.)

엘리엇도 차가운 눈으로 체스판을 내려다보고 말을 움직였다.

그나저나 모니카의 손짓은 그야말로 초보자 티가 풀풀 난다. 말을 드는 법, 놓는 법도 엉망이다.

──그런 주제에 말을 움직일 때는 망설임이 없다.

엘리엇이 나이트를 전진시키자, 모니카가 즉시 다음 수를 뒀다.

이 게임은 그저 가벼운 놀이에 불과하다. 시간 같은 건 재지 않고, 애초에 제한 시간을 두지도 않았다.

그럼 좋을 대로 천천히 고민하면 될 텐데, 모니카는 엘리엇이 말을 움직이자마자 즉시 다음 수를 뒀다. 아무 생각도 없이 움직이는 게 아닌가 싶을 정도로 빠르게.

(……그렇게 날 압박할 셈인가? …………아니야.)

체스판을 내려다본 엘리엇은 눈살을 찌푸렸다.

모니카의 대국 스타일은 마치 교본에 적힌 정석 같았다.

만약 다른 사람과 두는 상황이었다면 엘리엇은 그렇게 놀라지 않았을 거다.

그러나 모니카는 지금 처음으로 규칙을 들은 사람이다.

(……그런데도 이렇게나 정석을 파악할 수 있나?)

엘리엇은 잠시 고민하다가 다음 수를 뒀다. 그러자 모니카는 즉시 반격했다.

참다못한 엘리엇이 입을 열었다.

"딱히 시간제한이 있는 승부가 아니라고? 천천히 고민하는 게 어때?"

"………………."

모니카는 대답 없이 그저 체스판의 말만 바라보았다.

엘리엇은 살짝 인상을 찌푸리고는 다음 수를 뒀다. 곧장 모니카가 다음 수를 뒀다.

언제부턴가 두 사람 주변에 사람이 모이기 시작했다.

그러나 엘리엇은 주위 구경꾼 따위는 눈에 들어오지 않았다.

시선은 체스판에 고정한 채, 한 손으로 가린 입가를 작게 실룩였다.

(……뭐야, 이게?)

엘리엇은 이 교실에서 세 손가락 안에 드는 실력자다.

퀸을 뺐다는 핸디캡은 있지만, 엘리엇은 봐주거나 하지 않았다.

핸디캡을 갖고도 철저하게 모니카를 몰아세우고 괴롭히며 체크메이트를 할 생각이었다.

그런데 지금, 궁지에 몰린 건 오히려 엘리엇이 아닌가. 이건 누가 봐도 명백했다.

모니카는 초심자가 자주 보이는 기묘한 수나 뜬금없는 수는 두지 않았다. 마치 교본처럼 깔끔한 스타일—— 그것은 매우 정확하고 허점이 없었다.

엘리엇의 수를 모두 읽고, 그 수를 하나씩 없애가면서 엘리엇 진형을 무너뜨렸다.

이대로 가면 와해되는 건 시간문제다.

(……아니, 잠깐만.)

체스판을 노려보던 엘리엇이 한 가지 역전의 수가 있는 걸 깨달았다.

아직 엘리엇 진형에는 움직이지 않은 킹과 룩이 있다. 그리고 사이에는 다른 말이 없다.

(……캐슬링을 쓸 수 있어.)

특정 조건에서 킹과 룩을 동시에 움직일 수 있는 것이 캐슬링이다.

엘리엇은 아직 모니카에게 캐슬링을 가르쳐 주지 않았다. 캐슬링을 쓰지 않아도 모니카 정도는 간단히 꺾을 수 있다고 생각했으니까.

(……캐슬링을 쓰면 이길 수 있어.)

그러나 모니카는 캐슬링을 모른다.

(그런데 정말 써야 하나?)

엘리엇의 자존심이 흔들렸다.

이대로 패배할까. 모니카에게 가르쳐 주지 않은 캐슬링을 써서 승리할까.

엘리엇의 손이 멈춘 순간, 주변이 소란스러워졌다. 그들은 어째서 엘리엇이 캐슬링을 하지 않는지 의아하게 생각한 것이리라.

(그래, 맞아. 이 녀석들은 내가 모니카 노튼에게 캐슬링을 가르쳐 주지 않은 걸 몰라.)

그걸 깨달은 순간, 엘리엇의 손이 무의식적으로 움직였다.

킹과 룩의 동시 이동…… 캐슬링이다.

지금까지 체스판만 바라보던 모니카가 눈을 깜빡이며 엘리엇을 바라봤다.

(그만둬, 보지 마.)

엘리엇은 모니카의 시선에서 도망치듯이 시선을 돌렸다.

그런데도 입만큼은 유창하게 나불나불 변명을 늘어놓았다.

"지금 이건 캐슬링이라고 해서 아직 움직이지 않은 킹과 룩이 있고 사이에 다른 말이 없을 때, 그리고 킹이 체크메이트 당하지 않았을 때 쓸 수 있는 수로……."

"졌습니다."

엘리엇의 설명이 끝나기도 전에, 모니카가 패배를 선언했다.

"지금 그, 캐슬링? 이 정식 규칙이고 유효하다면, 저는 이길 수 없어요."

엘리엇은 경악했다.

이 아기 다람쥐는 어째서 화를 내지 않지? 자신이 가르쳐 주지 않은 규칙 때문에 졌다. 그렇다면 공정하지 않다고 화를 내도 된다. 모니카에게는 그럴 권리가 있다.

그런데도 모니카는 화난 기색이 조금도 안 느껴지는 시무룩한 얼굴로 손가락을 꼬았다.

"……가, 간단하다고 말해서, 죄송해요……. 체스, 생각보다 어려웠어요……. 아무리 최선의 수를 생각해도, 상대가 인간이니까…… 불확실한 요소가 많아서."

이 게임의 승자는 엘리엇이다.

그러나 엘리엇의 가슴에 남은 건 씁쓸한 패배감과…… 자기 혐오다.

차라리 모니카가 엘리엇을 질책했다면 조금은 마음이 편했을지도 모른다.

자신이 가르쳐 주지 않은 수를 쓰다니 공정하지 않다. 그렇게 규탄해도 됐는데 모니카는 대단한 문제가 아니라는 듯이 말을 다시 정렬하고 캐슬링을 고찰했다.

엘리엇은 모니카에게 뭐라 말하려고 했다.

그게 사과인지, 아니면 왜 자신을 질책하지 않느냐는 의문의 말인지도 모른 채. 그럼에도 뭔가 말해야겠다고 생각했다.

그러나 엘리엇보다 먼저 입을 연 인물이 있었다.

스킨헤드를 한 험악한 인상에 마치 역전의 용병 같은 분위기를 풍기는 거한──. 믿을 수 없을지도 모르지만 이 체스 수업의 교사인 보이드 선생이었다.

"거기 여학생, 이름이 뭐지?"

모니카는 시선을 좌우로 이리저리 돌렸지만, 이 교실에 여학생은 몇 명밖에 없었다.

그리고 보이드 시선 너머에 있는 여학생은 모니카뿐이다.

보이드가 예리한 시선으로 바라보자, 모니카는 대형 맹수와 마주한 아기 다람쥐마냥 떨었다.

"모, 모…… 모니, 모니, 모니……."

모니카는 덜덜 떨면서 열심히 입을 움직이려 했다……. 그러나 모니모니 하고 똑같은 말만 반복할 뿐, 도저히 이름을 댈

수 없었다.

　모니카를 내려다보는 보이드는 얼굴이 험상궂은 것뿐만 아니라 덩치가 크고 근육이 다부진 남자다. 체스 말보다 전장에서 적장의 목을 드는 게 더 어울릴 법한 풍모다. 모니카가 무서워하는 것도 무리는 아니었다.

　엘리엇은 못 말리겠다는 듯 한숨을 내쉬고는 끼어들었다.

　"모니카 노튼 양. 저와 같은 학생회 임원입니다. 보이드 선생님."

　"기억했다."

　보이드는 낮고 깊게 울리는 목소리로 그렇게 말하고는 종이 한 장을 모니카에게 쥐어 줬다. 그건 선택 수업 신청 용지였다.

　모니카는 여전히 모니모니, 하고 이상한 말을 중얼거리고 울상을 지으며 보이드와 신청 용지를 번갈아 봤다.

　그런 모니카에게 보이드가 강하게 말했다.

　"꼭 수강하도록."

　모니카는 모니모니, 하고 울면서 고개를 끄덕끄덕 흔들었다.

　(……무슨 말을 하는지도 모른다는 표정이군.)

　어이없어하며 눈을 가늘게 뜬 엘리엇은 속으로 한숨을 내쉬었다.

3장 꼬리 없는 황소와 쾌활한 영애, 치마 입은 고양이

선택 수업 견학회가 끝난 뒤, 모니카는 무거운 발걸음으로 학생회실로 향했다.

왜냐하면 기초 마술학 수업 도중에 빠져나가 돌아가지 않은 채 견학회 시간이 끝나 버렸기 때문이다. 펠릭스에게 무슨 말을 들을지도 모른다.

(……그래도, 체스 수업, 즐거웠지.)

체스에는 수식이나 마술식과는 다른 즐거움이 있었다.

그때 폰이 아니라 나이트를 움직였다면, 혹은 상대가 이렇게 공격해 왔다면…… 모니카는 그렇게 다른 패턴도 생각하면서 학생회실 문을 열었다.

학생회실에는 시릴과 엘리엇 두 사람밖에 없었다. 둘은 종이 한 장을 바라보면서 뭔가 진지한 표정으로 이야기를 나눴다.

뭔가 트러블이 있었던 걸까? 모니카는 둘의 대화에 귀를 기울였다.

"……이봐, 시릴. 다시 한번 묻겠어. 이건 뭐야?"

"어디를 보더라도 황소와 바퀴 아닌가."

"어디를 봐도 토끼와 원형으로 썰려 썩어가는 오렌지잖아."

흘러나오는 대화만으로는 뭐가 뭔지 전혀 모르겠다.

모니카가 뭐라 말을 걸어야 할지 고민하자, 엘리엇이 모니카를 알아채고 지면에서 고개를 들었다.

그리고 모니카를 본 엘리엇이 어째서인지 씁쓸한 표정으로 눈을 돌렸다.

(호, 혹시, 오늘 체스 때…… 내가 실례되는 말을 해서, 기분이 상한 걸까……!)

모니카가 허둥지둥하자, 시릴도 모니카를 알아채고 말을 걸었다.

"뭐야, 노튼 회계였나."

노튼 회계── 직함으로 불리면 왠지 조금 등을 쭉 뻗게 된다.

모니카는 구부정하게 구부렸던 등을 쭉 펴서 시릴을 올려다봤다.

"아, 안녕하세요……. 저기, 무슨 말씀을 하고 계셨, 나요?"

모니카가 묻자, 시릴은 수중에 있던 종이로 시선을 내리며 말했다.

"다음 달부터 학원제 준비가 본격적으로 시작되고 업자 출입이 활발해지지. 그에 따라 출입하는 업자의 문장을 확인하고 있었다."

업자 문장이라면 어제 닐과 함께 정리한 자료다.

모니카가 상회명과 함께 기재된 문장을 떠올리는데, 엘리엇이 시릴의 말을 이어받았다.

"내가 올해 담당하는 애보트 상회는 작년에 시릴 담당이었거든. 그래서 그 상회의 문장이 어떤 건지 물어봤더니 황소와 바퀴라고 하는 거야. 전부 흔한 모티브잖아. 나는 황소와 바퀴가 모티브인 상회를 서너 개는 알고 있다고."

"그래서 실제로 그려서 보여 줬잖아."

시릴이 불쾌한 표정으로 손에 든 종이를 엘리엇에게 들이밀었다.

그 종이를 들여다본 모니카는 할 말을 잃었다.

그곳에 그려진 걸 굳이 말로 표현하자면 일그러진 원을 12등분한 물체 앞에 네 다리를 가진 꾸물꾸물한 무언가가 있다…… 정도일까.

엘리엇이 어이없다는 표정으로 꾸물꾸물한 무언가의 머리를 가리켰다.

"이 세로로 쭉쭉 뻗은 건, 토끼 귀잖아?"

"황소 뿔이다."

시릴이 한 점의 망설임도 없이 단언하자, 엘리엇이 연민의 시선을 보냈다.

시릴에게는 대단히 미안하지만 모니카도 엘리엇과 같은 감상이었다. 동그란 실루엣에 짧은 다리는 굳이 따지자면 소라기보다는 토끼에 가깝다.

모니카가 꾸물꾸물한 그림 속 동그란 눈을 응시하자, 엘리엇이 모니카에게 화제를 넘겼다.

"이봐, 노튼 양. 너는 그게 황소로 보여?"

"넷?! 그으으으으게에에에에에……."

모니카가 시릴을 힐끔 바라봤다. 시릴은 여느 때처럼 의연한 표정으로 모니카를 바라보았다.

대단히 의연한 표정인데 기분 탓인지 저 푸른 눈이 뭔가를 기대하는 것처럼 반짝이는…… 듯한…….

모니카가 손가락을 꼬면서 시선을 갈팡질팡 옮기자, 엘리엇이 어깨를 으쓱했다.

"보라고, 시릴. 이게 현실이야."

"전하는 이걸로도 알아봐 주셨어."

"그야 전하는 네가 작년에 애보트 상회를 담당한 걸 알잖아."

엘리엇이 어이없어하자, 시릴이 눈썹을 날카롭게 치켜들며 고함쳤다.

"전하의 말씀을 의심하는 거냐!"

"내가 의심하는 건 네 감성이야! 이런 그림을 어떻게 알아보란 건데?! 정말이지~ 이래서 예술 소양이 없는 녀석이란!"

두 사람이 마침내 말다툼을 벌이기 시작하자, 모니카가 용기를 쥐어짜서 말을 걸었다.

"저기, 저기이, 저기이……!"

두 사람의 시선이 모니카에게 향했다. 그것만으로도 다릿심이 풀릴 것 같다.

그래도 모니카는 깃펜을 쥐고 의식을 집중해서 적당한 종이 위에 펜을 끄적였다.

그리고 대략 1분 뒤, 모니카는 그림을 완성했다.

"이, 이게, 애보트 상회 문장……이에요."

12개 축을 가진 바퀴를 배경으로 왼쪽을 바라보는 황소가
한 마리.

모니카가 기억을 바탕으로 그린 그림을 내밀자, 시릴과 엘
리엇은 그걸 잡아먹을 듯이 바라봤다.

"내가 기억하는 것과 완전히 똑같아."

"노튼 양. 너는 애보트 상회 관계자인가?"

모니카는 고개를 휙휙 내저으면서 깃펜을 펜꽂이에 돌려놨다.

"어제, 목록에서 봐서요. 저기, 저는…… 도형을 기억하고,
그대로 그리는 게, 특기라……."

물질에 마력을 부여하는 부여 마법 중에는 특수한 문양 안에
마술식을 짜 넣는 것도 있다.

모니카는 그렇게 계산된 아름다운 문양을 좋아해서 미네르
바에 있었을 때는 틈만 나면 잉크로 손을 새까맣게 물들이면
서 정신없이 모사했었다.

"아무런 도구 없이 이렇게 깔끔하게 원과 직선을 그릴 수 있
다고……?"

고개를 갸웃하는 엘리엇 옆에서, 자기 그림과 모니카 그림
을 비교하던 시릴이 뭔가 깨달은 듯이 주먹을 쥐어 손바닥을
쳤다.

"그렇군. 내 황소는 꼬리가 빠졌나."

"빠진 건 그림 실력과 센스겠지. 너, 노래를 들려주는 건 부끄
러워하는 주제에 왜 그 그림은 부끄럼 없이 보여주는 거냐고."

다시 두 사람 사이에 험악한 분위기가 감돌기 시작하던 그

때, 학생회실 문을 연 인물이 있었다. 학생회 서기, 미모의 영애 브리짓 그레이엄이다.

브리짓은 서로를 노려보는 시릴과 엘리엇을 힐끔 보더니 담담하게 말했다.

"수위가 앞문에 애보트 상회의 마차가 왔다는 연락을 보냈어요. 담당자는 확인해 주세요."

방금까지 화제였던 바퀴와 황소 문장을 가진 상회다.

브리짓의 말을 듣자, 애보트 상회 담당인 엘리엇이 의아한 듯 눈썹을 오므렸다.

"자재 반입인가? 예정보다 상당히 빠르잖아. 그 상회가 다루는 건 불꽃놀이용 화약이니까, 너무 빨리 가져오면 습기가 차서 곤란한데…… 알았어. 바로 가겠어."

그대로 학생회실을 나가려는 엘리엇을 시릴이 "잠깐." 이라며 불러 세웠다.

"외부 업자가 학원 안에서 작업할 때는 교사, 혹은 학생회 임원 두 명 이상이 입회해야 한다고 정해져 있어. 나도 가지."

"아니, 시릴은 이후에 클럽장들하고 회합이 있잖아. 브리짓양도 학원제 초대장을 만들어야 해서 바빠."

그렇게 말한 엘리엇은, 이 자리에서 유일하게 급한 업무가 없는 모니카를 바라봤다.

"노튼 양. 같이 가자고."

"저, 저, 말인, 가요?"

"노튼 양은 외부 업자의 작업에 입회하는 건 처음이잖아? 이럴 때 흐름을 익혀 두는 게 좋아.”

엘리엇의 말은 이치에 맞았다.

그러나 평소에 자신을 향한 악의를 그대로 드러내는 엘리엇과 둘이서 행동한다고 생각하니 다리가 떨렸다.

하물며 모니카는 오늘 체스를 두다 엘리엇을 불쾌하게 했다.

(혹시, 그 일로, 뭔가 질책을 받을지도…….)

하지만 언제까지고 엘리엇을 피해 다닐 수도 없다. 앞으로 학원제 준비로 더더욱 바빠지니까.

모니카는 스읍, 하아, 하고 작게 심호흡하고는 엘리엇과 마주했다.

“아, 알겠습니다. 저, 입회, 할게요.”

“그래, 잘 부탁해. 노튼 양.”

모니카를 내려다보는 엘리엇은 일반적인 불쾌함과는 다른, 뭔가 복잡한 표정을 짓고 있었다.

시릴은 학생회실을 나가는 엘리엇과 모니카의 뒷모습을 무의식적으로 좇았다.

(……괜찮을까.)

엘리엇은 이른바 ‘벼락출세한 사람’을 싫어하고, 그런 사람에게는 매우 공격적인 태도를 보인다.

하이온 후작가에 양자로 들어온 평민 출신인 시릴도 예외는 아니었다.

지금도 엘리엇에게 드문드문 비아냥거리는 말을 듣지만, 세렌디아 학원에 갓 입학했을 무렵에는 훨씬 노골적이었다.

——우쭐대지 마, 평민. 나는 말이지, 너처럼 분수를 모르는 녀석이 죽을 만큼 싫다고.

시릴이 실력주의라면 엘리엇은 신분 계급 지상주의다.

그렇게 신분에 고집하는 남자이니 척 보기에도 평민 태생인 모니카를 좋게 생각하지 않는다는 건 당연하다.

시릴이 조마조마하게 복도를 바라보자, 초대장을 만들던 브리짓이 글을 쓰던 손을 멈추고 차갑게 중얼거렸다.

"과보호예요."

시릴은 입술을 삐죽이면서 브리짓을 노려봤다.

"노튼 회계가 외부 사람에게 부끄러운 모습을 보이면 세렌디아 학원 평가에 영향을 줄 수 있어. 신경 쓰는 게 당연하잖나."

"그럼 그런 걸로 해 두죠."

학원 3대 미인으로 꼽히는 화사한 미녀는 피식거리지도 않은 채 대답하고는 시릴이 줄곧 들고 있던 종이로 시선을 돌렸다.

종이에는 시릴이 그린 애보트 상회 문장이 있다.

브리짓은 엘리엇에게 혹평을 받은 그것을 의아하게 바라보더니 고개를 갸웃했다.

"그런데 그 어린애 낙서 같은 그림은 무슨 암호인가요?"

"……………………. ……아무것도 아니야."

* * *

엘리엇은 벌레 씹은 듯한 표정으로 모니카에게서 눈을 돌리고 전방을 노려보며 큰 보폭으로 걸었다.

모니카는 그런 엘리엇에게 눈에 띄게 겁먹은 태도를 보이며 힐끔거렸다. 어차피 내가 또 뭔가 심술궂은 소리를 하지 않을까 생각하는 거겠지.

(아아, 젠장. 데리고 나온 건 좋은데 뭐라고 말하지.)

오늘 체스 수업에서 엘리엇은 모니카와 대국해 승리했다──.

단, 모니카에게 아직 가르쳐주지 않았던 캐슬링을 써서.

엘리엇은 체스를 몰랐던 시골뜨기 계집에게 궁지에 몰려서 울컥한 거다.

이런 건 공정하지 않다. 남들 위에 서는 귀족으로서 부끄러워해야 할 행위다. 그렇지만 순순히 사과하는 것도 뭔가 아니꼽다.

엘리엇은 모니카에게 할 말을 떠올리지 못한 채 짜증을 내며 입을 열었다 닫고, 다시 열었다 닫았다.

그러는 사이에 두 사람은 학원 밖으로 나와 마차가 보이는 곳까지 오고 말았다.

이미 앞문에서 서류 체크를 마친 것이리라. 마차는 자재를 들이는 서쪽 창고 앞에 멈춰 있었다.

서쪽 창고 열쇠는 엘리엇에게 있기에 이제 자재를 체크하고 창고에 반입하기만 하면 된다.

하지만 그 작업이 시작되면 모니카와 이야기할 타이밍을 놓치고 만다.

엘리엇은 결의를 다지고 입을 열었다.

"아~ 노튼 양. 아까 체스 말인데……."

모니카를 힐끔 곁눈질하는데, 모니카는 발을 멈추고 뭔가를 가만히 바라보고 있었다.

그 앳된 옆얼굴이 무표정하게 변했다.

"……달라."

"뭐?"

모니카는 마차 측면에 그려진 마차 문장을 가리키며 조용한 목소리로 말했다.

"저 문장, 기록과 달라요."

엘리엇은 눈살을 찌푸리며 모니카가 가리킨 마차 문장을 바라봤다.

커다란 바퀴와 황소. 조금 전 모니카가 그린 그림과 완전히 똑같아 보인다.

"뭐가 다른데?"

"바퀴의 축이 원래는 12개인데, 저 마차의 문장에는 10개밖에 없, 어요."

"네가 잘못 본 거 아니야?"

엘리엇이 의구심을 품자, 모니카는 평소와 다른 강한 말투로 단언했다.

"아니요. 저는, 한 번 본 도형은, 잊지 않아요."

예를 들어 장부를 재검토하거나, 체스를 하거나…… 무언가에 몰두할 때, 모니카 노튼은 무서울 정도로 무표정해진다.

그럴 때 모니카는 마치 관심 있는 대상을 제외한 모든 것을 배제한 것처럼 다른 게 눈에 들어오지 않게 된다.

지금도 모니카는 엘리엇에게는 눈길도 주지 않고 마차의 문장만 빤히 본다.

엘리엇은 꿀꺽 침을 삼키며 애보트 상회 마차를 관찰했다.

좌석 위로 천을 씌운 평범한 마차다. 말은 두 마리에 마부가 한 명, 마차 옆에 또 한 명.

모두 상류 계급을 상대로 장사하는 상인다운 차림새의 중년 남성이다. 수상한 점은 없다.

엘리엇은 역시 모니카의 착각이 아닌가 싶었다.

(하지만 확실히…… 당초 예정한 날보다 납품이 일주일 이상 빨라.)

엘리엇이 판단을 망설이자, 모니카가 나지막하게 말했다.

"그리고, 또 한 가지."

"또 있는 거냐."

"굉장히 비슷하지만 저 황소…… 꼬리가 없어요."

그 말을 들은 엘리엇이 결단을 내렸다.

"과연, 확실히 이상하군. 세렌디아 학원에 납품하는 일류 상회가 시릴 같은 얼빠진 실수를 저지를 리가 없어."

그렇다면 애보트 상회인 척하는 저 남자들의 목적은 절도인가, 혹은 유괴인가……? 아무튼 멀쩡한 사유는 아닐 것이다.

마차 앞에 있던 남자가 엘리엇을 알아채고 다가왔다. 그러나 마부는 여전히 고삐를 잡고 있었다.

예의를 아는 상인이라면 말을 어딘가에 묶어두고 자신은 말에서 내려 거래 상대에게 인사할 터.

(……그러지 않는 건 바로 도망치기 위해서인가.)

엘리엇은 애보트 상회 사람을 가장한 녀석들을 바라보며 모니카에게 작은 목소리로 말했다.

"노튼 양. 내가 저 녀석들과 대화를 나누며 시간을 벌 테니, 너는 경비병을 불러와."

엘리엇이 제안하자, 모니카의 무표정이 무너졌다.

모니카는 눈썹을 내린 곤란한 표정으로 허둥대며 엘리엇을 올려다봤다.

"저기, 하지만, 그럼, 하워드 님이 위험……해요."

엘리엇은 모니카의 말에 코웃음 쳤다.

엘리엇은 검술과 체술이 특기라고 할 정도는 아니고 마술도 못 쓴다.

하나 이 자리에 남는 건 모니카가 아니라 엘리엇이어야 했다.

왜냐하면…….

"나는 귀족이야. 귀족에게는 평민을 지킬 의무가 있지. 아무런 책무도 없는 너와는 달라."

엘리엇 하워드는 계급에 고집하는 남자다.

귀족은 귀족답게, 평민은 평민답게, 태어날 때부터 자기 신분에 맞는 책무를 다해야 한다.

귀족인 자, 남들의 모범이 되고 사회에 공헌해야 한다. 그리고 약한 백성에게 손을 내밀어서 지켜야만 한다.

그렇기에 엘리엇은 이 자리에 남아서 모니카를 도망치게 해야만 하는 거다. 자신의 책무를 다하고 귀족의 긍지를 지키기 위해.

애보트 상회를 가장한 남자는 이미 목소리가 닿을 거리까지 접근했다. 그 남자의 얼굴에서 작위적인 미소가 사라졌다.

아마 엘리엇과 모니카의 안색이 달라졌음을 눈치챈 것이리라.

"어서 가, 노튼 양!"

엘리엇이 모니카를 밀쳐냄과 동시에, 남자가 엘리엇에게 달려왔다. 그 손에는 은색으로 빛나는 나이프를 쥐었다.

창고 앞인 이곳은 주변에 사람이 없다. 이곳에서 습격당하면 잠시도 버티지 못한다.

(여기까진가……!)

엘리엇이 혀를 찬 그때—— 말이 우는 소리가 들렸다.

* * *

애보트 상회를 자칭한 2인조 중 한 명이 나이프를 뽑은 순간, 모니카는 그 2인조를 완전한 적으로 인식했다.

침입자의 목적이 뭐든 간에 제2왕자를 암살할 수도 있는 이상 호위인 모니카는 간과할 수 없다.

문제는 저 두 사람을 어떻게 무력화하느냐. 엘리엇이 근처에 있는 이상, 모니카의 행동은 제한된다.

어찌어찌 위력을 낮춘 전격 마술을 써서 무력화해도 갑자기

적이 기절하는 건 너무나 부자연스럽다.

엘리엇에게 떠밀린 모니카는 휘청거리면서도 눈만 움직여 마차에 묶인 말을 조준했다.

(……미안해.)

모니카는 마음속으로 사과하면서 무영창 마술로 말 두 마리의 엉덩이에 극히 미약한 전격을 흘렸다.

아픔에 놀란 말이 흥분해서 앞발을 크게 들며 울었다.

"앗, 갑자기 뭐야?!"

마부 남자가 황급히 고삐를 잡았지만, 그게 말을 더욱 흥분시켰다.

말 두 마리가 갑자기 마구잡이로 내달렸다. 균형을 잃은 마부 남자가 비명을 지르며 마부석에서 굴러떨어졌다.

모니카는 떨어진 남자에게 전격 마술을 날려서 기절시켰다. 이 타이밍이라면 언뜻 봐서는 떨어져서 기절한 것처럼 비칠 것이다.

(……먼저, 한 명.)

폭주하는 마차는 나이프를 움켜쥔 남자 쪽으로 돌진했다. 남자는 "끄악!" 하고 비명을 지르더니 나이프를 버리고 지면을 굴러서 마차를 피했다.

그리고 남자가 지면을 구른 순간, 모니카는 다시 전격 마술을 구사해서 남자를 기절시켰다. 마차에 치여서 기절한 것처럼 보이는 타이밍에.

이건 매우 수수하면서도 무시무시하게 어려운 싸움이었다.

모니카는 타깃이 말에 가려서 엘리엇의 사각(死角)이 된 타이밍에 마술을 발동한 것이다. 발동이 빠른 무영창 마술이기에 가능한 기술이다.

이제는 말을 진정시키기만 하면…… 되는데.

"노튼 양, 피해!"

"꺄아아아악?!"

모니카는 엘리엇의 목소리를 듣자마자 뛰어서 물러났다. 아슬아슬한 타이밍에 말의 다리가 스쳤다. 그다음에 마차 바퀴가 덜컹거리며 코앞을 지나갔다.

"히, 히이익…….'

모니카는 저도 모르게 다릿심이 풀렸다.

말은 완전히 흥분했는지 입에서 거품을 뿜었다. 아무래도 자극이 너무 강했던 모양이다.

엘리엇은 씁쓸하게 혀를 찼다.

"젠장, 살긴 살았는데…… 저 말은 왜 갑자기 날뛰는 거야?!"

(저 때문입니다. 죄송해요죄송해요죄송해요오오오오!)

그대로 마차가 지나갈 줄 알았는데 학원 울타리를 따라 커브를 돌더니 다시 이리로 돌아왔다.

엘리엇이 외쳤다.

"나무를 타고 도망치자, 이리 와!"

"네, 네에에에엣!"

엘리엇은 근처에 있는 나무를 재주 좋게 쭉쭉 타고 올라갔다……. 하지만 운동 신경이 전혀 없는 모니카는 첫발을 나무에 올리자마자 주르륵 미끄러졌다.

그러는 사이에도 드륵드륵 바퀴 소리가 다가왔다.

"노튼 양, 빨리 와! 붙잡으라고!"

엘리엇이 나무 위에서 절박한 표정으로 손을 뻗었다.

모니카는 필사적으로 손을 뻗었지만…… 어중간하게 나무에 오른 채로 손을 뻗는 바람에 균형을 잃고 뒤로 넘어지고 말았다.

"으악!"

지면에 쓰러진 모니카는 목격했다. 폭주하는 마차가 바로 눈앞까지 와 있었다.

(아무리 그래도 방어 결계를 쓰면 들켜……. 바람 마술로 돌풍을 일으킬까? 아냐, 저 폭주는 돌풍 정도론 막을 수 없어……. 그럼 다시 전격 마술을 쓸까? 하지만 말이 기절할 정도로 강하게 쓰면 역시 부자연스럽고, 약한 전격으론 더더욱 폭주할 테고…… 으아아아아.)

생각이 정리되지 않아서 눈이 빙글빙글 돌아가던 와중에 누군가가 모니카의 손을 당겼다.

"이쪽이야!"

모니카의 손을 잡은 건 흰 장갑을 낀 소녀였다. 그 소녀의 손은 세렌디아 학원의 숙녀답지 않은 강한 힘으로 모니카를 잡아당겼다.

모니카의 작은 몸은 그 구세주의 품에 안겼다.

"어, 후읍……."

"휴, 하마터면 위험할 뻔했네."

모니카를 당겨서 끌어안은 건 키가 큰 여학생이었다. 밝은 갈색 머리를 뒤로 묶어서인지 활발한 분위기가 있다.

옷깃의 리본 색깔을 보건대 모니카와 같은 고등과 2학년인 모양인데 얼굴을 본 적이 없는 걸 보면 아마 다른 반인 것 같았다.

"가, 가감, 감사, 합니다……."

"감사는 나중에 해도 돼! 그보다 조금 떨어져 있어!"

키가 큰 소녀는 그렇게 말하면서 치맛자락을 걷어 올리더니 다시 이리로 다가오는 폭주 마차와 대치했다.

"위, 위험, 위험해요!"

"뭘 하는 거냐! 도망쳐!"

모니카와 엘리엇이 외쳤지만, 그 소녀는 움직이지 않은 채 똑바로 마차를 바라봤다.

그리고 돌진해 온 폭주 마차를 아슬아슬하게 피하더니 공중에 흔들리던 고삐를 잡으며 뛰어올랐다.

소녀의 하얀 치마가 두둥실 펼쳐지더니 마부석 위로 탁 올라갔다.

"이제 괜찮아. 워~ 진정해. 워~ 워~."

소녀는 다정하게 타이르면서 좌우 고삐를 교대로 가볍게 당겼다.

결코 말을 꾸짖거나 고삐를 강하게 당기지 않았다. 끈기 있게 "워~ 워~." 하고 타이르자 점차 말의 속도가 떨어졌다.

"착하네."

소녀가 그렇게 말하고 고삐를 당기자, 말의 다리가 딱 멈췄다.

나무에서 내려온 엘리엇이 눈을 동그랗게 뜨며 소녀를 바라봤다.

"대단한데……."

폭주하는 마차에 뛰어올라서 말 두 마리를 진정시키다니, 아무나 할 수 있는 일이 아니다.

그러나 소녀는 그걸 자랑도 않고 말갈기를 살며시 쓰다듬으며 말했다.

"이 아이들이 목소리에 반응하도록 훈련되어서 살았어요."

"미안하지만 그대로 말을 진정시켜 주지 않겠어? 거기에 굴러다니는 녀석들은 상회 사람인 척한 침입자야."

"침입자요?! 아, 네. 알겠습니다."

소녀는 놀란 표정을 지으면서도 엘리엇의 지시를 순순히 따랐다.

엘리엇은 주머니에서 서쪽 창고 열쇠를 꺼내 문을 열고 기절한 남자 두 명을 안에 넣고 창고 문을 잠갔다.

"좋아. 이제 저 녀석들도 마음대로 할 수 없겠지. 노튼 양은 여기에 대기해 줘. 나는 지금부터 경비병과 교사를 불러올 테니까."

엘리엇은 척척 지시를 내리고는 정문 쪽으로 달려갔다. 다리가 느리고 설명에 서툰 모니카보다는 자기가 가는 게 낫다고 판단했으리라.

엘리엇을 배웅한 모니카는 마부석에 앉은 생명의 은인인 소녀를 올려다보며 꾸벅 고개를 숙였다.

"저기, 구해 주셔서, 가, 감사, 합니닷!"

"신경 쓰지 마. 곤란할 때는 서로 도와야지. 그나저나 침입자와 마주쳐서 큰일이었겠네."

마부석에서 고삐를 쥔 소녀는 모니카를 걱정하듯 바라봤다.

자신을 뽐내지 않는 솔직한 태도는 세렌디아 학원의 숙녀 이미지와는 안 맞았지만 느낌이 좋았다.

"나는 고등과 2학년 케이시 그로브. 당신은?"

"저, 전…… 모니카 노튼, 입니드앗!"

혀가 꼬인 모니카는 새빨개진 채 고개를 수그렸지만, 케이시는 그런 모니카를 비웃지 않았다.

"모니카 노튼! 소문이 자자한 편입생이 바로 당신이었구나."

(소, 소문?! ……나, 소문이 자자했구나…….)

분명 좋은 소문은 아니겠지. 모니카가 어두운 표정을 짓자, 케이시는 마부석 위에서 모니카에게 손짓했다.

"있잖아. 당신도 타 보지 않을래? 재밌어."

"어, 아아아아뇨. 저, 저는……."

"말에 직접 올라타는 것보다는 간단하니까. 자자."

케이시는 그렇게 말하며 마부석에서 모니카에게 손을 내밀었다. 그걸 거절하기도 마음에 걸렸던 모니카는 조심조심 손을 뻗었다.

케이시는 모니카의 손을 강하게 당겼다. 어쩌면 엘리엇보다 힘이 세지 않을까. 그런 생각이 들 정도로 케이시는 가볍게 모

세렌디아 학원 2학년
케이시 그로브

니카를 끌어 올렸다.

모니카는 익숙하지 않은 마부석에 조마조마하게 앉아 앞을 바라봤다.

"와, 아……."

체구가 작은 모니카에게 마부석에서 보이는 세상은 신선했다.

모니카가 눈을 반짝이자, 케이시는 말갈기를 쓰다듬으면서 하얀 이를 드러내고 웃었다.

"난 마차에 탈 때는 마부석이 제일 좋아. 바람이 기분 좋고, 무엇보다 말과 가장 가까우니까. 그런데 이런 말을 하면 같은 반 애들이 이상한 표정을 짓더라."

갈기를 쓰다듬으면서 말을 보는 눈이 굉장히 다정했다. 그 옆얼굴을 보기만 해도 말을 좋아한다는 게 전해졌다.

"당신도 쓰다듬어 볼래? 여기를 쓰다듬어 주면 좋아하거든."

"네, 네에."

모니카는 그 말대로 말갈기를 쓰다듬었다. 검은 고양이 네로의 매끈매끈한 털도 기분 좋지만, 말의 탄탄하고 윤기 나는 털도 독특한 느낌이 들어 좋았다.

(아까는, 아프게 해서 미안해…….)

맘속으로 말에게 사과한 모니카는 옆에 앉은 케이시를 봤다.

"저기, 그로브 님은…… 말을, 좋아하시나 보네요."

"그렇게 딱딱하게 안 불러도 되니까 케이시라고 불러. 나도 모니카라고 불러도 돼?"

모니카가 고개를 끄덕여 답하자, 케이시는 "고마워."라고 말하고는 다시 말을 쓰다듬었다.

"아~ 맞다맞다, 말 이야기 중이었지. 나는 말을 좋아하고 타는 것도 좋아해. 고향에서는 남자든 여자든 모두 말을 타거든. 마차를 타고 가축 출하를 돕기도 했어. 그 샘 아저씨의 돼지 노래처럼……."

거기까지 말한 케이시는 손으로 확 입가를 가리고는 부끄러운 듯이 웃었다.

"미안미안, 샘 아저씨의 돼지 같은 건 말해도 모르겠네. 그게, 내 고향에서 가축 출하 때 자주 부르는 동요인데……."

"샘 아저씨의 돼지 노래, 알아요! 저기, 그건, 굉장히, 굉장히 아름다운 수열 노래라서……."

모니카가 저도 모르게 고개를 앞으로 내밀면서 평소보다 커다란 목소리로 말하자, 케이시는 눈을 깜빡이더니 이내 눈꼬리를 내리고 웃었다.

"놀랐어. 설마 세렌디아 학원에서 샘 아저씨의 돼지를 아는 사람을 만나다니……. 나, 시골 귀족이라서 이쪽 애들하고는 이야기가 잘 안 통하거든. 가축 출하를 돕는 귀족 아가씨는 거의 없으니까……."

확실히 모니카도 말을 타고 가축 출하를 돕는 귀족 아가씨는 지금껏 본 적이 없다.

……신나서 악역 영애를 연기하는 근사한 귀족 아가씨는 알지만.

케이시는 부끄러운 표정을 지었다. 하지만 샘 아저씨의 노래라는 공통 화제가 생기자 모니카는 케이시를 향한 친근감이 부쩍 샘솟는 걸 느꼈다.

"케이시는, 여러 가지를, 할 수 있네요."

"심지어 사냥도 할 수 있거든. 크로스보우로."

모니카는 저도 모르게 "굉장하네요."라고 중얼거렸다.

모니카는 절망적인 운동 신경의 소유자이기에 승마를 한다는 것만으로도 충분히 존경할 만하다.

거기에 사냥까지 한다니! ……바로 몇 달 전에 20마리 이상의 용을 사냥했다는 걸 잊어버린 채, 모니카는 케이시를 존경스러운 시선으로 바라봤다.

"케이시, 굉장하네요."

"아하하, 고마워. 실은 선택 수업도 승마를 고르려고 하거든. 당신은 어때?"

"저기, 저는, 아직 못 정해서……."

"그럼 당신도 같이 승마 수업을 안 들을래? 분명 즐거울걸?"

케이시의 제안을 듣고 모니카가 눈을 동그랗게 떴다. 어딜봐도 둔해 보이는 자신에게 승마를 권유하는 사람이 있다니 꿈에도 생각 못 했다.

"저, 저, 운동 신경, 진짜, 진짜 없어서……."

심지어 모니카는 운동 신경과 균형 감각이 절망적으로 부족하기 때문에 비행 마술도 못 쓴다. 마술식 이론은 완벽한데 말이다.

그러나 케이시는 그런 모니카에게 태연하게 말했다.

"숙련도에 맞춰서 지도할 테니까 초심자도 대환영이라고 선생님이 말씀하셨어. 게다가게다가, 지금이라면 놀랍게도 케이시 그로브 선생님의 서포트까지 포함······이라고나 할까?"

모니카가 눈을 동그랗게 뜨고 멍하니 있자, 케이시는 농담하듯이 혀를 빼꼼 내밀었다.

예의범절을 중요시하는 선생님이 보면 인상을 찌푸릴 만한 행동이었겠지만, 모니카에게는 굉장히 매력적인 모습으로 다가왔다.

"아하하, 미안미안. 권유 방법이 조금 억지스러웠나. 승마 수업은 여자가 적으니까 모니카가 와 주면 기쁠 것 같아서 그만 권유하는 데 힘이 들어갔네."

"저, 저기······."

승마를 해 보자는 생각은 지금까지 한 번도 한 적 없었다. 그런 선택지조차 없었다.

하지만 비행 마술을 못 쓰는 모니카에게 승마는 익혀 두면 손해는 없는 기술이다. 무엇보다······.

(······새로운 거, 해 보고 싶어.)

견학회에서 체스 규칙을 들었을 때, 모니카는 간단하다고 생각했다.

그러나 실제로 접해 보니 체스는 굉장히 복잡해서 신선함과 동시에 놀라움과 감동을 느꼈다.

실제로 접해 보지 않으면 모르는 세상이 있었다.

"승마······ 저라도, 할 수 있을까요?"

모니카가 조심조심 묻자, 케이시가 씨익 웃으면서 가슴을 두드렸다.

"케이시 선생님한테 맡기라고!"

그로부터 두 사람은 경비병이나 교사들이 달려올 때까지 화기애애하게 담소를 나눴다.

모니카는 처음 만난 상대와 대화하는 게 서툴지만, 케이시와는 대화하기 편했다.

빈정거리지 않는 쾌활한 말투는 듣고 있으면 기분이 좋고, 말이 막히더라도 짜증 내지 않고 기다려준다.

그리고 케이시는 적절한 타이밍에 모니카도 말하기 쉬운 화제로 넘어간다.

"그러고 보니 아까 샘 아저씨의 돼지 이야기를 할 때 수열 얘기를 하던데……."

"그래요! 그렇다니까요! 이 수열은 인접한 두 숫자의 비율이 황금비에 한없이 가까워지기로 유명한데……."

"미안, 그런 건 처음 들어."

"게다가 말이죠, 이 수열의 나머지 주기성을 증명하는 게 굉장히 즐거워서……!"

"모니카, 좋아하는 이야기가 나오면 못 멈추는 성격이지?"

"우우웃. 죄, 죄송해요. 미안합니다, 미안합니다……."

"화난 게 아니라니까. 당신, 머리가 좋네."

두 사람이 나눈 건 정말로 별것 아닌 이야기다.

그래도 낯을 가리는 모니카에게는 굉장히 귀중하고 즐거운 시간이었다.

* * *

그날 밤, 모니카는 여자 기숙사 다락방에서 선택 수업 신청서를 작성했다.

선택할 수 있는 수업은 두 개. 모니카는 체스와 승마 수업 신청서에 여느 때보다 세심하게 이름을 적고는 흠, 하고 숨을 내쉬었다.

다 적은 서류를 만족스럽게 바라보는데 침대 위에서 몸을 둥글게 만 네로가 입을 열었다.

"그래서 오늘 들어온 침입자라는 건 왕자의 목숨을 노리는 자객이었냐?"

"아니, 절도가 목적이었던 것 같아. 세렌디아 학원은 장식품에도 돈을 굉장히 많이 들였으니까."

"그리고 얼간이 절도범들은 상인을 가장해서 침입하는 건 성공했지만 어째선지 말이 갑자기 날뛰는 바람에 땅에 떨어져서 기절. 그대로 학원 경비병에게 붙잡혔다 이건가."

네로는 뒷발로 머리를 긁적이면서 모니카를 올려다보고 심술궂게 웃었다.

"그나저나 그때 네 당황하는 모습은 꽤 재미있었다고. 너, 나무타기 한 적 없냐?"

"보, 보고 있었으면, 도와주지……."

"그 상황에서 이 몸더러 뭘 어쩌라는 거야. 그곳에는 처진 눈하고 꽁지머리가 있었잖냐."

네로가 말하는 처진 눈은 엘리엇, 꽁지머리는 케이시를 가리키는 것이리라. 네로는 기본적으로 사람 이름을 외우려는 노력을 안 한다.

"그건 그렇고 이대로 있는 건 여러모로 불편하네. 이 몸, 학교 안에서는 너를 거의 서포트 못 하니까."

평소에 네로는 검은 고양이 모습으로 학원 뜰이나 지붕을 산책하면서 펠릭스 주변을 살펴 준다.

그러나 고양이 모습으론 건물 안에 못 들어가기에 내부에서 무슨 일이 생기면 도와줄 수가 없다.

네로는 꼬리를 하늘하늘 흔들면서 뭔가 고민하더니 이윽고 뭔가 떠올렸다는 얼굴로 침대에서 훌쩍 뛰어내렸다.

"좋은 생각이 났어! 고양이가 안 된다면 사람이 되면 되잖아!"

"하지만 네로는, 인간으로 변신할 때는, 언제나 그 로브 차림이잖아?"

사람으로 변신한 네로는 언제나 고풍스러운 로브를 입었다.

그 모습은 거리에서도 꽤나 눈에 띄니 세렌디아 학원에서는 말할 것도 없다.

모니카의 지적을 듣자, 네로는 "냐후후." 하고 의기양양하게 웃었다.

"확실히 이 몸, 기본적으로 그 로브를 입지만 조금 노력하면 다른 옷도 재현할 수 있거든. 지~켜~보~라~고~."

네로의 모습이 검은 안개에 휩싸였고, 그 안개가 성인 남성 몸집만큼 부풀어 올랐다.

거기까지는 평소에 네로가 인간으로 변신할 때와 똑같지만, 이번에는 좀처럼 안개가 걷히지 않았다. 뭔가 고전하는 모양이다.

이윽고 머리 꼭대기부터 잉크가 씻겨나가듯이 안개가 걷히면서 흑발 청년이 모습을 드러냈다.

그 옷은 언제나 입는 고풍스러운 로브가 아니라 하얀색 바탕의 세렌디아 학원 교복이었다.

……여자용이었지만.

두둥실 펼쳐진 하얀 치마 밑으로 엿보이는 털 난 다리는 참으로 생생하다고밖에 표현할 길이 없었다.

"……네로오?"

"우와아앗, 틀렸잖아?! 젠장~ 아무래도 네 교복 이미지가 너무 강하다고……. 이 주변 남학생 복장을 전부 털어서 교복을 관찰할까."

"안 되거든? 절대 그러면 안 돼!"

모니카가 여느 때보다 강하게 말하자, 네로는 "쳇." 하고 입술을 삐죽였다.

그러더니 또 뭔가 떠올랐다는 표정으로 손바닥을 주먹으로 탁 치고는 모니카를 내려다봤다.

"이봐이봐, 모니카. 이 몸, 떠올랐어. 너한테 일을 떠넘긴 그 녀석…… 그…… 있잖아. 네 동기인…… 어어~ 루이루이 룬

파파!"

"루이스 씨거든. 기억해 주지 않을래?"

"그 녀석이 여자 옷을 입고 학원에 잠입하면 되지 않았을까? 봐 봐, 머리도 길고 여자 같은 얼굴이고 분명 안 들킬…….'

모니카는 이 자리에 루이스와 린이 없다는 걸 알면서도 안색을 바꾸고 네로의 입을 막았다.

"머, 머하는 지시야?!"

"쉬잇! 그것만큼은 절대 말하면 안 돼!"

모니카의 동기인 '결계의 마술사' 루이스 밀러는 긴 밤색 머리를 땋은 여성적인 인상의 아름다운 남자다.

그러나 루이스는 여자 같단 비아냥을 듣는 걸 매우 싫어했다.

그럼 머리를 싹둑싹둑 자르면 될 텐데. 모두가 그렇게 생각하지만 루이스는 완고하게 계속 머리를 기르고 있다. 그 머리 길이에서는 집념마저 느껴진다.

"있잖아, 네로. 루이스 씨는 여자처럼 보이는 걸 굉장히 신경 써서…… 전에 루이스 씨한테 '여자 같다.'라고 말한 사람은………… 사람은…………."

마지막에는 말도 잇지 못한 채 이가 딱딱거리는 소리만 들릴 뿐이었다.

그런 모니카의 심상치 않은 모습을 보자 제아무리 네로라도 얼굴을 굳힐 수밖에 없었다.

"이봐, 그 녀석은 어떻게 됐는데? 끝까지 말하라고, 신경 쓰이잖아!"

"……………."

"야, 끝까지 말하라고! 신경 쓰여서 잠 못 잘 것 같다고!"

모니카는 사역마(치마를 입은 성인 남성)의 외침을 무시한 채 이불 속으로 파고들었다.

'결계의 마술사' 루이스 밀러의 수많은 과격한 악행들은 모니카가 입에 담기에는 너무 자극적이었다.

4장 휘릭휘릭

세렌디아 학원 여교사 린지 페일은 교무실 자기 자리에서 머리를 감싸 쥐었다.

린지의 수업은 사교댄스로 귀족 자녀의 필수 소양이다.

세렌디아 학원에 입학하는 학생 모두 입학한 시점에서 어느 정도 춤출 줄 아는 게 일반적이다. 댄스가 서툰 학생도 있긴 하지만, 그래도 기초 정도는 안다.

그래서 린지는 지도하는 입장에서 별로 고생한 적이 없었다.

그런데 올해 고등과 2학년에는 무시무시한 문제아가 두 명 있었다.

그 둘은 사교댄스 기초를 아무것도 몰랐고, 댄스라 부르기 조차 주저하게 되는 절망적인 몸짓을(그렇게 말할 수밖에 없다) 보여주며 린지와 학생들을 침묵하게 했다.

그 문제아의 이름은 글렌 더들리와 모니카 노튼.

올해 고등과 2학년으로 들어온 편입생이다.

* * *

"조금 템포가 느린 것 같으니까 스텝 업하겠슴다!"

"싫어어어어어어어어, 멈춰줘요오오오오오오오오오!"

방과 후 댄스 룸에서, 기운찬 소년의 목소리와 안쓰러운 소녀의 비명이 울려 퍼졌다.

기운찬 소년―― 글렌은 본래 템포보다 두 배는 빠르게 스텝을 밟았고, 안쓰러운 소녀―― 모니카는 그런 글렌에게 붕붕 휘둘렸다.

"여기서 턴임다!"

덩치가 큰 글렌에게 휘둘린 모니카의 작은 몸이 휘릭휘릭 힘차게 회전했다.

이미 댄스가 아니라 자기 마음대로 달리는 대형견과 그 고삐를 잡은 채 휘둘리는 주인의 모습이다.

피아노를 연주하던 작은 체구의 소년, 닐이 보다 못해 목소리를 높였다.

"저기, 일단 스톱! 멈추죠!"

닐의 목소리를 들은 글렌이 급정지했지만…… 그 기세를 못 이기고 모니카가 바닥을 데굴데굴 굴렀다.

"모니카아아아!"

모니카에게 달려간 글렌이 모니카를 안아 들고는 그 가녀린 어깨를 짤짤 흔들면서 외쳤다.

"우와아아아, 미안함다! 괜찮슴까아아아아?!"

"흐…… 흔들, 지…… 말………………… 우우욱……."

너무나도 기운찬 글렌의 고함을 지근거리에서 들은 나머지 반고리관에 큰 대미지를 입은 몸이 격하게 흔들리자, 모니카는 이윽고 흰자위를 드러내며 움직이지 못하게 되었다.

이 일련의 모습을 벽 쪽에서 견학하던 케이시는 뒤로 묶은 머리를 흔들면서 한숨을 내쉬었다.

"……아까 수업보다 더 심하잖아."

세렌디아 학원 댄스 수업은 두 반 합동으로 진행한다. 페어는 기본적으로 교사가 지명하는데 모니카의 짝으로 지명된 사람은 글렌이었다.

몸집이 작은 모니카와 장신인 글렌은 키 차이가 너무 심하지만, 일단 편입생끼리 짝을 이루게 해서 댄스 역량을 알아보는 것이 페일 선생의 목적이었던 모양이다.

모니카도 면식이 있는 글렌과 짝이 된 건 행운이었다. 만약 처음 보는 상대였다면 긴장한 나머지 더 이상한 행동을 했을 것이다.

"내 짝은 모니카임까! 잘 부탁함다!"

"자, 잘, 부탁……함늬닷."

모니카는 낯을 가려서 면식이 있는 상대라 해도 얼굴을 보고 이야기하는 게 거북하다. 특히 상대가 남성이면 그런 경향이 짙다.

그래도 글렌은 기분 상한 기색 없이 모니카의 손을 당겨 당당하게 댄스홀에 섰다.

그 태도는 자신감으로 넘쳐나서, 모니카는 글렌이 댄스가 특기인 게 아닐까 하고 멋대로 생각했다…… 그러나.

다음 순간, 글렌은 붙임성 있는 미소를 지으며 이렇게 말했다.

"나, 사교댄스는 춰 본 적 없지 말임다. 일단 흉내 내서 해 보겠슴다!"

거짓말이죠? 그렇게 생각한 순간, 모니카는 글렌에게 마구 휘둘렸다.

이렇게 해서 두 사람은 사이좋게 재시험을 선고받았다.

만약 재시험에서도 불합격한다면 두 사람은 지금부터 학원제까지 매일 방과 후 보충수업을 받아야만 한다. 최악의 경우에는 겨울방학에도 특별 수업을 받는다나?

그러면 학생회 업무에도, 제2왕자 호위 임무에도 지장이 생기고 만다.

(그런 이유로 임무를 수행하지 못하면 분명 루이스 씨한테 혼날 거야아아아!)

그렇기에 모니카도 어떻게든 재시험에서는 합격해야만 했다.

"으으…… 아직도, 머리가 어질어질해……."

겨우 의식을 되찾은 모니카가 바닥에 털퍼덕 주저앉은 채 머리를 감싸 쥐자, 케이시가 그 곁에 쪼그려 앉아서 걱정스레 얼굴을 들여다봤다.

"모니카, 괜찮아? 이제 일어설 수 있겠어?"

"으으…… 네. 괜찮, 아요."

며칠 전에 일어난 애보트 상회를 가장한 절도범 침입 사건

이후, 케이시는 모니카를 걱정하면서 자주 말을 걸어 주었다.

이번 댄스 수업은 케이시네 반과 합동 수업이었는데 남을 잘 돌봐주는 케이시가 댄스 지도를 해 주겠다고 제안했다.

케이시는 페일 교사에게 칭찬을 받을 만큼 댄스가 능숙했다. 폭주하는 마차에 훌쩍 올라탈 만큼 운동 신경도 좋다.

반면, 모니카는 운동치인 데다 산속 오두막에 틀어박혀서 만년 방구석 폐인 생활을 보냈던 탓에 만성 운동 부족 상태다. 그래서 아무것도 없는 곳에서 넘어질 정도로 둔해 빠졌다.

그러나 모니카도 운동치 나름대로 댄스 수업을 대비해서 며칠 전부터 준비하긴 했었다.

"으으…… 오늘을 위해, 댄스 교본, 잔뜩 읽었는데…… 왈츠의 삼진법…… 머리론 이해했는데……."

케이시는 투덜투덜 우는소리를 하는 모니카의 머리를 쓰다듬으며 쓴웃음을 지었다.

"모니카, 댄스는 몸으로 익혀야지……. 그리고 삼진법이 아니라 삼박자거든. 삼박자."

비탄에 빠진 모니카를 옳지옳지, 하며 위로하던 케이시가 글렌을 바라봤다.

"모니카가 운동이 서툰 건 알지만 글렌도 어지간하네. 뭐야 저건."

"페일 선생님이 "남성은 여성을 리드하는 법이에요."라고 말씀하셔서 내 나름대로 리드하려 한 건데 뭐가 문제임까."

모니카를 강제로 휘두르던 건 글렌 나름의 리드인 모양이다.

진지하게 말하며 고개를 갸웃한 글렌에게 닐이 쓴웃음을 지으며 말했다.

"리드랑 휘두르는 건 꽤나 다른 개념 같은데……."

"내가 생각해 본 건데, 페일 선생님의 댄스는 굉장히 각이 잡혔지 말임다! 나한테 부족한 건 그 각 잡힌 움직임이라고 생각함다!"

글렌이 자신만만하게 말하자, 닐이 진지한 얼굴로 힐문했다.

"글렌. 그보다도 더 중요한 게 있지 않을까요오오오?"

닐의 말이 맞다. 글렌은 운동 신경이 좋지만 너무 마이페이스다. 모니카는 절망적으로 운동치인 데다 너무 머리로만 생각하는 버릇이 있다.

지도를 맡은 케이시와 닐은 마주 보며 한숨을 내쉬었다.

"일단 스텝을 익힐 때까지는 짝을 바꿔서 연습할까? 나는 글렌을 봐 줄게. 키가 비슷한 편이 춤추기 쉽거든."

"그러게요. 그럼 저는 노튼 양과 할게요."

케이시의 말에 수긍한 닐이 피아노를 보더니 조금 곤란한 듯 눈썹을 내렸다.

"그러면 또 한 명…… 연주할 사람이 필요하네요."

댄스 룸에는 피아노가 있는데 시험 때는 이 피아노 연주에 맞춰서 춤추게 되어있다.

모니카가 아는 피아노를 칠 수 있는 인물이라면 학생회 서기인 브리짓 그레이엄이 있지만, 브리짓에게 피아노를 쳐 달라고 부탁할 용기는 없었다.

애초에 이 학원에 아는 사람 자체가 거의 없었다.

전혀 도움이 안 되는 모니카가 미안해하며 고개를 수그린 순간, 댄스 룸 문이 힘차게 열렸다.

"그렇다면 어쩔 수 없네! 내가 피아노를 쳐 줄 수도 있는데!"

황갈색 머리를 손가락으로 빙글빙글 꼬면서 빠르게 말을 늘어놓은 건 라나였다. 아무래도 문 앞에서 몰래 엿들은 모양이다.

글렌, 닐, 케이시가 놀란 표정으로 갑자기 나타난 라나를 바라봤다.

"모니카 친구임까?"

"……아, ……네……."

글렌의 질문을 듣고 얼떨결에 대답한 모니카는 얼굴이 새파래졌다.

(나 따위가 친구라고 불러서, 라나가 기분 나빠하면…… 어쩌지…….)

라나가 불쾌한 표정을 짓는다면, 조금이라도 인상을 찌푸린다면—— 모니카가 그런 상상을 하며 고개를 수그리자, 라나는 성큼성큼 큰 보폭으로 걸어와서 고개를 홱 돌리며 말했다.

"그래! 친구인 내가 협력해 줄 테니까 감사하라고!"

모니카는 흠칫흠칫 고개를 들고 라나를 바라봤다.

라나는 기분 나쁘다는 표정은 짓지 않았다. 오히려 히죽히죽 나오려는 미소를 참는 것처럼 보인다.

모니카의 입꼬리가 무의식적으로 올라갔다.

"……라나, 고마워요."

모니카는 교복 위로 가슴을 꼬옥 누르면서 연약한 목소리로 감사를 표했다.

가슴을 누르지 않으면 기쁜 나머지 심장이 튀어나갈 것 같았으니까.

＊ ＊ ＊

댄스 룸에서 경쾌한 피아노 소리가 들렸다. 근처를 지나던 교사 린지 페일은 그 소리를 듣고는 발을 멈추고 문틈으로 몰래 안쪽을 엿봤다.

(……어머어머어머.)

댄스 룸에서는 린지를 고민하게 했던 낙제생 두 사람이 친구들에게 배우면서 열심히 스텝을 밟고 있었다.

그건 웃음이 나올 만큼 엉성한 스텝이었다. 마치 댄스 연습을 게을리한 어린 시절의 린지 같았다!

──알겠니? 린지. 사교의 자리에 나가면 이제 아무도 너를 도와주지 않는단다?

린지의 언니는 입이 닳도록 말했지만, 어린 린지는 귀를 기울이지 않다가 여학교 댄스 수업에서 큰 창피를 당했다.

귀족 자녀들이 다니는 여학교는 배움터인 동시에 사교의 자리다. 댄스가 서툰 사람은 뒤에서 비웃음거리가 되고, 그걸로 끝이다. 아무도 도와주지 않는다.

그래서 린지는 숨어서 혼자 연습할 수밖에 없었다.

그러나 지금, 문 너머에서는 소년 소녀들이 손을 맞잡고 열심히 댄스를 가르쳐 주고 있다.

"……………후후."

린지는 입가에 손을 대며 살짝 미소 짓고는 살며시 댄스 룸 문을 닫았다.

* * *

"메이우드 서무에게 들었어. 댄스 연습을 하고 있다던데."

모니카가 평소보다 늦게 학생회실에 얼굴을 내밀자, 펠릭스가 싱글벙글 웃으며 물었다.

모니카는 방과 후에 댄스 연습을 한다는 보고를 완전히 잊었지만, 닐이 눈치 있게 펠릭스에게 연락한 모양이다. 수수하지만 업무에 있어서는 유능한 소년이다.

학생회실에 임원들이 모인 가운데, 엘리엇의 모습만 없었다.

저번 애보트 상회를 가장한 침입자들 문제로 진짜 상회에 확인하러 갔다고 한다.

만약 이 자리에 엘리엇이 있었다면 무슨 말을 했을까. 모니카가 그런 생각을 하는 와중에 펠릭스가 닐에게 물었다.

"그래서 연습 성과는 어때? 합격할 수 있겠어?"

닐은 시선을 좌우로 갈팡질팡 피했다. 덥지도 않은데 이마에 땀이 맺혔다.

"그, 그게에…… 앞으로의 노력에 달렸다……고 해야 할까요……?"

"전하. 사람 좋은 메이우드 서무가 이렇게까지 말하면, 눈 뜨고 봐줄 수 없는 참상일 게 틀림없습니다."

옆에서 다른 작업을 하던 시릴이 엄한 말투로 단언했다.

모니카는 아무런 반박도 못한 채 시무룩하게 쪼그라들었다.

시릴 말대로 오늘 수업은 처참했다.

먼저 기본 스텝 연습부터 시작했는데, 모니카는 세 번에 한 번은 발이 꼬여서 넘어졌다.

케이시는 이런 건 몸으로 기억하는 게 제일 좋다고 말했지만, 도저히 몸으로 기억할 수 없을 것 같았다.

모니카가 아아 숫자라면 얼마든지 기억할 수 있는데, 하고 마음속으로 한탄하자, 브리짓이 부채로 입가를 가리며 차가운 시선으로 모니카를 바라봤다.

"학생의 모범이 되어야 하는 학생회 임원이 수업에서 뒤처지고, 게다가 재시험까지 치른다니 그런 소리는 들어본 적 없어."

"죄, 죄송, 합……."

"메이우드 서무에게도 불편을 끼친다는 건 알아?"

자신이 누군가에게 피해를 준다──. 그 사실 앞에서 모니카는 침울해졌다.

파트너인 글렌은 지금이야 처참하지만 운동 신경이 좋으니 금방 숙달될 거다.

그러면 모니카는 분명 글렌에게 피해를 줄 거다. 모니카와 함께하게 된 탓에 글렌까지 불합격한다면…….

"저기, 저는 불편하다고 생각하지 않으니까요······."

다정한 닐이 조심스럽게 끼어들자, 브리짓이 부채를 탁 접었다.

그리고 호박색 눈을 펠릭스에게 돌리더니 신랄하게 말했다.

"전하. 사교댄스 시험조차도 합격 못하는 사람이 학생회 임원이라니, 다른 학생에게 모범이 되지 않아요. 이 일을 어떻게 생각하시죠? ······이대로 가면 전하가 임원으로 임명한 게 문제가 될 텐데요?"

낙제생인 모니카를 회계로 임명한 건 펠릭스다. 그러니 모니카가 뭔가 문제를 일으킨다면, 모니카를 선택한 펠릭스의 책임도 된다.

모니카의 작은 몸은 그 공포와 압박감에 짓눌릴 것만 같았다.

폐를 끼쳐서 죄송합니다, 열심히 하겠습니다, 최선을 다하겠습니다, 제발 용서해 주세요——. 그런 말이 머릿속을 빙글빙글 맴돌았지만 목이 막혀 목소리가 안 나왔다.

모니카가 입을 뻐끔뻐끔 움직이자, 펠릭스는 브리짓을 바라보며 우아하게 미소 지었다.

"아무것도 걱정할 것 없어. 노튼 양은 내가 발탁한 사람이야. 분명 내 기대에 부응해 줄 거야. 그렇지? 노튼 양."

마지막 말은 모니카를 향한 것이다. 그것도 멋진 미소까지 덧붙이며.

모니카는 '무리예요, 저는 못 해요······.' 하고 내심 비명을 질렀지만 그 말을 아슬아슬하게 삼켰다.

왕족인 펠릭스가 '기대한다.'라고 말한 이상, 모니카는 그에 부응할 수밖에 없다.

하지만 그렇다고 고개를 끄덕일 수도 없어서 수그리고만 있자, 펠릭스가 일어나서 모니카 앞에 섰다. 펠릭스는 그대로 모니카의 턱에 손을 올리고는 위로 들어 올렸다.

"내 기대에…… 부응해 주겠지?"

살짝 애절한 목소리라, 아마 어지간한 여자라면 뺨을 물들였을 것이다. 그러나 모니카는 협박받은 피해자 같은 표정으로 고개를 덜컥덜컥 끄덕였다.

모니카는 자신의 어휘력을 모조리 끌어모았다.

의사 표명에서 중요한 것은 이론적이면서도 명확한 설명이다.

"우, 우선은…… 사용하는 노래의 템포를 분석하고 보폭 조합, 다리, 허리, 어깨의 각도를 해석해서 기억하는 작업부터 시작하려고 해요!"

언뜻 이론적인 것 같지만 실은 조금도 이론적이지 않은 모니카의 말을 듣고 시릴이 눈을 반쯤 감고 신음했다.

"……노튼 회계. 너는 머리를 쓰기 전에 몸을 움직여라."

실로 지당한 말이었다.

＊ ＊ ＊

다락방으로 돌아온 모니카는 훌쩍훌쩍 콧물을 삼키면서 침대에 엎어졌다. 익숙하지 않은 운동 때문에 다리가 아프다.

"모니카, 비실비실한 할망구 같잖냐."

엎어진 모니카 위에 올라탄 네로가 발바닥 젤리로 모니카의 등을 꾹꾹 눌렀다. 아무래도 마사지를 해 주는 모양이다.

"으, 윽…… 전신이 아파아……."

"근육통이 빨리 오는 건 몸이 젊다는 증거라더라. 다행이네."

대체 어디서 그런 지식을 익힌 걸까.

모니카가 베개에 얼굴을 묻자, 네로가 놀리듯이 말했다.

"이 몸, 창문에서 몰래 지켜봤는데, 댄스라는 건 그거냐? 상대의 발을 잔뜩 밟는 쪽이 이기는 경기냐?"

"아, 아니거든……. 소설 삽화를 봐서, 알고 있잖아……?"

"삽화밖에 모르니까 더 충격이었다고. 댄스라는 게 설마 그런 과격한 경기였을 줄이야."

네로는 책상 위로 옮겨 가서 펼쳐진 책 페이지를 앞발로 용케 넘기더니 한 문장을 탁탁 두드렸다.

"'줄리아는 바솔로뮤의 리드와 음악에 몸을 맡겼다. 그건 마치 꿈같은 시간이었다. 두 사람은 손을 맞잡고 마음 가는 대로 스텝을 밟았다.' ……이 등장인물들은 마음 가는 대로 서로의 발을 밟았다는 건가. 장난 아닌데, 이 장면의 해석이 달라져."

"그러니까 아니라고……. 정말이지……."

모니카는 침대에서 일어나 뺨을 부풀리며 네로를 노려봤지만, 네로는 히죽히죽 웃으면서 꼬리를 흔들었다.

"그런 건 가볍게 마술로 어떻게 못 하냐? 너는 무영창으로 마술을 쓸 수 있잖아? 몰래 댄스가 능숙해지는 마술을 걸 수도 있지 않아?"

댄스가 능숙해지는 마술…… 그런 딱 좋은 마술이 있다면 얼마나 좋을까. 그러나 마술은 만능이 아니다.

"……있잖아, 네로. 육체를 조종해서 특정 움직임을 하게 만드는 건 이론상 가능하지만…… 그건 이 나라에서는 금술이야."

"요전의 어~어, 정신 간섭이었던가? 그것처럼?"

"정신 간섭 마술은 조건에 따라서는 사용을 허가하지만, 육체 조작 마술은 완전히 금지되어 있으니까, 벌이 훨씬 엄해."

마술로 인간의 몸을 움직이거나 혹은 일시적으로 육체를 강화하는 등 인간 육체에 마술을 거는 건 리디르 왕국에서 전면적으로 금지하고 있다.

인간의 육체는 마력 내성이 없기에 마력 중독 등의 부작용을 일으키기 때문이다. 똑같은 이유로 치유 마술도 사용을 금지한다.

모니카가 그렇게 설명하자, 네로가 수염을 쫑긋거렸다.

"으응? 잠깐만? '이 나라에서는'? ……혹시 다른 나라에서는 써도 되는 거냐?"

"딱 하나, 예외인 나라가 있어……."

모니카는 말을 끊고는 무릎 위로 쥔 주먹에 살짝 힘을 줬다.

"……그게, 동쪽의 슈바르가르트 제국."

리디르 왕국 동쪽에 인접한 그 제국은 이 대륙에서 가장 광대한 나라다.

1년 전쯤 새로 즉위한 젊은 황제는 옛 관습을 싫어해서 차례차례 새로운 정책을 개혁하고 있다. 그중 하나가 의료용 마술 허용이다.

황제는 육체에 영향을 주는 마술 연구를 한정적으로 허가한 것이다.

앞으로 제국은 육체 강화나 의료용 마술이 발전할 것이다.

무엇보다 제국의 의료용 마술 허용은 다른 나라 마술사에게도 커다란 영향을 끼쳤다. 최근에는 마술 제한이 심한 자기 나라를 벗어나 제국으로 이주하는 마술사가 늘었다고 한다.

우수한 마술사의 타국 유출은 어느 나라이든 골치 아픈 문제여서 칠현인 회의에서도 몇 번 화제에 오른 적이 있었다.

"인간은 여러모로 힘들구만."

네로가 책 표지를 닫으며 만감을 담아 중얼거렸다.

"……그러게."

맞장구를 친 모니카는 다시 침대에 털썩 누웠다. 지칠대로 지친 몸은 휴식을 원했다. 눈을 감자 바로 잠기운이 덮쳤다.

내일 수업 준비도 잊은 채 꿈속에 잠기려던 모니카의 눈꺼풀에 떠오른 것은, 펠릭스의 아름다운 미소였다.

『내 기대에…… 부응해 주겠지?』

펠릭스의 말은 모니카 가슴속에 있는 오랜 상처를 헤집었다.

(……어째서, 기대에 부응하겠다고, 말한 걸까.)

떠오르는 건, 책상으로 향하는 아버지의 그리운 등.

모니카의 아버지는 지식이 많았다. 수학, 물리학, 약학, 의학…… 온갖 학문을 익힌 아버지가 가장 특기였던 것이 생물학이다.

──알겠니? 모니카. 인체는 막대한 숫자로 이루어졌단다.

인간을 인간으로 만드는 수식을 해석한다면 수많은 병으로 괴로워하는 사람들을 구할 수 있다.

그렇기에 아버지는 날마다 연구로 시간을 보냈다.

모니카는 아버지의 보살핌을 많이 받지 못했지만, 그래도 아버지가 모은 장서를 읽고 가끔 아버지의 연구 이야기를 듣기만 해도 충분히 행복했다.

아버지는 훌륭한 학자로 항상 모두의 기대에 부응해 왔다.

그런데도 마지막에는 민중에게 매도당하고, 돌을 맞고, 그리고…….

(싫어, 싫어, 싫어.)

모니카의 뇌리를 스치는 건, 불꽃의 붉은색.

아버지의 모습이, 아버지가 쌓아온 막대한 숫자가 모두 불꽃 속으로 사라지는 광경.

아버지는 모든 기대에 부응해 왔지만 그 보답을 받지 못했다.

모니카도 그렇다. 기대에 부응하기 위해 무영창 마술을 익혔지만…… 그러나 가장 칭찬해 주길 바랐던 친구는 등을 돌려 버렸다.

(기대 같은 건, 받지 않아도 돼. 사람이 없는 산속 오두막에서 숫자와 마주했다면, 이제, 그런 생각은 안 해도 됐을……

텐데……)

생각하기를 포기하고, 좋아하는 수식의 세계로 도망치려던 모니카의 머릿속에 스친 건, 침입자 앞에서 모니카를 도망치게 하려던 엘리엇의 모습.

엘리엇은 평민을 지키는 게 귀족의 의무라며 위험을 무릅쓰고 모니카를 도망치게 하려 했다.

모니카는 주변 사람에게 떠밀려서 칠현인이 되었고, 루이스에게 억지로 끌려 나와서 세렌디아 학원에 편입했기에 자신의 역할에 따른 책무 같은 건 생각해 본 적이 없었다.

지금 모니카는 칠현인 '침묵의 마녀' 모니카 에버렛이며, 학생회 회계 모니카 노튼이기도 하다.

그 책무에서 눈을 돌리면 앞으로 시릴에게 '노튼 회계'라고 불릴 때마다 죄책감에 시달릴 것 같았다.

'학생회 임원이 사교댄스도 못 해서야 타의 모범이 되지 못한다──.' 미모의 영애 브리짓 그레이엄의 말이 옳다.

"영차."

모니카는 기세를 실어서 일어나 침대에서 내려왔다.

침대 위에서 몸을 말고 있던 네로가 의아한 듯 모니카를 올려다봤다.

"응? 이제 자려는 거 아니었냐?"

"……조금 더, 댄스 연습을 할래."

모니카가 묵묵히 스텝 연습을 시작하자, 네로는 히죽히죽 웃으면서 꼬리를 흔들었다.

"남의 발을 밟는 연습 다음에는 걷어차는 연습이냐?"

"아, 아니야."

모니카가 뺨을 부풀리자, 네로는 침대에서 훌쩍 뛰어내렸다.

그 모습이 밤의 어둠 속에 녹아들듯이 칠흑에 휩싸이더니 인간 청년으로 변했다.

고풍스러운 로브를 입은 칠흑의 청년은 고양이 때와 같은 금색 눈을 가늘게 뜨고 모니카를 내려다봤다.

"도와줄까? 주인님."

"네로도 사교댄스 초심자잖아."

"이런 건 보고 흉내 내면 어떻게든 된다고. 이 몸의 운동 신경을 얕보지 마."

네로가 모니카의 손을 잡고 콧노래를 부르며 춤췄다. 그 스텝은 꽤 조잡하고 엉성했지만 분하게도 모니카의 서툰 스텝보다는 훨씬 나았다.

그날 밤, 모니카는 네로의 발을 17번 밟고, 네로의 다리를 23번 걷어차서 네로에게 "사역마 학대야."라는 호소를 들었다.

5장 대부분 보석 장인 덕분

다음 날, 방과 후 댄스 연습 견학자가 두 명 늘었다. 펠릭스와 시릴이다.

이 두 명이 등장하자, 라나는 뺨을 장밋빛으로 물들이며 "꺄악~!" 하고 높고 날카로운 비명을 내질렀다.

모니카는 얼굴이 창백해진 채, 마음속으로만 '꺄악~!' 하고 공포의 비명을 내질렀다.

참고로 닐은 곤혹스러운 표정, 케이시는 긴장감으로 굳은 표정이었다. 글렌만이 "앗, 회장님이다."라며 느긋하게 웃었다. 정말이지 거물이다.

"어, 어째서…… 저, 저저, 전하가……."

"난 네게 기대만 하고 내팽개칠 만큼 매정한 사람이 아닌걸?"

"그래. 전하의 관대하신 마음에 감사해라!"

시릴은 그렇게 말하고는 자랑스레 가슴을 폈다.

'학생회 업무는 괜찮은 걸까……?' 하고 모니카가 마음속으로 걱정하는데, 펠릭스가 시릴을 힐끔 바라봤다.

"그런데 나는 시릴을 부른 적이 없는데?"

"저는 전하의 측근입니다! 함께하는 건 당연한 일입니다!"

"넌 내가 여기 오겠다고 말하기 전부터 이미 학생회 업무를 정리하고 있었지? 내가 오지 않았어도 처음부터 노튼 양의 연습을 보러 올 생각 아니었어?"

펠릭스가 놀리듯이 말하자, 시릴은 어째서인지 얼굴을 붉히고는 시선을 이리저리 피했다.

"그, 그건…… 전하께서 어떤 행동을 하실지 미리 읽은 겁니다! 저는! 전하의 오른팔이니까요!"

과연, 측근은 항상 펠릭스의 변덕에 대응해야만 하는 모양이다.

그러나 이 상황은 모니카에게는 기쁜 일이 아니었다.

조용히 욱신거리는 위를 달래는데, 라나가 모니카의 어깨를 흔들었다.

"잠깐잠깐 굉장하잖아. 학생회장님과 부회장님이 나란히 오셨어. 이렇게 가까이까지!"

라나의 들뜬 모습은 대부분의 여학생이 보일 만한 반응이겠지…… 그렇게 생각했는데…….

"전하의 브로치에 달린 저 보석은 페리도트? 토르말린? 다이옵사이드? 저렇게나 선명한 색을 유지하면서 광채가 나도록 커팅하는 건 어지간한 공방에서는 불가능해. 주변 장식도 이름난 장인의 기술이네. 눈에 새겨 둬야지…… 아아, 가능하면 그림으로 남기고 싶어……. 헉, 애슐리 님의 신발 잠금쇠에 있는 건 유명 공방 바트 오언의 최고 품질 신발에만 새기는 각인! 더 가까이서 보고 싶다……."

라나가 바라보는 건 펠릭스나 시릴의 얼굴이 아니라, 두 사람이 착용한 신발이나 소품이었다. 어쩌면 라나도 일반적인 여학생과는 조금 다른 걸지도 모른다.

케이시 쪽을 힐끔 보니 평소의 쾌활한 미소를 거둔 채 굳은 표정으로 펠릭스를 흘깃흘깃 보고 있었다. 갑자기 왕족이 나타나면 위축되는 게 당연하다. 아마 케이시의 반응이 일반적이리라.

모니카가 그런 생각을 하는데, 펠릭스가 부드럽게 "시험 삼아 춤춰 보는 게 어때?"라며 모니카와 글렌을 재촉했다.

"알겠슴다! 모니카, 우리의 연습 성과를 회장님에게 보여 주는 검다!"

두 사람의 댄스는 도저히 남에게 보여 줄 만한 게 아닌데, 이 자신감은 대체 어디에서 나오는 걸까.

모니카가 꾸물꾸물 글렌의 손을 잡자, 라나가 황급히 피아노 앞에 앉아서 연주를 시작했다. 그 곡에 맞춰서 케이시가 손장단을 쳤다.

"그럼, 하나, 둘 하면 가겠슴다!"

"네, 넷!"

"하나~ 둘!"

모니카와 글렌은 같은 타이밍에 발을 내디뎠다. 맹연습 덕분에 시작은 나쁘지 않았다.

그러나 스텝을 반복하는 사이 점점 두 사람의 발이 안 맞기 시작했다.

"스톱!"

목소리를 높인 건 시릴이었다.

(아아, 역시, 내가 못나서…….)

자신이 지적을 받으리라 생각한 모니카는 어깨를 움츠렸다.

그러나 시릴이 푸른 눈으로 번뜩 노려본 건, 글렌 쪽이었다.

"글렌 더들리! 에스코트가 엉망이지 않나! 너는 여성을 대하는 태도를 처음부터 뜯어고쳐라!"

평소에 모니카를 엄하게 질타하는 사람이라고는 도저히 생각할 수 없는 말이었다.

틀림없이 자신을 꾸짖으리라 생각해서 대비하던 모니카는 눈을 동그랗게 떴다.

한편, 지적을 받은 글렌은 불만스럽게 입을 삐죽였다.

"제대로 정중하게 대하고 있슴다!"

"넌 처음에 권유하는 법부터 엉망이란 말이다! 거기서 보고 있어라!"

시릴은 글렌을 밀쳐내고는 흠칫흠칫하는 모니카를 내려다 봤다.

이렇게 되면…… 시릴과 춤추는 건가?

'잘못해서 발을 밟았다가는 얼음덩어리가 되는 게 아닐까…….' 하고 모니카가 몸을 떨자, 시릴은 왼손을 자기 등 뒤로 돌리고는 허리를 굽혔다.

"저와 춤을 추시겠습니까? 레이디."

"…………어?"

우아한 인사와 함께 시릴이 했다고는 믿기지 않는 말을 듣자 모니카의 사고가 멈췄다.

멍하니 서 있는 사이, 시릴은 마치 섬세한 유리 세공을 건드리듯이 살며시 모니카의 손을 잡았다.

라나의 연주가 시작됨과 동시에 시릴이 가볍게 모니카의 몸에 손을 올렸다. 모니카는 그 움직임을 보고 댄스가 시작됐음을 무의식중에 깨달았다.

글렌 때처럼 "하나~ 둘." 같은 구령은 없었지만 신기하게도 첫 걸음을 내딛는 타이밍을 알 수 있었다.

모니카는 시릴의 손에 이끌리면서 발을 내디뎠다.

모니카는 스텝을 신경 쓰는 것만으로도 한계라 자연스럽게 상반신 움직임이 엉성해진다. 하지만 모니카의 등이나 팔이 구부러질 때면, 시릴이 올바른 자세가 되도록 손으로 받쳐 주었다.

진행 방향도 그렇다. 글렌이라면 "다음은 오른쪽으로 감다!", "벽에 부딪힐 것 같으니까 저쪽으로!"라며 말로 지시했을 것이다. 하지만 시릴은 그걸 말로 하지 않고 모니카를 받치는 손의 움직임으로, 발걸음으로, 시선으로 자연스레 유도했다. 그래서 놀랄 만큼 춤추기 쉬웠다.

곡이 끝나자, 시릴은 시작했을 때와 마찬가지로 우아하게 인사했다. 그리고 고개를 들어 글렌을 돌아보더니…….

"봤나, 애송이! 에스코트는 이렇게 하는 거다!"

의기양양한 표정으로 호통을 쳤다.

그 모습은 댄스 도중과는 다르게 모니카가 아는 평소 시릴 애슐리였다.

모니카가 저도 모르게 중얼거렸다.

"……애슐리 님이, 평소의 애슐리 님이라, 안심했어요."

"무슨 뜻이냐. 노튼 회계."

시릴은 모니카를 번뜩 노려보고는 헛기침하며 말했다.

"사교댄스는 남성 측 리드에 달렸다고 해도 과언이 아니다. 남성 측이 제대로 리드하면서 음악에 타이밍을 맞춘다면 어느 정도는 그럴싸해진다."

시릴의 말을 듣자 글렌이 순순히 환성을 내질렀다.

"오오오, 뭔가 굉장함다!"

"칭찬하려면 좀 더 어휘를 구사해서 기품 있는 표현으로 칭찬해라."

시릴은 싫지만은 않다는 표정을 지었지만, 그러면서도 날카로운 태도를 무너뜨리지 않았다.

글렌은 "어휘를 구사해서?"라며 잠시 고민하다가 진지한 표정으로 입을 열었다.

"뭔가 슈슉하고 샤삭하고 파팟! 하는 느낌이라 멋있었슴다!"

"……너는 예절을 배우기 전에 말부터 배워라."

시릴은 눈을 반만 뜨고 글렌을 노려보고는, 다음으로 모니카에게 시선을 돌렸다.

"모니카 노튼. 너도 아직 문제점투성이다. 먼저 에스코트를 받는 것에 익숙해져라. 일일이 움찔거리지 말고, 허리를 숙이지 말고, 아래를 보지 마라. 다소 스텝을 실수하더라도 당당하면 의외로 들키지 않는 법이야."

"네, 네에……."

시릴의 지적은 교사에게서도, 닐에게서도 들었다.

아무튼 모니카는 자세가 안 좋다. 등을 구부정하게 구부린 자세가 익숙하고 수그려서 발밑을 보는 게 버릇이 되었다.

모니카가 의식하면서 등을 펴고 자기 모습을 거울로 확인하자, 펠릭스가 웃으면서 제안했다.

"그럼 더들리는 에스코트 연습을, 노튼 양은 에스코트에 익숙해지는 연습을 하는 게 좋겠네. 시릴, 더들리에게 에스코트하는 법을 가르쳐 주지 않겠어?"

"전하께서 그렇게 말씀하신다면……."

시릴은 마지못해 수긍하고는 글렌 앞에 서서 허리를 젖히며 말했다.

"자, 애송이! 너에게 나의 에스코트 기술을 때려 박아 주겠다! 우선은 나를 여성이라 생각하고 에스코트해 봐라!"

"엑…… 여성이라고 생각하는 건 좀…… 웅, 무리임다……."

"네가 지금 그런 말 할 처지냐!"

버럭버럭 시끄러운 시릴이 글렌을 끌고 가자, 펠릭스는 모니카에게 방긋 미소 지었다.

"그렇게 되었으니 잘 부탁해. 노튼 양."

"자, 잘…… 부탁, 합니다……."

모니카가 꾸벅꾸벅 고개를 숙이자, 펠릭스가 바로 모니카에게 손을 뻗었다.

"이리 온?"

"……………."

모니카는 그 자리에서 한 발짝도 움직이지 않은 채 최대한 팔을 뻗었다. 그러자 자신을 향해 내민 펠릭스의 손에 손가락 끝이 살짝 닿았다. 펠릭스는 그 손가락 끝을 웃으며 내려다봤다.

"에스코트를 받겠다는 마음이 놀랄 만큼 안 느껴지네?"

펠릭스는 웃고 있지만, 그 푸른 눈에는 조금의 웃음기도 없었다.

"바, 받을게요! 에스코트 받을게요! 죄송합니다!"

모니카가 덜덜 떨면서 반 발짝 앞으로 나왔다. 그러자 펠릭스는 곧장 모니카의 손을 잡고 자기 쪽으로 끌어당겼다.

펠릭스의 손이 자신의 몸을 받쳤다. 그렇게 생각한 순간, 모니카의 몸이 긴장감에 굳어졌다.

그 앳된 얼굴은 아주 약간 장밋빛으로…… 물들지 않고 오히려 졸도 직전처럼 창백했다.

"너, 시릴과 출 때는 좀 더 자연스럽게 에스코트를 받았잖아."

"그, 그건…… 애슐리 님 때는, 평소와 달랐으니까, 놀라서……."

시릴 때는 평소와 다른 태도에 깜짝 놀라 멍하니 있는 사이에 댄스가 시작됐다가 끝났다. 지금과는 상황이 다르다.

모니카가 몸을 부들부들 떨자, 펠릭스가 라나에게 지시를 내렸다.

"미안하지만 피아노를 쳐 주겠어? 조금 차분한 곡으로. 손장단은 안 해도 돼."

"아, 알겠습니다!"

라나가 거칠게 콧김을 뿜으며 끄덕이고는 피아노를 치기 시작했다.

조금 전보다 조금 조심스러운 곡이 흐르자, 펠릭스는 모니카의 손을 잡은 채로 걸었다.

시릴 때와 똑같다. 하나~둘, 하는 구령이 없어도 왠지 모르게 시작하는 타이밍을 알 수 있다. 펠릭스도 에스코트가 능숙한 것이리라.

"지금은 스텝을 의식하지 않아도 돼. 춤춘다는 건 잊어도 상관없어."

"……네? 어?"

"나와 즐겁게 대화를 나누면서 적당히 걷기만 해도 돼. 지금 너는 몸이 너무 굳었어."

즐겁게 대화를 나누자는 말을 들은 모니카는 대단히 곤란해졌다. 모니카는 말주변이 없어서 누군가에게 먼저 말을 꺼내는 게 서툴다. 재치 있는 대화 같은 건 해 본 적도 없다.

모니카가 입을 우물거리자, 펠릭스가 얼굴을 살짝 내밀면서 모니카의 눈동자를 들여다봤다.

"네 눈을 이렇게 가까이에서 보는 건 처음이야. 연갈색처럼 보이지만 빛이 비추면 조금 녹색이 감도는 것 같기도 한데…… 마치 깊은 숲 속에서 나무 틈새로 들어오는 햇살 같네?"

"네, 네에, 저기⋯⋯."

"연갈색 머리에 윤기가 도는 게 아름다워. 오늘도 친구가 묶어 준 거야?"

"아뇨, 오늘은 제가 묶었어요. 그, 최근에 새 빗을 사서⋯⋯."

"그래? 어떤 빗인데?"

"그게, 라나⋯⋯ 콜레트 양이 골라준 빗인데, 손잡이 부분에, 꽃이 장식된⋯⋯."

모니카는 말하는 게 서툴지만, 라나와 쇼핑했을 때를 떠올리자 자연스레 표정이 풀어졌다.

그런 모니카를 본 펠릭스가 부드럽게 미소를 지었다.

"그런 미소도 지을 수 있었네. 더 제대로 보여주지 않을래?"

펠릭스가 얼굴을 빤히 바라보자, 모니카는 부끄러워져서 시선을 우왕좌왕 피했다. 그런데 그 순간, 펠릭스의 망토를 매어 두는 데 쓰이는 브로치가 눈에 들어왔다.

그러고 보니 라나가 이 브로치를 보고 뭐라 말했던 것 같은데. 가까이서 보니 분명 매우 정교한 장식이다. 중앙에 있는 돌은 세밀하게 커팅됐고, 실내 빛을 반사해서 아름답게 반짝였다.

보석은 마도구 소재로 가장 자주 쓰이는데 그 종류, 크기, 투명도, 커팅 유무에 따라 부여할 수 있는 마력량이 달라진다.

(밑바닥까지는 확인 못 하지만, 이 커팅은 아마 최신 기술일 거야⋯⋯. 평범한 돌은 발색이 선명한 걸 우선해서 밑바닥 부분을 두껍게 커팅하지만, 이건 빛의 반사를 우선해서 밑바닥

부분을 얇고 얕게 만들었어……. 원래부터 돌의 색이 선명하기에 가능한 커팅 기술이야…….)

"너는 녹색 드레스가 잘 어울릴 것 같아. 조금 깊이가 있으면서도 너무 어둡지 않은 색이 좋겠네. 아름다운 자수를 넣으면 더 근사하겠지. 혹시 좋아하는 꽃 있어?"

(이 58면체, 반사 결계에 응용할 수 있을 것 같아. 일반적인 반사 결계는 강도가 낮아서 강력한 공격 마술을 반사하는 건 어렵다고 하지만, 이 다면체를 응용하면 반사 결계의 강도와 반사율을 올릴 수 있어…….)

"장미, 가을 장미가 어울리겠다. 봄 장미의 연하고 아름다운 색상도 좋지만 깊이가 있는 가을 장미는 분명 너를 더욱 돋보이게 해 주겠지."

(이 다면체를 응용해 반사 결계를 전개할 경우, 굴절률을 …… 로 가정해서 계산했을 때, 수직 입사일 경우 반사율은…….)

모니카가 정신없이 반사 결계 마술식을 고민하는 사이, 노래가 끝났다.

펠릭스가 모니카의 몸을 고정시키고 발을 멈추자, 그 모습을 지켜보던 케이시와 닐이 박수를 보냈다.

"모니카, 굉장하잖아! 중간부터는 제대로 된 댄스였어!"

"네, 노튼 양의 움직임이 부드러워져서…… 지금까지 봤던 것 중에서 제일 좋았어요!"

케이시와 닐이 절찬했지만 모니카에게는 닿지 않았다. 모니카의 머릿속은 여전히 수식과 마술식으로 가득했으니까.

브로치를 바라보며 마술식을 고민하던 모니카를 향해 펠릭스가 방긋 웃었다.

"노튼 양은 머릿속으로 너무 고민하다가 움직임이 둔해지고 템포가 어긋나는 경향이 있으니까. 편하게 대화를 나누다 보면 쓸데없는 생각 않고 상대에게 몸을 맡길 수 있잖아?"

여기까지 와서야 정신을 차린 모니카가 고개를 홱 들고 마치 꿈에서 깬 듯한 표정으로 주변을 두리번두리번 돌아봤다.

"어…… 저기…… 저…… 지금……."

"모니카! 지금 굉장히 능숙하게 춤췄습다!"

도중부터 모니카의 댄스를 지켜보던 글렌이 눈을 반짝이며 모니카를 칭찬했고, 시릴도 "역시 전하의 에스코트!"라며 고개를 끄덕였다.

모니카는 아직 둥실둥실 꿈속에 있는 것 같은 기분으로 두 뺨에 손을 댔다.

"……저, 춤을 췄……나요?"

"응, 굉장히 능숙하게 췄어."

펠릭스가 수긍하자, 모니카는 뺨을 확 붉게 물들이고는 활짝 미소를 지었다.

"전하의 브로치가 굉장히 아름답게 빛을 반사하는 58면체여서, 그 반사율을 생각하다 보니 쓸데없는 생각을 안 할 수 있었어요!"

조~용. 무거운 침묵이 댄스 룸을 가득 채웠다.

유일하게 모니카만 반짝반짝 눈을 빛냈다. 마치 순수한 아이처럼.

사람 좋은 닐이 조심조심 입을 열었다.

"저, 저기이…… 그건 오히려 쓸데없는 생각을 했다는 말이 되지 않을까요……."

"…………아."

모니카는 얼굴에서 웃음기를 지우고 천천히 펠릭스 쪽을 바라봤다.

펠릭스는 웃고 있었다. 하나 그 푸른 눈은 어둡게 빛났다.

"나와 나눈 대화는 네게 쓸데없는 것이었나? 노튼 양."

"아뇨, 저기, 어, 다시 말해서, 그게에……."

모니카는 꾸물거리면서 고속으로 손가락을 꼬더니, 이윽고 손을 꽉 움켜쥐고 고개를 들어 외쳤다.

"춤을 잘 출 수 있었던 건 전하의……………… 브로치 덕분이에요!"

"그럴 때는 '전하 덕분' 이라고 말하지 못할까!"

시릴의 노성이 댄스 룸에 가득 울려 퍼졌다.

이렇게 모니카는 자기만의 생각에 몰두함으로써 힘든 댄스 시간을 극복하는 방법을 터득했다.

재시험에 도전한 글렌 더들리와 모니카 노튼은 긴장감으로 표정이 굳었지만, 음악이 시작되자 처음 봤을 때가 거짓말인 것처럼 순조롭게 첫걸음을 내디뎠다.

글렌의 에스코트는 조금 거칠었지만, 그래도 상대를 배려한다는 걸 잘 알 수 있었다.

금세 발이 꼬이던 모니카도 아직 어색하긴 하지만 제대로 스텝을 밟으며 에스코트를 받았다.

이윽고 노래가 끝나자, 린지는 입가에서 힘을 풀었다. 지금 이 한마디를 할 수 있어 교사로서 기쁘고 자랑스러웠다.

"축하해, 두 사람. 합격이야."

글렌과 모니카, 그리고 몰래 복도에서 지켜보던 친구들이 와아, 하고 환성을 내질렀다.

그런 젊은이들에게 린지는 "참 잘했어요."라며 미소 지었다.

* * *

세렌디아 학원에는 다수의 티 룸이 있다.

그중에서도 일부 선택받은 사람만이 쓸 수 있는 개인 티 룸에서, 그 다과회가 열렸다.

다과회의 주최자는 학생회 서기 셰일베리 후작 영애 브리짓 그레이엄.

그리고 초대받은 손님은 단 한 명. 학생회장이자 리디르 왕국 제2왕자 펠릭스 아크 리디르.

"노튼 양이 사교댄스 재시험에 합격했어."

준비된 홍차를 입에 흘려 넣으며 펠릭스가 잡담을 하듯이 말했다.

브리짓은 잔 받침에 찻잔을 올려놓고 부채를 펼쳤다.

"그건 좋은 일이네요."

"너는 노튼 양이 불합격하길 바라지 않았어?"

"학생회 임원 중에 낙제생이 나오는 걸 왜 기뻐하겠어요?"

실로 모범 답안이다. 학원 3대 미인으로 꼽히는 브리짓은 그 미모에 어렴풋한 미소를 더해 펠릭스를 탐색하듯이 바라봤다.

"댄스라고 하니…… 그립네요. 어릴 적에 함께 댄스 연습 했던 걸 기억하시나요?"

"그럼, 물론이지. 그립네."

"전하는 댄스가 서투셔서…… 제 발을 몇 번이고 밟아서 사과하기 바쁘셨죠?"

브리짓은 부채로 입가를 가린 채 시선만을 움직여서 펠릭스를 바라봤다. 마치 펠릭스의 반응을 확인하려는 듯이.

펠릭스는 그런 브리짓을 보고는 옛 실수를 부끄러워하는 듯한 곤란한 표정으로 답했다.

"갑자기 옛날이야기를 시작하다니, 어쩐 일이야?"

"어머, 저도 옛날을 그리워할 때가 있답니다."

미모의 왕자와 영애의 다과회는 마치 궁정을 배경으로 한 소설의 삽화처럼 아름다운 광경이다.

그러나 언뜻 대화를 즐기는 것처럼 보이는 두 사람의 이면에서는 조용한 공방이 펼쳐졌다.

브리짓 그레이엄은 재녀다. 결코 펠릭스의 미모와 지위에 눈이 멀어서 뜻대로 조종당할 여성이 아니다.

"당신은 옛날부터 총명했지."

"아버님은 그런 제가 그다지 맘에 안 드시는 모양이지만요. 여자는 조금 머리가 나쁘고, 애교가 있는 편이 좋다고 하시죠……. 전하께서도 그리 생각하시나요?"

"현명한 여성은 좋아해."

"어머, 영광이네요."

브리짓은 호호호, 하고 웃으며 누구나 넋을 잃을 법한 아름다운 미소를 지었지만, 그 호박색 눈은 차가웠다. 분명 마음이 안 담긴 빈말 따위는 총명한 브리짓의 마음에 닿지 않은 것이리라.

펠릭스가 다시 찻잔을 입에 대자, 브리짓은 "그러고 보니." 라면서 마치 방금 떠올랐다는 듯한 말투로 말했다.

"전하에게 모니카 노튼 회계는 현명한 여성의 범주에 들어가나요?"

"당신은 어떻게 생각해? 네 의견을 꼭 듣고 싶은데."

브리짓은 긴 속눈썹을 내리깔면서 말을 고르는 것처럼 고민했다.

"제 생각에 그 아이는 뿌리부터 학자 기질이 있어요. 마땅한 설비가 주어진다면 눈이 휘둥그레질 정도로 활약하겠지만 남들 앞에서 교섭하거나 하는 일은 서툴겠죠. 전하께서 그 아이를 높이 평가하신다면 굳이 학생회 임원을 맡기지 않더라도 다른 방법이 있지 않았을까요?"

역시 현명한 여성이다 싶었다.

이럴 때 브리짓은 감정이 아니라 논리로, 주관이 아니라 객관으로 사물을 파악한다. 브리짓은 그러한 판단을 바탕으로 모니카가 학생회 임원에 적합하지 않다고 말하는 거다.

브리짓의 지적은 옳다. 모니카가 학생회 임원에 적합하다고는 말하기 힘들다. 사무 처리 능력은 둘째 치더라도 교섭이 너무나 서투니까.

펠릭스는 살짝 입꼬리를 들어 올리면서 천천히 푸른 눈을 가늘게 떴다.

"그 아이를 보면 가끔 이런 생각이 들지 않아? '왜 이런 단순한 일도 못 하는 거지?' ……라고 말야."

브리짓은 긍정도 부정도 하지 않고, 펠릭스의 진의를 알아보려는 듯이 침묵했다.

펠릭스가 그런 브리짓을 향해 친근하게 웃었다.

"마치 옛날 나를 보는 것 같다고 생각했지?"

펠릭스가 단정한 얼굴로 친근하게 미소 지어도, 브리짓의 철벽같은 미소는 무너지지 않았다.

펠릭스는 찻잔을 잔 받침에 돌려놓고 일어섰다.

아직 시간이 이르지만 이만큼 어울려 줬으면 충분하리라.

"홍차 잘 마셨어. 즐거운 시간을 마련해 줘서 고마워, 브리짓 양."

"네, 저야말로……. 의미 있는 시간을 내주셔서 감사합니다. 전하."

그렇게 방긋 웃은 브리짓은, 철두철미하고 흠잡을 데 없는 완벽한 영애였다.

티 룸을 나온 펠릭스는 걸어가면서 후우, 하고 짧게 숨을 내쉬었다.

(……변함없이 긴장을 풀 수 없는 사람이야.)

너무 쓸데없는 말을 한 걸지도 모른다.

펠릭스는 그렇게 반성하면서 별생각 없이 창밖을 보다가 눈을 동그랗게 떴다.

"저건……."

건물 뒤에서 글렌이 뭔가 작업을 하고 있다. 보아하니 커다란 돌을 모으는 모양인데 뭘 하려는 걸까?

펠릭스는 편입생 글렌 더들리를 비밀리에 경계하고 있었다.

예전에 크레메를 덮친 지룡을 격퇴한 건 지나가는 마술사 청년이라고 한다. 그 인물의 특징과 글렌의 용모가 일치하는 걸 보면 아마 글렌이 지룡을 무찌른 거겠지.

이 타이밍에 나타난 편입생. 게다가 지룡을 무찌를 만큼 실력 있는 마술사이자, 스승이 그 인물이라면 평범한 학생일 리가 없다.

(감시자인가, 아니면 자객인가…….)

게다가 펠릭스는 비슷한 타이밍에 편입한 글렌과 모니카의 연결고리도 주시했다. 그래서 두 사람의 관계를 파악하기 위해 댄스 지도를 제안한 거다.

펠릭스는 댄스를 지도하면서 늘 글렌과 모니카의 대화를 관찰했지만 이렇다 할 단서를 잡지 못했다. 현재로서는 두 사람

사이에 그럴싸한 연결고리는 보이지 않는다.

(앞으로도 더들리는 경계하는 편이 좋겠지…….)

그런 생각을 하면서 창문 아래로 글렌을 관찰하는데 모니카, 닐, 라나, 케이시가 글렌에게 다가갔다.

함께 사교댄스 연습을 하던 친구들은 아무래도 글렌을 돕는 중인 모양이었다.

먼저, 글렌이 모아둔 돌 위에 철망을 올렸다. 그리고 철망 밑에 불을 피웠고, 친구들은 망 위에 부지런히 고기를 올리기 시작했다.

(……와아.)

펠릭스는 기숙사로 돌아갈 생각이었던 발을 멈추고 빠르게 뒤뜰로 향했다.

* * *

무사히 댄스 재시험에 합격한 뒤, 글렌이 축하 파티를 하자는 말을 꺼냈다.

내가 장소도 요리도 완벽하게 준비했습다! 글렌이 그렇게 말하며 가슴을 두드리기에 티 파티라도 하나 싶었는데 장소는 뒤뜰이었고 준비한 건 대량의 고기였다. 그렇다면 뭘 할지는 말하지 않아도 알 수 있으리라.

"역시 축하 파티에는 고기가 있어야지 말입다!"

글렌은 능숙하게 고기를 굽기 시작했다. 그런 글렌을 척척 돕는 건 케이시다.

"맞아, 역시 축하할 때 고기가 없으면 시작이 안 된다니까."

케이시도 기분 좋게 고개를 끄덕이면서 도저히 영애로 보이지 않는 익숙한 손놀림으로 고기를 잘랐다.

그리고 의외로 좋아하는, 아니 흥미진진해 보이는 게 라나였다. 거상의 딸인 라나는 신기한 듯이 글렌과 케이시의 작업을 지켜봤다.

교칙 위반이기는 하지만 라나가 글렌과 케이시를 막지 않는다면 분위기에 떠밀리기 쉬운 모니카와 닐은 그저 묵묵히 지켜볼 수밖에 없다.

"이런 건 의외로 간단히 만들 수 있구나. 그런데 이 대량의 고기는 어디서 조달해 온 거야?"

라나가 글렌을 보자, 글렌은 의기양양하게 씨익 웃었다.

"훗훗훗, 우리 친가가 고깃집임다. 그러니까 살~짝 날아가서…… 이게 아니라, 어~어, 친가에서 받은 검다!"

아무래도 비행 마술로 친가까지 훌쩍 날아가서 조달해 온 모양이다.

글렌은 스승에게 감독자가 없을 때는 마술을 쓰지 말라고 들었다던데, 이 모습을 보니 은근히 비행 마술을 자주 쓰는 듯하다.

라나가 그런 글렌을 보며 고개를 갸웃거리고 물었다.

"친가가 고깃집이라고? 그럼 당신은 누군가의 종자가 되려고 입학했어?"

세렌디아 학원은 입학금만 내면 귀족이 아니라도 입학할 수 있다. 최근에는 측근에게도 고등 교육을 베푸는 것이 곧 위상으로 이어지기에 드문 이야기는 아니다.

그러나 글렌은 고개를 가로저었다.

"난 견습 마술사임다. 그런데 스승님이 갑자기 '학비는 내 줄 테니까 세렌디아 학원에 다녀라.' 라고 말씀하셔서……."

꼬치구이를 망 위에 올리던 케이시가 눈을 동그랗게 뜨고 글렌을 바라봤다.

"세렌디아 학원은 입학금이 엄청 비싼데? 글렌의 스승님은 굉장하네. 꽤 고명한 분 아니야?"

"고명……? 한지는 잘 모르겠지만 무지막지하게 셈다. 난 스승님보다 센 사람은 거의 본 적 없슴다."

"세다고 하면…… '포탄의 마술사' 라든가, 흑룡을 격퇴한 '침묵의 마녀' 라든가?"

케이시의 말을 듣던 모니카가 식은땀을 줄줄 흘리면서 그 별칭처럼 침묵하자, 글렌은 고기 꼬치를 뒤집으면서 말했다.

"둘 다 아님다~. 아, 고기가 알맞게 잘 익었슴다. 자, 어서 먹지 말임다!"

글렌은 장작을 움직여서 화력을 조절하며 꼬치로 만든 고기를 전원에게 나눠줬다. 그리고 자기도 하나 손에 잡고는 그걸 높이 들었다.

"그럼, 전원이 받았으니까…… 나와 모니카의 재시험 합격을 축하하며…… 잘 먹겠슴다~!"

그렇게 말한 글렌이 입을 크게 벌려서 고기를 뜯었다. 모니카도 망설이면서 그 모습을 따라 고기를 입에 넣었다.

잘 구운 양고기는 냄새가 조금 나긴 했지만 향신료가 잘 배서 먹기 편했다. 양고기를 별로 안 좋아하던 모니카도 솔직히 맛있다고 느꼈다.

"저…… 양고기, 싫어, 했는데…… 이건 먹기, 편해요."

모니카가 작은 목소리로 감상을 남기자, 글렌이 의기양양하게 콧소리를 냈다.

"흐흐~응, 맛의 비결은 더들리 가 비전 향신료임다. 가게 앞에서도 파니까 자주 이용해 주시길!"

글렌이 꼼꼼하게도 선전을 잊지 않는 장사꾼 기질을 보이자, 닐이 진지하게 중얼거렸다.

"요즘에는 지역에 따라 향신료도 입수하기 쉬워졌으니까요."

라나가 꼬치구이를 먹던 손을 멈추고 끼어들었다.

"항구마을 서던도르가 최근 항구를 넓힌 것도 있겠지만…… 아버님이 '제국 황제가 바뀌어서 소란스러우니까 상인들이 눈치를 본다'라고 말씀하셨어. 그 상인들이 제국에 가까운 이 나라 항구에 머무는 거야."

"제국의 새로운 정책에 따라서 상인들이 일제히 제국으로 떠날 수도 있겠네요. 지금 황제는 혁신적인 정책을 많이 펼친다고 들었어요."

모니카는 그런 대화를 들으면서 멍하니 생각했다.

의료 마술이 허용되자 많은 마술사가 제국으로 떠났다.

마찬가지로 상인들도 제국으로 떠나는 날이 머지않았을지

도 모른다. 사람이 모이는 곳에는 시장이 생겨난다. 앞으로 제국은 더욱 발전할 것이다.

한편, 리디르 왕국에서는 구체제를 유지하는 데 필사적인 중앙 귀족과 지방 귀족들 사이에 대립이 생겨나고 있다. 게다가 제1왕자파, 제2왕자파, 제3왕자파 같은 파벌로 나뉜 상황이다.

(나는…… 권력 투쟁 같은 건, 관심 없는데.)

칠현인인 모니카는 국왕과 면회해서 직접 이야기를 나눌 권리가 있다.

그러나 모니카는 권력에도, 나라의 앞길에도 관심이 없었다.

(루이스 씨는, 나에게 뭘 시키고 싶은 걸까…….)

확실하게 제2왕자를 호위하고자 했다면 좀 더 적임자가 있었을 거다.

그런데도 일부러 글러 먹은 모니카를 호위로 보낸 이유는 무엇일까?

(설마, 루이스 씨…… 쓸모없는 나를 제2왕자에게 보내서, 제2왕자를 파멸시키려는 꿍꿍이인 게…….)

그럴 리가 없다, 라고 단언할 수 없는 게 루이스의 무서운 부분이다.

모니카는 미모의 동기가 상쾌하게 사악한 미소를 짓는 모습을 떠올리느라 어느새 손이 고기 기름으로 끈적해졌다. 황급히 손수건으로 닦자, 라나가 웃으며 말했다.

"꼬치구이는 가로로 드는 게 좋아. 세로로 들면 기름이 흐르니까.”

“으, 응…….”

모니카가 그 말대로 꼬치를 옆으로 기울이자, 그 모습을 지켜보던 케이시가 손가락에 묻은 고기 기름을 경박하게 핥으면서 말했다.

“라나는 꼬치구이를 먹는 게 능숙하네. 솔직히 이런 음식에는 익숙하지 않겠다 싶었어. 나 같은 시골 귀족도 아니잖아?”

“우리 고향은 축제가 많았으니까, 먹으면서 돌아다니는 문화가 은근히 정착해 있었거든. 왕도 태생은 그런 게 없는 사람이 많겠지만.”

라나가 진지한 눈빛으로 꼬치를 바라봤다.

“왕도에서도 군밤이나 과일음료 포장마차는 있지만 꼬치구이는 별로 없더라. 가게를 내면 인기 있을 것 같아……. 하지만 왕도는 가게나 노점 규제가 심하니까…….”

라나는 유행에 민감할 뿐만 아니라 의외로 장사꾼 기질이 투철한 소녀다.

서로 이야기를 나눠보지 않으면 이런 뜻밖의 일면은 좀처럼 알기 힘들다.

케이시는 남을 잘 돌봐주는 누님 같은 성격이다. 언제나 주변을 잘 보고 무척 눈치가 빠르다.

글렌은 조금 자유분방하지만 의외로 관찰력이 날카롭다.

닐은 휩쓸리기 쉬운 성격이지만 성실하고 다정한 사람이다.

모니카가 일찍이 미술사 양성기관 미네르바에 다닐 무렵,

타인과 교제하기는커녕 알려고도 하지 않았다. 그런 건 알 필요가 없는 '쓸데없는 것' 이라는 생각마저 했었다.

그 시절에는 이렇게 뒤뜰에서 몰래 고기를 구워 누군가와 먹는 날이 오리라고는 상상도 못했다.

(……고기, 맛있어.)

모니카는 입가 힘을 풀면서 행복한 마음으로 고기를 씹었다.

글렌은 모니카보다 두 배 이상 빠른 속도로 고기를 먹어 치우고는 다시 즐겁게 고기를 굽기 시작했다.

그걸 본 닐이 눈을 동그랗게 떴다.

"글렌, 또 먹으려는 건가요?"

"그럼요, 아직 턱없이 부족합다!"

"저는 이제 배가 꽉 찼는데요"

닐이 배를 잡자, 글렌이 큼, 하고 거친 콧김을 뿜으며 말했다.

"좀 더 많이 먹어야 무럭무럭 자랍다!"

닐은 그 한마디를 듣고 눈에서 감정을 지웠다.

"……지금, 빙 둘러서 저를 꼬맹이라고 말했나요? ……말했죠? 말한 거죠?"

또래 소년들과 비교하면 글렌은 덩치가 큰 반면, 닐은 훨씬 체구가 작다.

언제나 온화한 닐이 무표정하게 다가오자 글렌이 주춤거렸다. 또 타인의 새로운 일면을 보게 되었다.

모니카 일행이 그 모습을 보면서 웃고 있는데…….

"여어, 즐거워 보이네."

일동은 입을 꾹 다물고는 목소리가 난 쪽을 돌아봤다.

그곳에 혼자 서 있는 건, 학생회장 펠릭스 아크 리디르였다.

라나와 케이시가 깜짝 놀라서 눈을 크게 떴고, 닐이 새파래진 채 입을 움직였다.

"회장님. 이건 말이죠, 그게……."

닐이 허둥지둥하자, 펠릭스는 그야말로 한탄하듯이 눈썹을 내리며 한숨을 내쉬었다.

"나 참…… 학생회 임원이 두 명이나 있는데 당당하게 교칙 위반이라니."

그런 펠릭스에게 꼬치를 들고 용감히 반론한 남자가 있었다.

고깃집 아들 글렌 더들리다.

"학원 건물 뒤에서 고기를 구우면 안 된다는 교칙은 없습다!"

"규정된 장소가 아닌 곳에서 불을 피울 때는 학생회에 신청할 필요가 있어."

"그럼, 여기에 회장님이 있으니까 문제없지 말임다! 회장님! 허가해 주십쇼!"

이 정도로 적극적으로 나오니 이젠 시원시원하게 느껴진다.

일동이 조마조마하게 지켜보는 가운데, 펠릭스는 팔짱을 끼고 글렌을 바라봤다.

"전날까지 서류를 제출했어야지."

"그런 거였습까~. 그건 그렇고~ 회장님도 하나 어떠심까?"

글렌이 물 흐르듯 자연스러운 동작으로 펠릭스에게 꼬치를 내밀었다.

'정말이지 두려움을 모르네!' 하고 모니카 일행이 숨을 삼키는 가운데, 펠릭스는 가만히 꼬치를 바라보더니…….

"응, 받기로 할까."

꼬치를 손에 들었다.

먹는 건가요오?! 닐이 작게 비명을 질렀다.

펠릭스는 꼬치에 꽂힌 고기를 잘도 씹었다. 모니카처럼 꼬치를 세로로 들어서 육즙을 손에 묻히지도 않았다.

"응, 맛있네. 향신료가 잘 배였어."

펠릭스는 멍하니 있는 모니카 일행을 보더니 찡긋 윙크했다.

"이제 나도 공범이니까 입 다물고 있을게."

왕족의 말은 절대적이다. 일동은 말없이 고개를 끄덕였다.

그런 가운데 글렌이 쾌활하게 웃었다.

"아직 많이 남았으니까 사양하지 말고 드시지 말임다! 회장님은 댄스를 봐주셨으니 그 답례임다! 아, 맞다. 부회장님도 부를까요?"

글렌이 제안하자, 닐이 힘차게 고개를 가로저었다.

"그건, 그, 그만두죠!"

모니카도 닐에게 동감이었다.

섬세하고 신경질적인 시릴 애슐리가 이 자리에 있었다면 '괘씸하다!'라고 격양할 게 분명하다. 아니면 싱글벙글 꼬치구이를 먹는 펠릭스의 모습을 보고 자기 눈을 의심할지도?

아무튼 모니카는 이 즐거운 시간을 끝내고 싶지 않아서 몰래 무영창 마술로 풍향을 조정해 연기가 건물 쪽으로 안 흘러가

게 했다.

* * *

건물 뒤에서 열린 비밀 파티를 끝낸 모니카가 여자 기숙사 다락방으로 돌아와서 목격한 것은 검은 고양이와 메이드가 바닥에 앉아 사이좋게 책을 읽는 모습이었다.

"돌아오셨습니까, '침묵의 마녀' 님."

읽던 책을 덮고 자연스럽게 인사한 미모의 메이드는 '결계의 마술사' 루이스 밀러의 계약 정령 린즈벨피드——통칭 린.

바람의 상위 정령인 린은 비행 마술이 특기라 이번 잠입 임무에서는 연락책을 담당한다.

그러나 정기 보고 때까지는 아직 시간이 남았다. 그런데도 린이 왔다는 건 긴급 사태라는 걸까?

모니카가 조용히 몸을 굳히자, 린 옆에서 책을 읽던 네로가 앞발로 책 표지를 덮고 모니카를 올려다봤다.

"너한테 선물이 있다더라."

"······선물?"

"네. 저의 주인께서 '침묵의 마녀' 님에게 보내는 선물입니다. 여기 받으시죠."

린은 그렇게 말하며 벽 근처에 놓아둔 포장된 물건을 들더니······.

"두구두구두구두구두구······."

굉장히 능숙하게 혀를 튕기면서 정체불명의 목소리를 냈다. 이건 혹시, 드럼 치는 소리를 흉내 내는 걸까?

모니카가 당황하자, 다시 린이 무표정하게 입을 열었다.

"빠바바바바~암."

드럼 치는 소리 다음은 나팔 소리 흉내인 모양이다. 어린애들이 한다면 귀엽겠지만, 미모의 메이드가 감정 없는 목소리로 내는 나팔 소리에는 그저 멍해질 뿐이었다.

"……저기, 그게, 린 씨? 지금…… 그건?"

"인간은 이럴 때 악기를 연주한다고 책에서 읽어서요. 하지만 저는 악기를 다루는 법을 익히지 못해 입으로 재현한 겁니다."

그건 성에서 식전 같은 게 열릴 때나 있는 일이다. 개인적인 일로 악기를 연주한다는 소리는 들어 본 적이 없다.

린이 진짜 악기를 가져오지 않아서 다행이다. 다락방에서 드럼과 나팔 소리가 드높이 울려 퍼지면 너무 눈에 띌 테니까.

"그럼, 이걸 받으시죠."

"네, 네에…… 감사합니다……."

린이 내민 물건에는 붉은 리본이 장식되어 있었다.

조심조심 리본을 풀자, 안에서 감색 드레스와 하얀 코트가 나왔다. 드레스는 무도회에서 입는 화사한 게 아니라 평소에 입는 드레스다.

드레스도 코트도 장식이 적은 간소한 디자인이어서 모니카에게는 다행이었다.

"와아! ……저기, 이거, 정말로 받아도 되……나요?"

"네. 루이스 님은 '빅터 손리를 사로잡은 포상이라고 말해 두세요. 당근과 채찍을 나눠서 쓰는 건 중요하니까요. 하하하.' 라고 말씀하셨습니다."

그…… 후반부는 말 안 하는 게 낫지 않았을까.

모니카는 린의 말에 쓴웃음을 지으면서 새 드레스와 코트를 번갈아 몸에 대 봤다. 크기도 딱 맞았다.

(다음에 라나와 거리로 쇼핑을 나갈 때, 이걸 입을까.)

모니카는 입을 우물거리면서 린에게 고개를 숙였다.

"저기, 그게, 감사합니다. 지금, 루이스 씨에게 감사 편지를 쓸 테니까, 전해 주세요."

모니카는 드레스와 코트를 옷걸이에 걸고는 책상 앞에 앉아서 필기도구를 꺼냈다.

루이스에게는 드레스를 줘서 고맙다고 분명하게 전하고 싶었다. "감사합니다."라는 말을 하는 건, 이 학원에 왔을 때부터 줄곧 가졌던 모니카의 자그마한 목표다.

모니카가 고민하면서 펜으로 끄적이자, 린이 모니카 바로 옆에 서서 입을 열었다.

"저번 보고에 따르면 상회를 가장한 침입자가 있었던 모양이던데요."

"네, 네에……."

"그걸 감안해서 다음 정기 보고 때는 학원제 당일의 경비안을 제출해 줬으면 좋겠다고 합니다."

"겨, 경비안, 말인가요……."

그렇게 말해도, 모니카는 경비 쪽에 문외한이다. 쉽게 경비
안을 떠올릴 수 있을 리 없다.

린의 연두색 눈이 당혹스러워하는 모니카를 가만히 바라봤다.

"예를 들어 '침묵의 마녀' 님이 암살자라면 어떻게 제2왕자
를 암살하실 겁니까?"

"제가 암살자라면요……? 으~음……."

린의 질문을 받은 모니카가 팔짱을 끼고 고민했다.

그러자 네로가 책상에 올라와서 자랑스레 말했다.

"모니카가 암살자라면 숨어드는 귀찮은 일을 할 필요 없잖
냐. 멀리서 이 학원을 향해 굉장한 위력의 공격 마술을 날려
버리면 순식간에 끝이야."

"……네로, 그건 암살이 아닐 거야."

뒤숭숭한 방법을 꺼낸 네로를 어이없이 바라보던 모니카는
예전에 루이스에게 들은 이야기를 꺼냈다.

"게다가 이 학원에는 방어 결계가 쳐져 있으니까 외부에서
하는 공격은 무의미해."

"그러냐?"

"응. 국내 중요 시설에는 대부분 루이스 씨가 방어 결계를 쳐
놨으니까 외부 공격은 걱정할 필요 없을 거야."

루이스 밀러의 이명은 '결계의 마술사'.

그 이명대로 루이스가 가장 특기로 삼는 게 결계술이다. 그
규모, 강도, 정밀도, 유지 시간은 타의 추종을 불허한다.

그런 루이스가 시간을 들여서 친 대규모 결계가 이 학원에도

존재한다.

"……아마 루이스 씨가 친 건 감지 술식을 곁들인 광범위 대규모 방어 결계일 거야. 평소에는 기동하지 않지만 외부 공격을 감지하면 순식간에 방어 결계를 쳐. 일반인에게 들키지 않을 곳에 몰래 설치해 둔 게 아닐까."

단, 이런 결계는 외부 공격에는 대응하지만, 결계 안에서 일어난 일에는 대응할 수 없다. 또한 내부에서 범인이 마술식을 고쳐 쓴다면 결계가 무효화된다는 약점도 있다.

모니카가 그걸 염려하자, 린은 "문제없습니다."라고 딱 잘라 말했다.

"결계를 고쳐 쓰는 일은 아마 일어나지 않을 겁니다."

"어, 어째서……인가요."

"예전에 루이스 님이 의자에 앉아 거만하게 허리를 젖히면서 이렇게 말씀하셨죠."

린은 자세를 고치고는 감정이 없는 목소리로 루이스의 말을 재현했다.

"'나의 방어 결계에는 살의를 듬뿍 담은 함정을 넣어 놨으니까요. 고쳐 쓸 수 있다면 어디 고쳐 써 보라고 하세요, 하하하'."

린이 무표정한 얼굴로 루이스의 말을 재현하자, 네로가 눈을 반쯤 뜨고 신음했다.

"……왜 그 녀석은 결계에 살의를 담은 건데?"

"예전에 다른 건물에서 침입자가 마술식을 고쳐 쓴 사건이 있었다고 하네요. 그래서 루이스 님은 결계를 고쳐 쓰려고 할 때 발동하는 함정을 마술식에 넣어 놨다고 합니다."

　참으로 루이스다운 이야기라 모니카가 쓴웃음을 짓자, 네로
가 어이없다는 듯이 모니카를 올려다봤다.

　"살의로 가득한 결계라니 들어본 적 없어. 역시 칠현인은 감
성이 이상한 녀석들의 모임이야."

　"…………우우."

　반박할 말이 없었다.

6장 안 어울리는 한 잔

사교댄스 재시험을 무사히 마쳐 한고비 넘긴 모니카가 가슴을 쓸어내린 것도 잠시, 바로 다음 시련이 찾아왔다.

그것은 사교댄스에 필적하는 귀족 자녀의 중요한 소양──다과회다.

세렌디아 학원은 사교댄스 수업처럼 일반 교과에는 없는 귀족 특유의 커리큘럼이 몇 가지 있다. 그중 하나가 여자만 듣는 다과회 수업이다.

귀족 영애들에게 다과회는 즐거운 환담의 한때가 아니다. 어떻게 손님을 대접하고, 받느냐로 기품을 시험받는 사교의 장이다.

다과회 수업에서는 철저하게 예절을 주입받고 실기 연습을 한다.

실기 연습은 안뜰에서 티 파티 형식으로 진행된다.

같은 학년 여학생 네다섯 명이 그룹을 짜서 한 테이블에 앉는다. 그리고 각자 차를 내와서 품평을 받는다.

단, 디저트만큼은 사전에 교사가 지정한다. 즉, 그 디저트에 맞는 차를 준비하는 것부터 연습이 시작되는 거다.

다과회 수업에서 쓸 홍차는 자신이 준비해야 하지만, 대부분의 영애는 고용인에게 구입을 맡기는 것이 일반적이다.

그러나 모니카는 어디서 사야 하는지조차 모르기에 이번 임무 협력자인 케르벡 백작 영애, 자칭 악역 영애인 이자벨 노튼 양에게 부탁하기로 했다.

"……그러니까, 저기이, 찻잎을 좀 나눠주셨으면 하는데요."

이자벨의 방을 찾은 모니카가 사정을 설명하자, 이자벨이 감격한 듯 뺨을 장밋빛으로 물들였다.

"언니를 도울 수 있다니 영광이에요! 네에, 네에, 저에게 맡겨 주세요! 언니가 무사히 수업을 넘어서도록 온 힘을 다할 테니까요!"

"가, 감사합니다……."

이자벨의 시녀 애거서가 꾸벅꾸벅 고개를 숙이는 모니카 앞에 홍차 잔을 놓았다. 잔에서는 감귤과 비슷한 좋은 향기가 살짝 풍겼다.

이자벨 전속 시녀 중에서 가장 젊은 애거서는 믿음직한 언니 같은 얼굴로 모니카에게 미소 지었다.

"홍차 타는 법은 제가 지도해 드릴게요. 사실은 제가 가서 도와드려도 되겠지만…… 그러면 모니카 님이 케르벡 백작가에 괴롭힘을 당한다는 설정과 모순이 생기니까요."

수업에서 쓸 차는 자신이 타도 되고, 고용인이 타도 된다고 한다.

그렇지만 대부분은 고용인이 타오는 게 당연하다. 스스로

차를 타는 사람은 고용인도 데려오지 못하는 삼류 귀족이라는 시선을 받는다.

그러나 모니카의 경우, 이자벨에게 괴롭힘을 당한다는 설정이기에 이자벨 전속 시녀가 도와주러 가는 건 부자연스럽다.

"지, 지도, 잘, 부탁합니다……."

모니카가 애거서에게 깊이 고개를 숙이자, 애거서는 "괜찮아요. 고개를 들어 주세요!"라고 말해 주었다.

이자벨과 애거서. 둘 다 무척 세심하게 배려해 주는 영애와 시녀다. 악역 영애 흉내를 낼 때는 조금 다가가기 힘들지만.

"후훗, 언니에게 준비해 드릴 차는 뭐가 좋을까……. 언니, 혹시 디저트 지정이 있었나요?"

"그게…… 크림을 사용한 케이크와 과자라던데요."

이자벨은 흠흠, 하고 고개를 끄덕이고는 턱에 손을 대고 고민에 잠겼다.

디저트에 맞는 차를 고르는 것도 수업의 일환이다. 그렇지만 모니카는 홍차를 마시는 것에 익숙하지 않다. 아버지의 영향으로 커피를 마시는 일이 더 많으니까.

"저, 저기이, 이럴 땐…… 뭘 조합하는 게, 정답일까요……."

"디저트가 있으니 쓴 잎을 사용한 상쾌한 풍미의 홍차가 좋을 것 같아요. 향이 첨가된 건 피하는 게 무난하겠네요. 마시는 법은 스트레이트나 설탕을 넣지 않은 밀크티로 하는 것도 나쁘지 않겠죠……. 하지만, 언니."

이자벨은 말을 끊고는 진지한 얼굴로 모니카를 보며 단호하게 말했다.

"차와 디저트의 조합은 개인 취향 차이니 명확한 정답이라는 게 없어요. 하지만 명확한 오답은 있죠."

정답은 없는데 오답은 있다는 게 무슨 뜻일까?

혼란에 빠진 모니카에게 이자벨이 단도직입적으로 말했다.

"그건, 같은 테이블의 누군가와 겹치는 것이에요."

"……아."

연습 수업은 몇 명의 그룹으로 나뉘어 제각기 홍차를 가져온다. 확실히 차 종류가 겹치는 건 안 좋다.

"특히 자기보다 지위가 높은 사람과 겹쳐 버리면 최악이에요. 엄밀하게는 다과회에 입고 오는 드레스나 머리 모양, 소품 등도 유행을 파악해서 겹치지 않도록 고려하지만…… 연습 때는 교복을 입고 진행하니까, 지금은 찻잎만 생각하기로 해요."

그런 것까지…… 모니카는 몸을 떨었다.

모니카는 칠현인으로서 국가 식전 등에 참가한 적이 있지만, 칠현인의 지정 복장은 의전용 로브라 나라에서 지급한 걸입으면 그만이었다.

그래서 모니카는 사교계 의복을 걱정할 필요가 없었다.

하지만 귀족 영애들의 다과회는 모니카가 상상하는 것 이상으로 신경전이 벌어지는 모양이다.

"가장 확실한 건, 같은 그룹 분들이 가져오는 차를 사전에 확인하는 건데…… 언니와 같은 그룹엔 어느 분이 계신가요?"

"그게…… 저까지 포함해서 네 명이에요. 같은 반 라나 콜레트 양, 옆 반 케이시 그로브 양…… 다른 한 분은, 잘 모르겠, 어요."

"그렇다면, 사전에 슬쩍 차 종류를 확인하는 건 어렵겠네요."

"죄, 죄송합니다……."

라나나 케이시라면 분명 흔쾌히 차 종류를 가르쳐 주겠지만, 거의 면식이 없는 사람에게 직접 물어볼 용기는 모니카에게 없다.

하물며 네 번째 영애는 친가의 작위를 모르기에 모니카가 섣불리 말을 걸었다가 예의도 모른다고 받아들일 수도 있다. 귀족 사회에서 신분이 낮은 사람이 높은 사람에게 가볍게 말을 거는 건 금기다.

"언니, 차를 대접하는 순서는 정해졌나요?"

"네, 네에. 제가 제일 마지막……이에요."

"그렇다면 차는 두 종류 준비하기로 해요. 그러면 겹치지 않을 테니까요."

"가, 감사합니다……. 다과회는, 큰일이네요……."

이자벨은 이미 녹초가 된 모니카를 보고 걱정하는 표정으로 끄덕였다.

"네, 동석자 취향이나 우호 관계, 취미 이야기를 사전에 조정해도 예상 밖의 전개가 되는 일이 종종 벌어지거든요……. 그래요. 첫 다과회를 열심히 준비했는데도 불구하고 악역 영애의 심술로 모든 게 엉망이 되어 버린 히로인처럼!"

아무래도 후반부는 최근에 읽은 소설 이야기인 모양이다.

어떤 대답을 해야 할지 곤란해진 모니카가 애매하게 웃자, 시녀 애거서가 대단히 진지한 표정으로 진언했다.

"이자벨 아가씨, 앞으로 모니카 님이 이자벨 아가씨 이외의 악역 영애와 직면할 일이 있을지도 몰라요. 그때를 위해 지금부터 악역 영애의 행동에 관해 가르쳐드리는 게 어떨까요?"

"……어."

얼굴을 실룩거리며 굳어 있는 모니카 맞은편에서, 이자벨이 "어머나!" 하고 뺨에 손을 대고는 눈을 반짝였다.

"그래. 그게 좋겠어! 왜냐하면 언니는 나의 히로인인걸! 언젠가 나 말고 다른 악역 영애에게 다과회 권유를 받아서 괴롭힘을 당할 미래가 찾아올지도……."

그런 미래는 진심으로 사양하고 싶다. 사양하고 싶지만, 현상황으로 보건대 그럴 일은 절대 없다고 단언할 수도 없었다.

왜냐하면 모니카는 편입하자마자 학생회 임원으로 뽑혔고, 댄스 연습 때 펠릭스에게 도움을 받아서 여학생 과반수를 적으로 돌렸다. 평범하게 대해 주는 사람이라고 해 봐야 같은 학년에는 라나, 케이시, 글렌, 그리고 닐 정도다.

지금 모니카를 향한 주변의 시선은 대략 두 종류로 나뉜다.

모니카를 멸시하고 적의를 보이는 사람과 모니카를 정체 모를 꺼림칙한 인간으로 여겨서 멀리서 지켜보는 사람이다.

이자벨이 모니카를 괴롭히는 연기를 해 준 덕에 얼핏 봐도 서민 같은 모니카를 의심하거나 그 사정에 관여하려는 사람은 없다. 그러나 스쳐 지나갈 때마다 비아냥거리거나 멀리서 키득키득 웃는 경우는 몇 번 있었다.

주변 사람들은 모니카를 '이자벨의 사냥감'이라고 생각한다. 그렇기에 모니카를 직접 공격하는 사람은 거의 없다……. 그러나 앞으로도 그러리라 단언할 순 없다.

"그럼 언니. 언젠가 언니가 진짜 악역 영애와 대면할 때를 대비해서 제가 악역 영애 행동 패턴을 설명해 드리겠어요."

적과 싸우려면 먼저 적을 아는 것부터 시작해야 한다고 한다.

여기서 악역 영애가 무엇인지 알아둔다면 도움이 될 날이 올지도 모른다……. 가능하면 그런 날은 오지 않았으면 좋겠다는 게 본심이지만.

모니카는 등을 쭉 뻗고 진지하게 이자벨의 말에 귀를 기울였다──그 순간.

"오~호호호!"

이자벨은 입가에 손을 대고는 가슴을 젖히면서 크게 웃었다.

그 큰 웃음소리에 모니카가 흠칫 어깨를 떨자, 이자벨은 우렁찬 웃음을 거두고는 슬쩍 자세를 고쳤다.

"먼저, 이게 악역 영애의 기본 동작인 우렁찬 웃음이에요. 이렇게 우렁찬 웃음을 터뜨려서 상대를 위압, 견제하는 동시에 분위기를 다잡는 거예요!"

"우, 우렁찬 웃음에 그런 효과가……."

모니카가 진지한 얼굴로 놀라자, 이자벨이 당연하다는 듯 끄덕였다.

"단, 너무 다용하면 효과가 줄어드니까 이때다 싶을 때 쓰는 게 중요해요."

과연, 필살기는 사용하는 타이밍이 중요한 모양이다.

흠흠, 하고 고개를 끄덕이는 모니카 앞에서 이자벨이 부채를 펼쳤다.

"그리고 기본 동작 2! '말없이 코웃음 친다'!"

이자벨은 자연스럽게 부채를 입가에 가져가더니 상대를 바보 취급하듯 미소를 지었다.

어딜 봐도 상대를 깔보는 게 느껴지는 오만한 미소에서는 무대 여배우에게도 밀리지 않을 만큼 연기력과 표현력이 느껴졌다.

"원래 웃을 때는 부채로 입가를 가리는 게 예의지만, 여기서는 일부러 부채를 살짝 내려서 입가를 상대에게 보여 줘요. 그렇게 해서 상대를 노골적으로 바보 취급한다는 어필을 하는 거죠!"

참으로 세세해서 모니카는 충격을 받았다.

설마 이런 세세한 부분까지 설계하고 있었다니!

"물론 입가를 부채로 가리고 키득키득 웃는 것도 빈정대는 연출이 가능하니까 괜찮아요. 이건 영애의 캐릭터에 맞춰서 용도를 나눠 쓸 수 있죠."

"그, 그렇군요……. 심오하네요."

"네, 궁극의 경지에 도달하려 할수록 그 심오함을 깨달아요."

다시 한번 말하지만, 악역 영애 이야기다.

그렇게 차를 타는 법 강좌보다 훨씬 힘준 악역 영애 강좌는 밤늦게까지 이어졌다.

이 악역 영애라는 것에 심혈을 기울이는 신바람 연기파 아가씨가 고등과 1학년 다과회 수업에서 상위 성적을 기록했다는 사실을 모니카가 알 리 없었다.

* * *

고등과 2학년 합동 다과회 연습은 안뜰에 테이블 세트를 여러 개 내놓은 티 파티라는 형식으로 진행된다.

이 티 파티에서 나오는 차는 학원 1층에 있는 다과회 준비실에서 마련하게 되어있다.

기본적으로 고용인이 여기서 차를 타지만, 고용인이 없는 모니카는 직접 타야만 한다.

모니카가 차를 대접하는 순서는 가장 마지막이기에 다과회를 도중에 빠져나와서 이 준비실에서 차를 타야 하는데, 다과회 자리에서 찻잎 병을 들고 있을 수는 없다. 그래서 모니카는 미리 준비실에 병을 갖다 놓기로 했다.

준비실에서는 이미 고용인 몇 명이 차를 준비하고 있었다. 교복을 입은 사람은 거의 없다.

거북한 듯 몸을 웅크린 모니카가 찻잎이 든 병을 놓을 곳을 찾는데 누군가가 어깨를 두드렸다.

모니카는 어깨를 흠칫 떨면서 돌아봤지만 금방 안도의 한숨을 내쉬었다.

어깨를 두드린 건 케이시였다.

"모니카, 찻잎 두러 왔어?"

"네, 넷."

"나도 그래. 역시 다들 고용인이 차를 타나 보네. 우리는 시골 가난뱅이 귀족이라서 고용인을 못 데려왔거든."

케이시는 그렇게 말하며 찻잎이 든 병을 선반에 놓고는 병 아래에 자기 이름을 적은 종이를 끼워 놨다. 그래, 이러면 다른 사람이 잘못 가져갈 일이 없다.

"모니카도 쓸래? 여분 종이가 있어."

"가, 감사합니다……."

모니카는 고맙게 종이를 받아서 끄트머리를 몇 번 접어 주름지게 만들었다.

이러면 케이시처럼 이름을 적지 않아도 종이 끝 특정 부분을 표식으로 삼으면 된다.

모니카는 끄트머리를 접은 종이를 밑에 깔고, 그 위에 찻잎이 든 병 두 개를 놓았다. 이러면 다른 사람이 착각할 일이 없으리라.

"찻잎을 두 종류 준비했어?"

모니카의 병을 본 케이시가 눈을 동그랗게 떴다.

모니카는 손가락을 꾸물거리며 답했다.

"겹치면, 곤란할 것, 같아서……."

모니카의 대답을 듣자 케이시는 감탄한 듯 손바닥을 주먹으로 탁 두드렸다.

"아~ 그렇구나~. 그럴 수도 있겠네~. 이야~ 난 찻잎이 겹칠 때의 대비 같은 건 전혀 생각도 못 했어. 모니카는 똑똑하네."

"아, 아니에요……."

겹쳤을 때를 대비하자고 한 건 이자벨이다.

다시금 이자벨에게 감사하는데, 케이시가 벽에 달린 시계를 보며 말했다.

"이런, 안 되겠네. 슬슬 가야 해. 다과회 수업이 시작될 거야. 빨리 가자. 늦으면 클로디아 양이 비아냥거릴 거야."

"클로디아 양? 저기, 혹시, 오늘 다과회의……?"

아무래도 클로디아 양이라는 인물이 오늘 다과회의 네 번째 멤버인 모양이다.

"클로디아 양이라는 분은…… 저기, 어떤 분인가요……?"

모니카가 묻자, 케이시는 억지로 웃으려다 실패한 듯한, 그녀답지 않은 떨떠름한 표정을 지었다.

"어떠냐고 묻는다면…… 아…… 응…… 그래. 굉장한 독서가이고 박식해. '걸어 다니는 도서관'이라고 불릴 정도지. 다만…… 성격이 조금…… 응, 뭐, 만나 보면 알 거야!"

쾌활한 케이시가 말을 흐릴 정도의 영애라니 대체 어떤 사람일까.

(서, 설마…… 이자벨 님이 말씀하신, 악역 영애……?! 만나

자마자 우렁차게 웃으면 어떡하지…….)

아무튼 마음을 굳게 먹고 마주해야겠다……. 모니카는 몰래 침을 삼켰다.

* * *

기분 좋을 만큼 맑은 가을 하늘 아래, 안뜰에서 다과회 실기 연습이 시작됐다.

아무리 연습이라 해도 역시 명문 세렌디아 학원인 만큼 테이블 세트는 일급품뿐이고 각각의 테이블마다 색이 다른 아름다운 꽃이 장식되어 있다.

다기나 꽃병은 궁정 다과회와 비교해도 손색이 없을 품목들이다. 학생들이 교복 차림이 아니었다면 여기가 궁정이라고 착각했을지도 모른다.

여학생들은 각각 가져온 차를 마시면서 우아하고 즐겁게 담소를 나눴다.

교사가 채점하러 올 때는 차나 다기, 제철 꽃 등의 화제로 이야기를 나누지만 교사가 테이블을 떠나면 최근 유행이나 연애 관련 소문 이야기로 변한다.

특히 화제에 오르는 건 학생회장이자 제2왕자인 펠릭스 아크 리디르.

노른 백작 영애 캐럴라인 시몬즈는 캐러멜 브라운색 머리를 흔들면서 몽롱하게 중얼거렸다.

"분명 전하는 재학 중에 약혼자를 정하시겠지."

캐럴라인의 말을 듣자, 다른 소녀들도 들뜬 목소리를 냈다.

"가장 어울리는 건 누구일까?"

"레인부르그 공작가의 엘리안 님 아닐까? 핏줄도 가까우니까."

"같은 학생회 임원인 브리짓 님도 잘 어울려."

소녀들이 제2왕자 약혼자 후보로 거론한 이름은 모두 이 학원 정상에 군림하는 영애다.

그러면서도 그 소녀들은 마음 어딘가에서 자신이 왕자의 반려로 뽑히면 좋겠다고 몽상한다. 캐럴라인도 그렇다. 이 학원에 다니는 여학생이라면 누구나 한 번은 그런 꿈을 꾼다.

그 단정한 얼굴의 왕자님이 자신에게 웃어준다면, 무도회에서 자신에게 손을 내민다면…… 아아, 얼마나 근사할까!

그런 몽상을 하는 소녀들은 가장 왕자와 어울리지 않는 존재를 끄집어내서 깔아뭉개는 것으로 자신의 자존심을 채웠다.

"맞다, 맞다. 같은 학생회 임원이라는 말이 나와서 말인데…… 들었어? 그 아이 이야기?"

캐럴라인이 부채 뒤에서 목소리를 죽이자, 자연스레 다른 영애들 눈초리도 험악해졌다.

그 아이—— 편입생이면서도 학생회 임원으로 선발된 소녀, 모니카 노튼.

"전하에게 댄스 지도를 받았다고 들었어."

"나도 봤어! 시릴 님하고도 춤을 췄다던데!"

"전하와 시릴 님에게 댄스 지도를 받다니…… 그 아이, 대체 뭐 하자는 거지?"

"분명 기고만장한 시골 계집이 다정한 전하께 억지로 부탁한 게 분명해."

"그 아이, 차를 타 주는 고용인조차 없더라. 부끄럽지도 않은 걸까?"

"두고 보라고. 이 수업에서도 창피를 당할 게 분명해."

아름다운 부채 속에 악의를 감춘 채, 캐럴라인 일행은 키득키득 웃었다.

그렇게 모니카 노튼을 웃음거리로 만들자 캐럴라인의 마음도 조금 풀렸다.

(모니카 노튼. 그 여자 때문에 나는 시릴 님에게 꾸지람을 듣고 반성문 제출까지 명 받았어.)

모니카가 막 편입했을 무렵, 계단에서 굴러떨어진 사건에서 캐럴라인은 가해자로 처벌을 받았다.

분명히 캐럴라인은 계단 층계참에서 라나를 밀쳤고, 그에 말려든 모니카가 계단에서 굴러떨어졌다. 하지만 그런 건 둔해 빠진 모니카 잘못이다.

(아아, 싫다. 그런 아이가 학생회 임원이라니 뭔가 잘못됐어. 분명, 분명 잘못됐어……. 어디 두고 보자고, 모니카 노튼.)

* * *

모니카가 앉은 테이블은 이질적인 분위기에 휩싸였다.

아니, 한 소녀가 이질적인 분위기를 드러내고 있다. 그 원흉은 놀랍게도 모니카가 아니었다. 라나도 아니거니와 케이시도 아니다.

이 테이블에서 가장 상석에 앉은 흑발 영애——클로디아다.

클로디아는 미추(美醜)에 어두운 모니카가 보더라도 두드러지게 아름다운 영애였다.

직모인 흑발에 청금석을 박아 넣은 듯이 짙은 푸른 눈. 신이 심혈을 기울여 만들어 낸 최고 걸작처럼 단정한 얼굴은 학생회 서기 브리짓 그레이엄에 밀리지 않는다.

반짝이는 금발에 호박색 눈을 가진 브리짓이 화사한 한 떨기 장미라면, 클로디아는 신비로운 아름다움을 가진 붓꽃이다.

그렇게 눈이 휘둥그레질 정도의 미모를 지닌 영애는 마치 가족이라도 죽은 것처럼 흐리멍덩하고, 무겁고, 우울한 분위기를 자아냈다.

이윽고 클로디아의 시녀가 전원에게 차를 나눠주자, 클로디아는 생기가 느껴지지 않는 하얀 얼굴로 꺼림칙한 미소를 씨익 지으며 말했다.

"……맛, 있, 게, 마, 셔."

그 미소는 비유하자면 나쁜 마녀가 아무것도 모르는 선량한 사람에게 독이 든 홍차를 권유하는 것 같았다.

그러더니 다음 순간, 마치 실이 끊어진 것처럼 힘이 빠지면서 무표정하게 변했다. 무표정한데도 신기하게 우울함과 나

세렌디아 학원 2학년
클로디아

른함만은 그대로 전해지는 게 대단했다.

만약 만나자마자 우렁차게 웃으면 어쩌지, 하던 모니카의 걱정은 기우로 끝났다.

애초에 이 우울한 영애는 우렁차게 웃을 패기도 없거니와 의욕도 없다. 말하는 것조차 귀찮아서 힘들다는 태도다.

모니카도 대단히 음침한 소녀라는 말을 듣지만, 클로디아와는 비교할 바가 아니었다.

모니카의 경우에는 원래 낯을 가리고 말주변이 없는 게 원인이지만, 클로디아는 의도적으로 온몸에서 말을 걸기 어려운 어두운 분위기를 내고 있다.

그 탓에 이 자리만 분위기가 무척 축축하고 무거웠다.

모니카, 라나, 케이시도 말없이 준비된 홍차를 마셨다.

향이 좋은 홍차였지만 묘한 긴장감 탓에 맛을 모르겠다.

(우우, 거북해에…….)

"맛있는 홍차네! 저기, 어디 홍차야?"

무거운 침묵을 깬 건 케이시였다.

케이시는 이 묘한 분위기를 알아채고 어떻게든 대화를 이어가고자 웃으면서 클로디아에게 말을 걸었다.

그런 기특한 케이시의 질문을 받은 클로디아는 잔으로 시선을 내린 채 소곤소곤 답했다.

"……이 나라에서 제일 많이 마시는 홍차야. 대답할 필요도 없어."

"…………."

케이시가 웃는 얼굴로 뺨을 실룩였다.

이번에는 라나가 더더욱 밝은 목소리로 말했다.

"저기, 있잖아, 나는 밀크티를 좋아해. 혹시 우유 있어?"

"……밀크티에 맞는 찻잎이 아니야. 그런 것도 모를 만큼 혀가 둔한 거야?"

"…………."

라나가 웃는 얼굴로 관자놀이를 실룩였다.

점점 이 자리의 분위기가 안 좋아졌다.

모니카는 우으으으 입술을 떨다가 힘들게 어떤 맛도 안 느껴지는 홍차를 홀짝였다.

그 후, 거북한 분위기 속에서 두 번째 차례인 케이시가 자리에서 일어나 준비한 홍차를 타서 모두에게 나눠줬다.

케이시가 준비한 건 조금 색이 진한 홍차다. 떫은맛이 조금 강한 게 특징으로 우유와 잘 맞았다.

이어서 세 번째 차례인 라나가 준비한 건 밝은 색상의 홍차였다. 산뜻하고 과일처럼 단맛과 상쾌함이 있었다.

"라나의 홍차 맛있네. 산뜻하고. 난 이거 좋은 것 같아."

케이시의 말에 모니카도 동의하면서 고개를 끄덕이자, 라나가 콧대가 높아졌다는 듯이 컵을 기울였다.

"뭐, 그렇지. 이 시기에 나오는 것 중에 제일 고급인 차를 가져왔으니까 당연하지."

라나는 그렇게 말하며 힐끔힐끔 클로디아를 바라봤다. 흔한 홍차를 준비한 클로디아를 향한 비아냥이었다.

드센 성격인 라나는 클로디아의 태도가 마음에 안 들었는지 아까부터 은근슬쩍 클로디아에게 시비를 걸었다. 눈치가 빠른 케이시가 슬쩍 달래거나 화제를 바꾸면서 어떻게든 분위기가 가라앉지 않게 유지하고 있는 상태다.

애초에 이런 다과회 자리에서는 가장 지위가 높은 사람이 분위기를 주도하는 법이다.

모니카는 클로디아의 지위를 모르지만 아무래도 백작가 이상인 상급 귀족인 모양이었다. 즉, 원래라면 클로디아가 화제를 꺼내고 이 자리를 이끌어 나가야만 하는 거다.

그러나 정작 클로디아는 무기력하고 가끔 입을 열면 독설만 뱉을 뿐이었다. 도저히 대화가 성립하지 않는다.

그런 와중에 클로디아가 나지막하게 중얼거렸다.

"……맛이 강한 것부터 마시면 혀가 마비돼."

모니카는 클로디아가 준비한 홍차의 맛을 떠올리고 깜짝 놀랐다.

(특징이 없는 익숙한 맛의 홍차…… 그걸 첫 잔으로 고른 건, 혀를 마비시키지 않으려고……?)

라나와 케이시도 똑같은 생각을 했는지 경악한 눈으로 클로디아를 바라봤다.

주목을 받은 클로디아는 자신의 발언 따위는 아무것도 아니라는 표정으로 라나가 준비한 홍차를 마셨다.

"플로렌디아의 골든 칩스…… 이 계절에 입수할 수 있는 홍차 중에 제일 비싼 거네."

"마, 맞아."

라나가 시비조로 맞장구쳤지만 클로디아는 라나 쪽은 보지도 않은 채 속눈썹을 내리깔고 중얼거렸다.

"이게 귀인을 대접하는 자리였다면 가장 좋은 선택이었겠지……. 물론 각자가 준비하는 자리에서는 어딜 봐도 안 어울리지만."

"뭣?!"

"혼자만 극단적으로 비싼 차를 가져오면…… 다른 참가자를 무시하는 거라고 생각해도 이상하지 않아."

라나가 얼굴을 붉히며 부들부들 떨었다.

그런 라나에게 케이시가 다급히 말을 걸었다.

"괘, 괜찮아. 나는 그렇게 생각 안 하니까! 그치? 모니카?"

"응, 네…… 그렇게 생각, 안 해요!"

모니카가 필사적으로 목소리를 쥐어짜자, 클로디아는 천천히 고개를 돌려서 모니카를 바라봤다.

무기질적인 청금색 눈이 깜빡이지도 않고 모니카를 비췄다.

"……친구가 그렇게 말하는데 수긍할 수밖에 없겠지."

"에엣?!"

그렇게 말하면 마치 케이시가 재촉해서 모니카가 억지로 맞장구친 것 같지 않은가.

모니카는 반쯤 울상을 지으며 붕붕 고개를 내저었다.

"아, 아니, 저, 저는……."

모니카가 히끅, 하고 오열하려던 그때, 라나가 손바닥으로 테이블을 내리쳤다.

"잠깐만, 적당히 하라고! 입을 열기만 하면 비아냥거리기만 하고! 이 자리에 제일 안 맞고 기분 나쁜 건 당신이잖아!"

라나가 거세게 고함쳤지만, 클로디아는 눈썹 하나 까딱하지 않았다.

그뿐만 아니라 라나 따위는 눈에 비출 가치도 없다는 듯이 찻잔만을 바라보았다.

"……타인이 말을 걸 정도의 가치가 스스로에게 있다고 생각하나 보네."

"뭐어?!"

라나가 눈썹을 치켜들고 클로디아를 노려보자, 클로디아는 꼬박 몇 초 정도 뜸을 들이다가 나른한 듯 입을 열었다.

"…… '침묵의 마녀' 라고, 알아?"

하마터면 모니카의 심장이 멎을 뻔했다. 아니, 한순간 멈췄을지도 모른다.

알고 자시고, 본인이다.

"약관 15세에 칠현인에 취임한 천재 마술사. 무영창 마술을 익힌 데다 미네르바 재적 중에 20개 이상의 새로운 마술식을 개발했는데…… 학회에는 한 번도 참가한 적이 없는 걸로 유명해."

그건 사람이 많은 곳이 무서워서 도망쳤을 뿐이다.

"……게다가 '침묵의 마녀' 는 칠현인에 취임할 때, 식전에서 한마디도 말을 하지 않았어."

이것도 낯가림과 울렁증이 원인이다.

모니카가 그런 것에 너무나도 서툴렀기에, 인사 같은 건 동기 '결계의 마술사' 루이스 밀러가 전부 대신했었다.

그 당시를 떠올린 모니카가 식은땀을 줄줄 흘리는 가운데, 클로디아는 덤덤하게 말을 이었다.

"…… '침묵의 마녀' 가 쓴 논문을 읽어 본 적 있어? 그걸 읽으면 그녀의 인품을 알 수 있어……. 대단히 이지적이고 총명한 사람이야. 그녀는 침묵하는 것의 가치를 아는 거겠지."

(전혀 이지적이지도 총명하지도 않아요. 그냥 낯가림이 심한 음침한 사람이에요. 죄송합니다죄송합니다죄송합니다……!)

새파래져서 덜덜 떠는 모니카 옆에서, 라나가 불쾌함을 그대로 드러낸 채 클로디아를 노려봤다.

"흐으으으음. 다시 말해서 머리가 좋은 사람은 바보 상대로는 입을 열지도 않는다고 말하고 싶은 거야?"

(히이이이익!)

라나의 발언은 클로디아를 겨냥한 것이지 결코 '침묵의 마녀' 를 겨냥한 게 아니지만, 모니카는 웅크리고 부들부들 떨었다.

클로디아는 라나 말은 귓등에도 안 들어온다는 듯이 모니카를 흘겨봤다.

"……그러고 보니 '침묵의 마녀' 의 이름은 모니카 에버렛……. 당신과 똑같네. 모니카 노튼."

'히익.' 모니카는 자지러졌다.

심장 소리가 쿵쾅쿵쾅 시끄럽다. 꺼림칙한 땀이 멈추지 않는다.

클로디아는 모니카를 똑바로 바라보면서 입꼬리를 씨익 들었다.

"……아까부터 당신이 입을 다문 것도 바보와는 말을 섞고 싶지 않아서야?"

"저, 차, 차를, 타올게욥!"

모니카는 의자 소리를 내며 자리에서 일어나 헐레벌떡 그 자리에서 도망쳤다.

클로디아가 그 작은 등을 청금색 눈으로 빤히 바라봤다.

이 다과회가 시작되고 나서 항상 눈을 내리깔고만 있던 클로디아가 눈을 돌린 상대가 단 한 명뿐이라는 사실을 깨달은 사람은 아무도 없었다.

* * *

복도를 빠르게 걷던 모니카는 쿵쾅쿵쾅 시끄러운 심장을 교복 위로 눌렀다.

(호, 혹시, 들켰나? 들켰나? 내가 '침묵의 마녀'라는 게…….)

칠현인이 되고 나서는 거의 얼굴을 감추었고, 공적인 자리에도 최소한으로만 참석했으니까 모니카의 얼굴을 아는 사람은 같은 칠현인 정도뿐이다.

혹시 마술사 양성기관 미네르바에 다니던 시절에 알게 됐나?

낯을 가리는 모니카는 거의 연구실에만 틀어박혀 있었다.

하지만 클로디아처럼 눈에 띄는 미녀를 봤다면 아무리 그래도 기억에 남았을 거다.

(부, 분명, 우연……이겠지…….)

우연히 화제에 올랐을 뿐이다. 분명 그럴 거다.

그렇게 자신을 타이른 모니카는 다과회 준비실 문을 열었다. 실내는 다과회 전에 비하면 사람이 적었다. 시녀 대부분은 주인을 도우러 나갔기 때문이리라.

모니카는 사람이 적은 것에 조금 안심하면서 병을 놔둔 선반으로 다가갔다.

"……어라?"

선반을 올려다본 모니카가 얼어붙었다. 찻잎이 든 병이 없다.

케이시의 찻잎 병은 모니카의 기억과 같은 위치가 맞다. 그런데 모니카가 그 옆에 병을 놔뒀었던 공간만 텅 비어 있었다.

분명히 끄트머리에 주름을 만든 종이를 놔두고, 그 위에 병두 개를 올려놨었는데.

불길한 예감이 들자, 모니카의 전신에서 핏기가 가셨다.

모니카가 이런 상황에 직면한 건 처음이 아니다. 그렇기에 알아채고 말았다.

떨리는 손으로 쓰레기통의 나무 뚜껑을 열어 본 모니카는 작게 숨을 삼켰다.

쓰레기통 속, 이미 다 쓴 차 찌꺼기들 사이로 아직 우리지 않은 찻잎과 빈 병 두 개가 버려져 있었다. 그리고 주름 잡힌 종이도.

"……이럴, 수가."

모니카는 흐느적흐느적 그 자리에 주저앉았다.

찻잎이 없으면 홍차를 탈 수 없다. 이래서는 수업에 돌아갈 수 없다.

(……어, 쩌지.)

천천히 눈가에 눈물이 맺혔다. 모니카가 아무리 우수한 마술사라도 시간을 되돌릴 수는 없다.

눈물이 나오려는 것을 참으며 콧물을 삼키자, 뒤에서 귀에 익은 목소리가 들렸다.

"모니카, 왜 그래? 몸이 안 좋아?"

모니카 옆에서 무릎을 꿇고 등을 쓸어 준 것은 케이시였다.

왜 여기로…… 온 거야……? 모니카가 가느다란 목소리로 묻자, 케이시는 말하기 거북한 듯 뺨을 긁적였다.

"모니카가 좀처럼 안 돌아오는 게 걱정돼서 낌새를 보러 왔다……라는 건…… 미안, 구실이야. 솔직히 그 자리에 있기 힘들어서……."

과연, 라나와 클로디아 사이의 일촉즉발 분위기를 견디다 못해 모니카를 살펴보러 간다는 명목으로 빠져나온 모양이다.

케이시는 쓰레기통에 버려진 찻잎을 보고 상황을 파악한 모양인지 눈살을 찌푸리고 쓰레기통을 노려봤다.

"너무하네……. 누가 이런 짓을."

그리고 케이시는 손수건으로 모니카의 눈가를 닦아 주고는 아기에게 하듯이 다정한 말투로 말했다.

"혹시 기숙사에 예비 찻잎 있어? 이런 상황이라면 평소에 마시는 거라도 괜찮으니까, 아무거나 내놓으면……."

"……없, 어요."

모니카는 평소에 홍차를 안 마시기에 여분이 없다.

이자벨에게 부탁하면 나눠 주겠지만 지금은 수업 중이다.

모니카가 훌쩍훌쩍 콧물을 삼키자, 케이시는 잠시 고민하다가 자기 홍차 병을 들었다.

"내 홍차를 써. 차 종류가 겹치지만 아무것도 내지 않고 끝내는 것보다는 나아."

"……그, 그래도, 겹치면, 폐를……."

홍차 종류가 겹치면 사전 준비가 부족하다는 평을 받게 된다.

그러면 모니카만이 아니라 케이시까지 감점 대상이다.

그러나 케이시는 태연하게 손을 휙휙 흔들었다.

"그런 건 신경 쓰지 마. 다과회 같은 건 차의 종류가 뭐가 됐든 맛있게 즐기는 게 제일이잖아."

모니카는 훌쩍 콧물을 삼키며 쓰레기통 속 찻잎을 바라봤다.

확실히 케이시 말이 옳다. 무엇보다 차를 준비하지 못하고 다과회 자리로 돌아가면 불합격이 된다.

(……하지만.)

모니카는 입술을 깨물고 주먹을 움켜쥐면서 떨리는 다리로 일어섰다.

그리고 발길을 휙 돌려서 준비실을 뛰쳐나갔다.

"모니카! 어디 가?!"

"죄, 죄송해요. 금방 돌아올게요!"

그런 말을 남긴 채, 모니카는 기숙사 자기 방을 향해 달려갔다.

* * *

라나는 클로디아를 노려보면서 짜증스럽게 케이크를 먹고 있었다.

클로디아는 자리를 떠나는 모니카를 가만히 바라보다가 이내 모습이 안 보이게 되자 다시 우울하고 나른한 분위기로 돌아왔다.

검고 긴 속눈썹을 내리깔고 고개를 수그린 모습은 그 미모 때문인지 덧없게도 보인다.

(……뭔데, 뭔데, 뭔데.)

라나는 입술을 깨물고 자신이 준비한 홍차 잔을 내려다봤다.

라나의 아버지는 대부호지만 원래부터 귀족은 아니었다. 본디 유복한 상인 집안 사람으로, 도시 발전에 공헌한 공적을 인정받아 라나가 태어나기 얼마 전에 작위를 받았다.

라나는 철이 들었을 무렵부터 최고급 사치품이나 유행하는 드레스를 받으며 자랐다.

다들 그런 라나에게 행복한 공주님이라고 입을 모아 말했다.

하지만 라나는 고독했다.

작위를 갖지 못한 가문의 아이들 사이에서 호화롭게 지내는 라나는 언제나 붕 떠서 그 자리와 어울리지 않았다. 다른 아이들 사이에 잘 끼지 못했고, 부자인 걸 자랑하느냐는 험담까지 들었다.

그래서 귀족 아이들이 다니는 세렌디아 학원에 입학하면 자신과 가까운 친구가 생길 줄 알았다.

그러나 전통과 격식을 따지는 이 학원에서는 라나를 '품격 없는 졸부의 딸'로 대했다. 게다가 아버지는 작위를 돈으로 샀다는 험담을 들었다.

예의가 없다, 절차를 모른다, 귀족의 암묵적인 규칙을 모른다……. 그런 말을 들을 때마다 라나는 완고해졌다.

라나가 처음 모니카에게 말을 건 이유는 그저 잠깐의 변덕이었다.

모니카는 명백하게 반에서 붕 떠 있었기에, 그 아이를 돌봐 주다 보면 라나의 자존심이 조금 채워졌다.

무엇보다 늘 고개를 숙이고 오들오들 떠는 주제에 라나가 도와주려 하면 작은 꽃봉오리가 피듯이 살며시 웃는다. 그걸 보면 몸이 근질거리면서 기뻤다. 모니카가 라나를 존경하는 시선으로 볼 때마다 라나는 조금이나마 만족했다.

오늘 다과회도 사실은 모니카에게 존경스러운 시선을 받고 싶었다.

그래서 열심히 찻잎을 골랐는데, 클로디아에게 이 자리와 안 맞는다는 지적을 받으니 라나의 자존심이 너덜너덜해졌다.

왜 늘 이런 결과가 되는 걸까.

(나는 그저…… 친구에게 제일 맛있는 차를 마시게 해 주고

싶었을 뿐인데.)

어릴 적, 집에 초대한 친구에게 제일 좋은 과자와 차를 대접했다가 '부자인 걸 자랑한다.'라는 험담을 들었을 때가 떠올랐다.

"이야~ 미안해. 늦었네, 늦었어."

라나가 씁쓸한 기억이 떠올라 인상을 찌푸리는데, 자리를 떠났던 케이시가 빠르게 돌아왔다. 하지만 옆에 모니카는 없었다.

'모니카는 어쨌어?' 라나가 눈빛으로 그렇게 묻자, 케이시는 곤란한 표정으로 자리에 앉았다.

"모니카는, 으~음. 뭐라고 해야 할까…… 뭐, 금방 올 거야."

"케이시, 너 모니카가 홍차 준비하는 걸 도와주려는 거 아니었어?"

라나가 의아해서 묻자, 케이시는 "아니, 그게…….''라며 애매하게 중얼거렸다.

대체 무슨 일일까? 모니카에게 무슨 일이 있었던 걸까?

라나가 일어서려던 그때, 좋은 향기가 라나의 코를 살짝 간지럽혔다. 그러나 이건 홍차 향이 아니다.

"오, 오래, 기다리셨습니다."

모니카가 위태로운 발걸음으로 이쪽 테이블을 향해 다가왔다. 손에 든 쟁반 위에는 종이컵과 낯선 금속제 포트가 있었다.

모니카는 테이블에 그걸 내려놓고는 후우, 하고 이마의 땀을 닦았다. 아무래도 운동치인 모니카는 여기까지 쟁반을 나르는 것조차도 꽤 큰일이었던 모양이다.

지금까지 의욕 없이 수그리고만 있던 클로디아가 천천히 고개를 들고 모니카가 가져온 포트를 바라봤다.

"……홍차 향이 아니네."

"이, 이건, 커피, 에요!"

모니카는 클로디아를 똑바로 바라보면서 떨리는 목소리로 말했다.

"클로디아 님이, 그러셨죠. '맛이 강한 것부터 마시면, 혀가 마비된다.' 라고……. 저는, 제일 마지막이니까, 맛이 강한 커피를 내도 문제없을, 거예요."

"……커피는 남성이 즐겨 마시는 음료라 여성의 다과회에는 적합하지 않을 거야."

클로디아의 말이 맞다. 분명 이 나라에는 커피도 나름대로 보급되어 있고, 카페도 있지만, 거의 남성이 즐겨 마신다.

무엇보다 커피는 쓴맛이 강하기에 호불호가 갈린다. 라나도 몇 번 마셔본 적이 있지만, 그렇게 좋아지는 않았다.

그러나 모니카는 웬일로 단호하게 말했다.

"괜찮아요. 분명, 맛있을…… 테니까요."

그렇게 말한 모니카는 컵에 커피를 따르고는, 그중 세 잔에만 따스한 우유를 더했다.

"시, 식후에 입가심으로 마시는 거니까, 그대로 마셔 주셨으면 하지만, 쓴 걸 싫어하시는 분도 계실 테니까, 우유를 넣으세요. 설탕은 각자 취향대로, 넣으세요."

일동에게 컵이 돌아가자, 가장 먼저 클로디아가 컵을 들었다. 그리고 향을 확인하면서 입에 머금었다.

"…………."

클로디아가 무반응이라 조금 무서웠다.

라나와 케이시도 컵에 설탕을 넣고 조심조심 마셨다. 라나는 눈을 동그랗게 떴다.

"뭐야 이거…… 잡맛이나 쓴맛이 하나도 안 나."

라나는 그렇게 중얼거리더니 다시 컵의 내용물을 입에 머금었다. 산뜻한 쓴맛을 우유의 부드러움이 감싼다.

이건 라나가 지금까지 마셔본 적 없는 맛의 커피였다.

케이시도 놀랐는지 컵을 빤히 바라봤다.

"저기, 난 오늘 커피를 처음 마셔 봤는데…… 이렇게나 마시기 편한 거였어?"

케이시가 그렇게 말하는 것도 무리는 아니다. 커피는 쓴맛이 강한 것도 있고, 독특한 잡맛이나 신맛인 것도 있기에 호불호가 갈린다.

옛날에는 원두를 분쇄하고 콩과 설탕을 함께 넣고 졸여서 추출하는 게 주류였지만, 최근에는 사이펀이라는 기구가 유행하면서 거의 잡맛이 느껴지지 않게 됐다.

하지만 모니카가 준비한 커피는 그걸 웃도는 풍미였다.

클로디아가 은색 포트를 가만히 바라보며 중얼거렸다.

"……커피는 추출하는 시간이 길수록 잡맛이나 아린 맛이 생겨."

"네, 네…… 그러니까, 이 포트를 써서, 단시간에 추출해요. 이 포트는 증기의 힘을 이용해, 단시간에 커피를 추출하니까……."

"……처음 보는 기구네. 책에서도 본 적이 없어."

클로디아가 중얼거리자, 라나와 케이시가 눈을 동그랗게 떴다.

클로디아는 '걸어 다니는 도서관'이라 불릴 만큼 막대한 지식을 가진 일족의 사람이다.

이 자리에서…… 아니, 이 학원에서 가장 박식한 사람이라고 해도 과언이 아니다.

그런 클로디아에게도 모르는 게 있다니! 라나는 모니카가 가져온 포트를 바라봤다.

클로디아는 컵에 든 커피를 깔끔하게 다 마시고는 감정을 읽을 수 없는 청금색 눈으로 모니카를 바라봤다.

"……과연, 의표를 찌르는 건 나쁘지 않아. 하지만 지금은 다과회 수업이잖아? 차도 아닌 음료를 내놓다니 논외야."

"그, 그렇, 겠죠…… 저기…… 그게……."

모니카는 고개를 수그리며 자신의 컵을 잡았다.

모니카의 컵에만 우유를 안 넣었다. 분명 쓴 커피를 마시는 데 익숙한 것이리라.

"저, 저는…… 좋아하는 친구에게, 제가 제일 좋아하는 걸, 대접하고 싶어서…… 그러니까, 저기……."

모니카는 컵을 양손으로 감싸듯이 들고는 눈썹을 내리면서 헤벌쭉 웃었다.

"······제가 제일 이 자리에 안 어울리네요."

부끄러운 듯이 에헤헤 웃는 모니카를 보자, 라나는 머릿속이 새하얘지는 것 같았다.

(뭔데, 뭔데, 뭔데······.)

아까까지 자신이 제일 이 자리에 안 어울린다며 침울해하던 라나보다도 더 다과회에 안 어울리는 커피 같은 걸 가져오다니. 분명 감점당할 텐데.

라나는 커피를 쭉 들이켰다.

"무척 맛있었어······. 나, 이 커피가 좋아."

눈물이 나오려는 걸 참으면서 말하자, 모니카는 작은 꽃이 피어나듯이 웃었다.

* * *

그날 밤, 모니카는 여자 기숙사 다락방에서 리포트를 쓰고 있었다.

다과회에서 커피를 내놓은 모니카는 당연히 감점 대상이었다.

라나와 케이시가 교사에게 여러모로 사정 설명을 해 줬기에 낙제는 면했지만 대신 리포트 제출을 해야 했다.

리포트를 쓰는 모니카 옆에서는 검은 고양이 네로가 커피 컵을 앞발로 감싸고는 그 안에 얼굴을 들이밀었다.

"흠흠, 이건 나쁘지 않군. 과연, 이게 어른의 맛이라는 건가."

설탕과 우유를 잔뜩 넣은 주제에 어른의 맛이라니, 용케도 그런 말을 한다.

리포트를 작성을 마친 모니카는 깃펜을 펜꽂이에 돌려놓고 후우, 하고 한숨을 내쉬었다.

머리를 스치는 건 쓰레기통에 버려진 찻잎. 우연이 아니라 누군가가 의도적으로 버린 게 분명하다.

(……전부, 착각한 거라면, 좋을 텐데.)

모니카는 씁쓸한 표정으로 고개를 수그리며 중얼거렸다.

"오늘은 찻잎으로 그쳤지만…… 앞으로 얼마나 더 심해지려나."

"학원이 싫어졌냐? 꼬릴 말고 산속 오두막으로 돌아갈 거야?"

"……조금 더, 노력해 볼래."

네로의 야유하는 듯한 질문을 들은 모니카가 소곤소곤 작은 목소리로 대답하자, 네로는 웃을 때처럼 금색 눈을 가늘게 떴다.

"흐응. 얼마 전이었다면 '이제 싫어~ 더는 무리야~ 돌아갈래~.' 라면서 엉엉 울었을 텐데 말이지?"

"윽…… 그건…… 그랬을지도, 모르지만."

모니카가 꾸물꾸물 손가락을 꼬자, 네로는 모니카의 무릎 위로 올라와서 허벅지를 앞다리로 탁탁 두드렸다. 그건 인간이 지인의 어깨를 두드리는 동작과 비슷했다.

"괜찮지 않을까? 네가 이곳에 조금이라도 애착이 생긴다는 건 나쁜 일이 아니니까."

"그럴, 까? ……응, 그럴지도."

네로 말대로, 모니카에게 이 학원은 나쁜 추억만 있는 곳은 아니었다.

조금이지만 친구가 있다. 곤란할 때 손을 뻗어 주는 사람이 있다.

그건 지금까지 인간관계를 맺지 않아 온 모니카에게 신선한 현상이었다.

……그러나 내성적이고 말주변이 없는 여학생 모니카 노튼은 가짜 모습이다.

언젠가 임무가 끝나면 모니카는 이 학원을 떠나 산속 오두막 생활로 돌아가게 된다.

그러면 이 학원에서 알게 된 사람들과 모니카 노튼으로서 마주하게 될 일은 두 번 다시 없으리라. 모니카는 칠현인 중 한 명인 '침묵의 마녀' 모니카 에버렛이니까.

모니카는 그 사실을 곱씹으면서 내일 수업 준비에 들어갔다.

활짝 열린 창문에서 들어오는 바람은, 산속 오두막의 가을 바람과는 다르게 화단의 꽃향기가 났다.

7장 쓴 홍차가 보여준 꿈

티 파티 날로부터 일주일간, 모니카는 무척이나 곤란했다.

점심시간이 됨과 동시에 모니카는 빠르게 교실을 나왔다. 가장 먼저 교실을 나간다고 해도 방심할 수는 없었다.

모니카는 주변을 두리번두리번 돌아보면서 밖으로 나왔다.

(이, 이거라면, 괜찮……겠지?)

그렇게 생각해서 고개를 든 순간, 화단 옆 벤치에 앉은 흑발 영애를 발견한 모니카는 허억, 하고 숨을 삼켰다.

벤치에 앉아 있는 건 클로디아다.

클로디아는 마치 조각상처럼 손발을 모으고 벤치에 앉았지만, 모니카를 눈치채자 고개만 움직여서 모니카를 빤히 바라봤다.

요 일주일 동안 줄곧 이런 상황이 반복됐다.

클로디아는 모니카가 가는 길마다 나타나서는 떨어진 곳에서 모니카를 바라봤다.

그저 바라보기만 할 뿐이다. 다가오지도, 말을 걸지도 않는다. 오히려 그게 더 꺼림칙했다.

(혹시, 내가 '침묵의 마녀'라는 걸, 알아채서…….)

결국 모니카는 클로디아를 뿌리치려고 건물 주변을 한 바퀴 빙그르르 돌고 교실로 향했다.

건물 안으로 돌아왔을 무렵에는 이미 점심시간이 끝나 있었다. 점심시간을 완전히 다 잡아먹고 말았다.

가끔은 느긋하고 조용히 식사하고 싶은데. 모니카가 홀쭉한 배를 누르면서 한숨을 내쉬자, 교실 앞에서 여학생 몇 명이 모니카 앞을 가로막았다.

"저기, 잠깐 괜찮을까? 모니카 양."

모니카에게 말을 걸어온 것은, 캐러멜 브라운색 머리 영애 —— 노른 백작 영애 캐럴라인 시몬즈. 모니카가 계단에서 떨어지는 원인을 제공한 영애다.

경계하며 뒷걸음질 치던 모니카에게 캐럴라인이 간드러진 목소리로 말했다.

"그렇게 무서운 표정은 짓지 마. 나, 당신을 다과회에 초대하고 싶거든."

"다, 다과회…… 말인가요."

"응. 오늘은 수업이 조금 일찍 끝나잖아? 그러니까 학생회 일을 하러 가기 전에 우리와 차라도 마시자. 당신이 실수로 계단에서 떨어졌을 때 이야기도 하고 싶으니까."

캐럴라인은 명문가 사람이다. 어지간한 이유가 없는 한, 모니카가 권유를 거절할 수는 없었다.

(사교댄스도 다과회도, 제대로 해야 해…… . 나는, 학생회 임원, 이니까.)

모니카는 교복에 붙은 임원장을 움켜쥐면서 자신을 타일렀다.

분명 캐럴라인은 또 심술을 부리거나 비아냥거리겠지. 어차피 다과회가 끝날 때까지 참으면 해결될 일이다.

모니카가 양손을 꽉 움켜쥐면서 고개를 들자, 캐럴라인이 눈을 가늘게 뜨고 미소 지었다.

"내 다과회에 와 줄 거지?"

"하, 학생회 일에, 지장이 없는 범위, 라면요……."

"그럼, 물론이지. 그렇게 시간을 빼앗지는 않을 거야."

캐럴라인은 기쁜 듯 미소 지으면서 주변 여학생들에게 "다들 그렇지?"라고 눈짓을 했다.

여학생들은 캐럴라인의 말에 맞장구치면서 모니카를 관찰하는 듯한 눈으로 바라봤다.

그 시선에는 노골적인 멸시가 배어 있었다. '초라한 계집', 소녀들의 눈은 무엇보다도 노골적으로 그렇게 말하고 있었다.

(괜찮아, 괜찮아. 얌전히 차를 마시고, 맞장구만 치면 돼. 쓸데없는 말은 안 해도 괜찮아, 괜찮아…….)

필사적으로 스스로를 타이르는 모니카의 뒷모습을 청금색 눈이 가만히 바라보고 있었지만, 모니카는 알아채지 못했다.

＊ ＊ ＊

캐럴라인이 지정한 곳은 다과회 실기 연습이 열렸던 안뜰의 티 테이블이었다.

날씨가 좋은 날에는 여기서 다과회를 여는 영애가 많다고 한다. 모니카가 안내받은 테이블 말고도 다수의 테이블 세트가 나와 있었고 각자 마음껏 시간을 보내고 있다.

이렇게나 사람들 눈이 많으면 눈에 띄는 폭력을 행사하거나, 차를 대놓고 얼굴에 끼얹지는 않을 것이다.

모니카는 그것에 조금이나마 안심하면서 착석했다.

테이블에 착석한 건 모니카와 캐럴라인을 포함한 네 명으로 마침 모니카 정면에 캐럴라인이 있다.

캐럴라인은 눈이 무척 커다란 영애다. 모니카와 동갑이지만 어른스럽고, 화사한 분위기를 풍겼다.

(……어라? 이 사람 눈이…….)

모니카는 화창한 가을날 오후 햇살 아래에서 캐럴라인에게 작은 위화감이 들었다.

그러나 모니카가 그 위화감을 언급하기보다 먼저, 캐럴라인이 입을 열었다.

"후훗. 오늘은 바쁜 와중에 찾아와 줘서 고마워, 모니카 양."

"초, 초대해 주셔서…… 감사합니다."

모니카가 가느다란 목소리로 말하자, 캐럴라인이 천천히 끄덕였다.

"요전에는 큰일이었네. 불행한 사고로 계단에서 떨어져서……. 다친 데는 없어?"

"네, 네에. 괜찮, 아요."

"어머, 다행이네!"

캐럴라인이 화사한 미소를 짓더니 커다란 눈을 가늘게 뜨고는 낮은 목소리로 말했다.

"그럼, 당신이 시릴 님에게 말해 주지 않겠어? 그건 그냥 사고였다고."

"⋯⋯⋯어."

모니카가 말문이 막히자, 다른 소녀들이 일제히 입을 열었다. "그래그래. 그건 사고야.", "캐럴라인 님은 잘못이 없어."라며 캐럴라인을 옹호했다.

아무래도 이게 오늘 다과회의 목적이었던 모양이다.

캐럴라인은 모니카가 계단에서 떨어진 게 사고였다고 스스로 증언하기를 바라는 거다.

"모니카 노튼 양, 그건 사고였지? 나는 라나 콜레트에게 손을 대거나 하지 않았어⋯⋯. 그렇지?"

캐럴라인의 빨려들 것만 같은 커다란 눈이 "수긍해."하며 모니카를 위압했다.

그 눈빛에 압도돼서 고개를 끄덕이고 싶어졌다. 그렇다면 분명 이 자리는 해산할 것이다.

(⋯⋯그래도, 그래도⋯⋯!)

모니카가 계단에서 떨어지고 나서 시릴은 누구에게 부탁받지도 않았는데 주변 사람을 탐문해 줬다.

모니카가 캐럴라인의 말에 따라서 그게 사고라고 한다면, 시릴의 고생이 헛수고가 된다.

모니카는 교복 가슴팍을 움켜쥐고는 떨리는 목소리로 말했다.

"제, 제가, 증언을 번복해서, 애슐리 님에게 폐를 끼치기는…… 싫, 어요."

말했다. 말했다.

캐럴라인은 아무 말도 하지 않았다. 모니카가 흠칫거리며 캐럴라인의 눈치를 보는데, 캐럴라인은 오싹할 만큼 차가운 눈으로 모니카를 바라보고 있었다.

"……그래."

낮은 목소리로 아무렇게나 내뱉듯이 꺼낸 말에는 묵직한 분노가 스며들어 있었다. 그 분노를 느끼고 모니카가 덜덜 떨자, 캐럴라인은 노기를 감추고 친근한 미소를 지었다.

"어머, 이러면 안 되지. 그만 이야기에 푹 빠져 버렸네. 이대로는 모처럼 준비한 홍차가 식어버리겠어……. 자, 어서 들지 그래?"

"네, 네에……."

이 홍차를 마시면 바로 자리에서 일어나자. 그렇게 결심한 모니카가 컵을 들자, 캐럴라인 일행이 일제히 부채를 들어서 입가를 가렸다.

(앗, 이건…… 이자벨 님이 말씀하셨던 악역 영애의 기본 동작……!)

부채 뒤로 들리는 키득거리는 웃음소리가 만들어 낸 돌림노래는 훈련받았다고밖에 표현할 수 없을 만큼 치밀했다.

결코 크지도 않고 작지도 않은, 귀에 거슬리는 웃음소리가 풍기는 심술궂은 느낌은 꽤 절묘했다.

'과연, 바로 이거구나…….' 모니카는 그렇게 감탄하면서 찻잔을 입에 댔다.

입에 머금은 홍차는 무척이나 썼다. 떫은 게 아니라 썼다.

(원래 이런 맛인 걸까?)

쓰다면 쓰지만, 마시지 못할 정도는 아니었다.

평소에도 쓴 커피를 마시는 데 익숙한 모니카는 홍차에 다소 위화감이 들면서도 꿀꺽 마셨다.

갑자기 캐럴라인 일행의 안색이 변했다.

(……? 왜 저러지?)

캐럴라인 일행은 뭔가에 놀랐는지 꺼림칙한 것을 보는 눈빛으로 모니카를 바라봤다.

자신이 뭔가 잘못을 저지른 걸까? 모니카는 초조함을 떨쳐내려고 쓰디쓴 홍차를 전부 마셨다.

캐럴라인이 "앗." 하고 작게 말했다.

(……어, 라?)

두근두근. 심장 고동이 무척이나 시끄러웠다. 시야가 깜빡이고, 눈에 비치는 세계가 뿌옇다.

"진짜 마셨어?"

"거짓말이지? 엄청 쓸 텐데?"

"독하다. 틀림없이 토할 줄 알았는데……."

캐럴라인 일행이 당황한 듯 빠르게 말하고 있다.

분명 모니카의 귀에 그 목소리가 들어왔지만 어찌 된 영문인지 머리는 그것을 말이라고 인식하지 못했다. 주변 목소리가 의미 없는 소리가 되어 귀를 빠져나간다.

(뭐지, 이게?)

시야가 꾸물꾸물 일그러졌다. 일그러지고 번지다가 이윽고 녹아내려서 홍갈색으로 물들었다.

……아니, 이 붉은색은 홍차의 색이 아니다.

불꽃의…… 붉은색이다.

타닥타닥 소리를 내며 터지는 불똥과 일렁이는 불꽃, 그 너머로 보이는 그림자는…….

"아버, 지……?"

나무에 묶인 아버지의 모습이 불꽃 속으로 사라져간다.

꺼림칙한 냄새가 코를 찔렀다. 사람의 살이 타는 냄새다.

아버지를 둘러싼 사람들이 일제히 목소리를 높였다.

『이단자 놈! 이단자 놈! 금기를 범한 죄인 놈!』

"……아냐, 아니야. 아버지는, 나쁘지 않아."

타오르는 불에 무언가가 떨어지며 불똥을 튀겼다.

그것은 막대한 양의 자료다. 아버지가 생전에 자신의 모든 것을 걸고 작성한 중요하고 중요하고 중요한…….

"그만둬…… 그만둬…… 태우지 마…… 태우지 마아……."

불탄다, 불탄다. 오랜 세월에 걸쳐 쌓아온 아름다운 숫자가, 기록이, 순식간에 잿더미로 변했다.

(기억해야 해, 기억해야 해. 아버지가 남긴 숫자는, 전부 내가 기억해야 해.)

연기로 따가운 눈을 끝까지 부릅뜬 모니카는 던져진 자료에 적힌 숫자를 바라봤다.

모니카의 미덥지 못한 동체시력으로 볼 수 있는 건 막대한 자료의 단편적인 숫자에 불과하다.

그러나 모니카는 눈도 깜빡이지 않고 눈에 비친 숫자를 자신의 머릿속에 새겼다.

(그치만, 내가 기억해야만 해. 아버지가 남긴 숫자를, 조금이라도.)

눈에 새긴 숫자는 아버지의 유산이다. 절대로 잊어버려선 안 된다. 저건 아버지가 살아있었다는 증표다.

"18473726, 385, 20985, 726, 29405, 84739……."

『숫자만 지껄이고 기분 나쁘다고! 그 입 다물어!』

숫자를 입에 담은 모니카에게 욕설과 함께 술병이 떨어졌다.

모니카는 몸을 웅크리고 울면서 머리를 부여잡을 수밖에 없었다.

"죄송해요삼촌죄송해요죄송해요죄송해요."

『형이 바보 같은 연구를 하는 바람에 나까지 덤터기를 썼어! 가족 중에 범죄자가 있다고 우리가 장사를 접어야 한다고?! 웃기지 마!』

"아녜요……. 아버진, 나쁘지 않아요……. 아버지는……."

『밖에서 또 그런 웃기는 소릴 지껄여 봐! 부지깽이로 두들겨

패 줄 테니까!』

"죄송해요삼촌때리지마세요때리지마세요죄송해요죄송해요죄송해요이제남들앞에서쓸데없는말은하지않을테니까입다물고있을테니까때리지마세요때리지마세요죄송해요죄송해요죄송해요죄송해요……."

＊ ＊ ＊

안뜰은 경악에 빠졌다.

다과회에서 모니카 노튼이 갑자기 의자에서 굴러떨어져 몸부림쳤으니까.

모니카는 새파란 얼굴로 허억허억, 하고 부자연스러운 호흡을 반복하며 목을 쥐어뜯었고, 그때마다 영문 모를 말을 중얼중얼 되풀이했다.

동석한 캐럴라인 일행 중 그 누구도 모니카를 도우려 하지 않은 채 꺼림칙한 것을 보는 눈으로 모니카를 바라봤다.

그런 와중에 캐럴라인 일행 테이블로 한 명의 영애가 소리 없이 접근했다.

그것은 우울한 분위기가 감도는 흑발 영애, 클로디아였다.

클로디아는 말없이 모니카 앞에 무릎 꿇고 상태를 확인했다.

"……뭘 마시게 했어?"

클로디아가 묻자, 캐럴라인은 고개를 가로저으며 상기된 목소리로 외쳤다.

"몰라! 모른다고! 나는 아무것도 몰라!"

"…………"

클로디아는 조용히 일어나더니 마치 뱀이 기어드는 것처럼 스르륵 캐럴라인과 거리를 좁히고 캐럴라인의 주머니에 손을 넣었다.

그 손끝이 무언가를 찾아냈다.

"……안약?"

"안 돼! 돌려줘! 멋대로 만지지 마! ……으, 허억?!"

클로디아가 아우성치던 캐럴라인의 턱을 말없이 붙잡았다.

그리고 반대쪽 손을 캐럴라인의 눈으로 뻗더니 화장으로 칠한 눈꺼풀을 들어 올려 그 눈을 가만히 관찰했다.

"……동공이 확대됐네……. 벨라돈나나 뭐 그쪽 부류의 독인가."

"이건 그저 눈이 커 보이게 하는 안약이라고!"

"독이야."

클로디아는 캐럴라인의 변명을 단호하게 잘랐다.

그리고 동공이 열린 캐럴라인의 눈을 똑바로 바라보더니 제대로 알아들으라는 듯이 짧게 끊어 말했다.

"당신은, 이 아이에게, 독을 먹인 거야."

"아냐…… 나는…… 그저, 이 아이가 쓴 홍차를 조금 마시고 토해서, 창피 당했으면 좋겠다고 생각했을 뿐이야…… 그치만, 그런 쓴 홍차를 다 마길 거라곤, 보통 생각 못 하잖아! 얘가 잘못한 거야!"

클로디아는 아우성치는 캐럴라인에게는 눈길도 주지 않고 다시 모니카 옆에 무릎을 꿇었다. 그리고 모니카의 상반신을 일으켜서 입안에 손가락을 넣었다. 모니카가 경련하면서 구역질했다.

"……으, 으으…… 우웩……."

"토해."

클로디아는 계속 목구멍 안을 자극했지만, 모니카는 잘 토하지 못하고 작게 신음했다.

클로디아는 멀리서 바라보던 이들에게 냉정하게 명령했다.

"누구, 희석한 식염수를 가져와. 그리고 의무실과 학생회 임원에게 연락해."

* * *

아버지를 떠올릴 때, 가장 먼저 생각나는 건 백의를 입은 좁은 등이다.

(……아버지, 아버지.)

모니카의 아버지는 연구자로, 하루 대부분을 책상과 마주하며 보내는 사람이었다.

어린 모니카는 아주 잠깐이라도 이쪽을 돌아봐 줬으면 해서 아버지의 등에 손을 뻗다가…… 내렸다.

아버지가 중요한 일을 하는 걸 알기에 방해하고 싶지 않았다.

그러나 그날, 아버지는 마치 모니카의 마음속 목소리가 들리기라도 한 듯이 글을 쓰던 손을 멈추고 이쪽을 돌아봤다.

수염투성이 얼굴에 동그랗고 작은 안경. 안경 속 눈은 온화하고 이지적이다. 아버지는 언제나 온화한 사람이었다.

아버지는 모니카가 내리려던 손을 양손으로 감싸듯이 잡았다. 따스하고 커다란 손이다.

"헤헤…… 아버지……."

아버지 손에서 느껴지는 온기에 헤실거리는데 어째선지 머리 위에서 목소리가 들렸다.

그건 기억 속에 있는 아버지 목소리가 아니라…….

"으~음, 내가 그렇게 연상으로 보이는 건가?"

"전하. 이 계집의 잠꼬대에 귀를 기울이실 필요는 없습니다."

"그래도 두들겨서 깨우라는 말은 안 하네?"

"그건…… 저…… 화, 환자니까요."

모니카는 작게 신음하면서 무거운 눈꺼풀을 들어 올렸다.

아무래도 이곳은 의무실 침대 위인 모양이다. 예전에 온 적이 있는 곳이다.

모니카가 잠든 침대 옆에는 사람 그림자가 두 개 보였다. 창문에서 들어오는 저녁놀을 받아 반짝이는 건 선명한 금발과 은발이다.

"전하……와 애슐리 님……?"

모니카의 손을 잡은 건 펠릭스, 그 옆에서 모니카의 얼굴을 들여다보는 건 시릴이었다.

왜 이 두 사람이 이러는 걸까? 왜 펠릭스는 모니카의 손을 잡은 걸까?

천천히 정신을 차리기 시작한 모니카가 여기에 이르게 된 경위를 멍하니 떠올렸다.

(……분명, 다과회에서 쓴 홍차를 마셨는데, 갑자기 현기증이 나서…….)

그 이후의 기억은 애매하다. 그저, 매우 무서운 꿈을 꿨던 것 같다.

"너는 다과회에서 노른 백작 영애가 준 독약을 마셨어. 중독을 일으켜서 심한 착란 상태에 빠졌지."

"……윽!"

모니카가 확 새파래지더니 펠릭스의 손에서 자기 손을 뺐다.

그리고 굴러떨어질 기세로 침대에서 내려오더니, 여전히 힘이 안 들어가는 몸을 억지로 움직여서 바닥에 이마를 갖다 댔다. 시릴이 깜짝 놀라서 외쳤다.

"뭐 하는 거냐?!"

모니카는 엎드린 채 제대로 움직이지 않는 입술을 떨면서 말을 쥐어짜 냈다.

"……폐를, 끼쳐서…… 정말…… 죄송, 합니다……."

말을 꺼내는 것만으로도 구역질이 났다.

그렇다 한들 모니카가 다과회 자리를 엉망으로 만들고 소란을 일으킨 사실에는 변함이 없다. 제대로 사과해야 한다.

"학생회면서…… 제대로 못 해서, 죄송해요……."

댄스 수업 때는 처참한 모습만 보였으니 적어도 다과회 정도는 제대로 하려고 했는데.

모니카는 이번에도 학생회에 오점을 남기고 말았다.

사과하는 목소리에 오열하는 소리가 섞였다. 목구멍이 막히고 눈시울이 뜨거워졌다.

여느 때보다도 이상으로 약해진 눈물샘에서 눈물이 펑펑 쏟아져 바닥에 얼룩을 만들었다.

"노튼 양. 고개를 들어 줄래?"

펠릭스가 무릎을 꿇고 모니카에게 말을 걸었다. 모니카는 고개를 들 수가 없었다.

(분명 모두 어이없어할 거야. 학생회 임원인데 다과회에서 제대로 대접도 못 받는 사람이라고.)

자신을 책망하는 말이 수없이 떠오른다.

그렇게 끝없이 자신을 책망하는 말을 늘어놓으면서 마음이 무너져가던 모니카의 옆구리 밑으로 손이 쑥 들어왔다.

그 손이 고양이를 안듯이 모니카를 들어 올렸다.

"에에잇! 전하께서 무릎을 꿇게 하다니 뭐 하는 짓이냐!"

모니카를 들어 올린 건 시릴이었다.

아아, 또 애슐리 님에게 혼나고 말았다. 내가 똑바로 행동하지 못해서……. 모니카가 훌쩍훌쩍 울자, 시릴은 세심한 손짓으로 모니카를 침대에 눕혔다.

그리고 시릴은 모니카에게 모포를 덮어주며 고함쳤다.

"너는 피해자다! 피해자가 고개를 숙일 일이 뭐가 있나!"

"그……래도……."

"다 죽어가는 안색을 한 환자가 쓸데없는 소리를 하지 마라! 다음에 또 멋대로 침대에서 내려와 봐라. 밧줄로 묶어서 침대에 고정해 버릴 테니까!"

시릴이 눈썹을 들면서 뒤숭숭하게 선언한 바로 그때.

"……어머, 왜 의무실에서 고함을 치는 걸까? 오, 라, 버, 니."

침대를 나누는 커튼이 흔들리면서 아름다운 얼굴이 나타났다. 정말 얼굴뿐이다.

커튼 너머에 몸을 가리고, 공중에 목 윗부분만이 둥둥 뜬 듯한 꺼림칙한 모습으로 등장한 것은 아름다운 용모에 우울한 분위기를 풍기는 영애, 클로디아였다.

(……오라버니?)

시릴은 깜짝 놀라 클로디아를 응시하더니 불쾌한 듯 입술을 삐죽이며 침묵했다.

대조적으로 펠릭스는 클로디아를 보며 싱글벙글 웃고 있었다.

"클로디아 애슐리 양. 너의 응급조치가 적절했던 덕에 학생 한 명이 살았어. 학생회장으로서 진심으로 감사할게. 고마워."

펠릭스에게 고맙다는 말을 듣자, 클로디아는 마치 이 세상의 종말을 목격한 것처럼 절망적인 표정으로 괴로운 듯이 나지막하게 한마디 했다.

"……천만에요."

자칫하면 불경으로 보일 태도였기에 시릴이 클로디아를 노려봤다.

"영광스럽게도 전하께서 칭찬의 말씀을 해 주신 거다. 좀 더 기뻐해라."

"……어머, 누구처럼 칭찬받은 멍청한 개 마냥 꼬리를 흔들라고?"

클로디아는 그렇게 말하고는 무표정한 채로 코웃음을 친다는 신기한 기예를 보였다.

웬만한 사람이라면 신경이 곤두설 만한 태도인데, 아니나 다를까 시릴이 격양했다.

"누가 개라는 거냐!"

"……아무도 오라버니라고 말한 적 없어. 어머, 그렇게 얼굴이 굳다니 왜 그래? 혼수상태인 모니카 노트를 안고 옮기다가 체력이 다 떨어진 나머지 도중에 힘이 빠져 회장님과 교대한 오, 라, 버, 니."

클로디아가 감정이 안 실린 목소리로 덤덤히 말하자 시릴은 처음에는 얼굴을 붉혔지만, 점점 안색이 파래지다가 마지막에는 새하얘졌다. 그저 안쓰러울 따름이다.

"저, 저…… 무거워서, 죄송합……."

모니카가 열심히 위로했지만, 시릴은 눈썹에 주름을 잡히더니 말없이 이를 갈았다. 무서웠다.

(어, 어쩌지. 애슐리 님이 화내셔…… 내가 무거워서…….)

모니카가 당황하자, 펠릭스가 몸을 내밀면서 모니카의 뺨을 살며시 어루만졌다.

"넌 안 무거워. 오히려 너무 가벼워서 놀랐어. 조금 더 식사량을 늘리는 게 좋아."

펠릭스는 모니카의 모포를 다시 덮어 주고는 시릴에게 시선을 돌렸다.

"그럼, 환자 옆에 오래 있는 것도 썩 좋진 않을 테니 슬슬 나가자."

시릴은 펠릭스의 말을 순순히 수긍하고는 모니카를 번뜩 노려보며 선언했다.

"오늘은 학생회실에 안 와도 된다. 오더라도 네가 할 일은 없다고 생각해라."

"그, 그래도, 학원제 준비로 바쁜데……."

업자에게 보내는 서류 작성, 클럽 예산안 재검토, 오늘 중에 해결할 일이 몇 가지 있었다.

그러나 시릴은 단호하게 "문제없어."라고 말했다.

모니카가 그래도 계속 물고 늘어지려 하자, 펠릭스가 모니카의 얼굴을 들여다보고는 부드럽게 미소 지었다.

"기숙사로 돌아가서, 푹 쉬어."

펠릭스의 목소리는 부드러웠지만 거부를 용납하지 않는 힘이 담겨 있었다.

모니카가 반론을 하려다 만 걸 확인하고 펠릭스와 시릴은 침대에서 떨어졌다.

그런 두 사람을 보고 클로디아는 주머니에서 손수건을 꺼내서 보란 듯이 팔랑팔랑 흔들었다. 여전히 무표정하게.

시릴의 관자놀이가 꿈틀댔다.

"클로디아. 그 계집이 병실을 나와서 학생회실에 일하러 오지 않게 감시해라."

"……어머. 걱정된다면 그렇다고 말하면 될 텐데. 모니카 노튼의 잠든 얼굴을 무척이나 걱정스레 들여다보며 안절부절 못하던 오, 라, 버, 니."

이제 시릴은 온몸을 부들부들 떨었고, 펠릭스는 그런 남매의 대화를 듣고 키득키득 웃으면서 의무실을 나갔다.

두 사람이 나가니 갑자기 의무실이 조용해졌다. 모니카는 결의를 다지고 클로디아에게 말했다.

"저, 저기, 응급처치를 해 주셔서…… 감사합니다."

"……어디까지 기억나?"

"홍차를 마신 것까지, 요……."

그 뒤로는 무서운 꿈을 꿨다는 것 정도밖에 기억나지 않았다. 그리고 정신이 들자 의무실 침대 위였다.

클로디아는 일단 침대에서 떨어져서 컵을 가지고 돌아왔다. 컵 안에 든 건 우유였다.

"조금씩이라도 좋으니까 마셔. 큰 효과는 없겠지만 위 점막을 보호해 주니까."

모니카가 컵을 들어 우유를 입에 머금자, 클로디아는 가까이 있는 의자에 앉았다.

"……홍차에 든 건 동공 확대 작용이 있는 안약이었어."

"아, 안약? ……앗, 그래서 캐럴라인 님은 밝은 곳인데도 동공이……."

모니카는 안뜰 티 파티에서 캐럴라인과 마주했을 때부터 위화감이 들었었다.

보통 밝은 곳에 있으면 동공은 눈에 들어오는 빛의 양을 조절하기 위해 작아진다. 그러나 캐럴라인의 동공은 크게 열려 있었다.

"저, 저기, 캐럴라인 님은…… 눈병이, 있으셨나요?"

"……그 안약은 미용 목적으로 써. 눈동자가 커질수록 눈이 커 보여서 아름다우리라 맹신한 바보가 위험성도 모르고 그런 안약에 손을 댄 거야."

캐럴라인이 소지한 안약은 원래 눈병 검사 등에 이용하는 것이다.

용량을 준수해서 사용하면 문제없지만 잘못 쓰면 독이 되어 환각이나 중독 증상을 일으킨다.

그런데 그걸 모니카의 찻잔에 넣은 것이다.

"……그 안약은 여러 성분이 섞여서 굉장히 써. 그걸 넣은 홍차를 마시게 해서 당신이 토하는 모습을 웃음거리로 삼을 작정이었겠지."

그래서 캐럴라인은 개인실이 아니라 사람이 많은 안뜰에서 다과회를 연 거다.

모니카가 추하게 홍차를 토하는 모습을 많은 사람 앞에서 비웃기 위해.

그러나 캐럴라인이 미처 생각 못 한 건, 모니카가 그걸 태연하게 마셔 버린 점이다.

"저기…… 그게…… 쓰긴 했지만, 마시지 못할 정도는 아니어서……."

"……생물의 미각이 뭘 위해 있는 거라 생각해? 미식을 맛보기 위해서가 아니야. 맛을 판별해서 독을 먹을 일을 피하기 위해서야."

그렇게 위기관리를 못 한다고 우회적인 질타를 받자 모니카는 침묵했다.

확실히 경계심이 부족했을지도 모른다. 캐럴라인이 자신에게 악의를 품었다는 걸 아니까, 건넨 것을 아무거나 먹어선 안 됐다.

클로디아 말로는 모니카가 독을 잘 못 토해 낸 바람에 희석한 식염수를 마시게 해 억지로 토하게 했다고 한다.

"……토하게 했더니 위가 거의 비어 있었어. 나이에 비해 저체중이고, 살아가고자 하는 의지가 안 느껴지네."

"…………으."

오늘 점심을 먹지 못했던 건 클로디아에게서 도망쳤기 때문이다.

그래도 평소 식사량이 충분하지 않다는 지적은 예전부터 들어 왔기에 귀가 따가웠다.

모니카가 시무룩하게 고개를 숙이자, 클로디아는 여전히 우울한 목소리로 말했다.

"몸집이 작을수록 독의 치사량도 적어……. 표준 체형 성인이라면 죽음에 이르지 않을 양이라도, 유아 체형이면 치사량일 수 있어. 다행히 목숨은 건졌네."

"유, 유아 체형⋯⋯."

모니카는 저도 모르게 클로디아를 바라봤다.

날씬하면서도 나올 곳은 확실히 나온 장신의 몸은 도저히 모니카와 동갑처럼 보이지 않았다.

모니카는 그다지 체형에 콤플렉스를 느끼지는 않지만, 라나나 케이시와 친해진 뒤로는 모니카도 아주 조금이지만 자신의 어린애 같은 용모를 신경 쓰게 되었다.

모니카가 머릿속으로 충격을 받고 있는데, 클로디아가 몸을 내밀어 모니카의 얼굴을 들여다봤다.

"⋯⋯어머, 왜 그래? 유아 체형. 그렇게 빤히 바라보다니. 유아 체형. 일단 말해 두는데 오늘은 딱딱한 음식을 먹지 마. 토할 거야, 유아 체형."

"그, 그렇게, 유아 체형, 유아 체형이라고 말 안 해도⋯⋯."

"⋯⋯그야, 당신에게 생명의 은인이라는 감사의 말을 듣고 싶지는 않으니까."

클로디아의 말을 듣고 모니카는 눈을 동그랗게 떴다.

그러고 보니 클로디아는 펠릭스에게 감사의 말을 들을 때도 싫다는 표정을 지었다.

모니카는 당연히 클로디아가 고마웠기에 감사를 표하고 싶었다. 그러나 클로디아는 쑥스러운 게 아니라 진심으로 불쾌하다는 표정이었다.

"저기⋯⋯ 감사를 받고 싶지 않은 건⋯⋯ 제가 싫어서⋯⋯ 인가요?"

떨리는 목소리로 묻자, 클로디아는 자세를 고쳤다.

인형 같은 무표정은 변함이 없다. 그러나 청금색 눈 안쪽에서 악의와는 조금 다른 어두운 정념이 흔들렸다.

"……딱히 싫어하는 건 아니야……. 좋아하지도 않지만."

클로디아가 나른하게 대답하자, 모니카는 마음을 굳게 먹고 물었다.

"그, 그럼…… 어째서, 요 일주일 동안, 저를…… 미행한, 건가요?"

모니카는 클로디아가 자신을 '침묵의 마녀'라고 의심하는 게 아닌가 싶었다.

모니카가 대답을 기다리는데, 클로디아가 뱀처럼 소리 없이 거리를 좁히더니 모니카의 얼굴을 지근거리에서 들여다봤다.

"……당신이 내 약혼자를 꼬드겼기 때문이야."

"……예? ……에? ……에엑?"

하마터면 우유가 든 컵을 쏟아 버릴 뻔한 모니카에게 클로디아가 덤덤하게 말했다.

"……같은 학생회 임원일 뿐이라면 몰라도 댄스 연습까지 같이하다니…… 용납할 수 있을 리가 없잖아? 나도 제대로 춤춘 적이 없는데."

학생회 임원, 댄스 연습.

이 두 가지 키워드에서 모니카가 가장 먼저 연상한 사람은 펠릭스와 시릴이었다.

그러나 시릴과 남매라면 필연적으로 답은 한정된다.

(서, 설마, 클로디아 님이…… 전하의 약혼자?!)

클로디아에게 정체가 들키지 않았다는 건 안도할 일이다.

그런데 설마, 펠릭스의 약혼자에게 펠릭스를 꼬드겼다는 오해를 받다니!

어떻게든 클로디아의 오해를 풀어야겠다며 모니카가 머리를 감싸 쥐는데, 의무실 문이 열리는 소리가 들렸다. 커튼 너머로 들려오는 두 사람의 발소리가 들렸다.

"모니카! 병문안 왔슴다──!"

"쉬잇, 쉬잇! 의무실에서 큰 소리를 내면 안 돼요."

귀에 익은 떠들썩한 목소리는 글렌과 닐이다.

글렌은 말도 안 걸고 커튼을 열어 성큼성큼 침대로 다가왔다.

"모니카, 괜찮슴까? 우와, 안색이 새파랗잖아! 앗, 병문안 선물 말인데 고기면 됨까?"

"글렌. 중독 증상을 일으킨 사람한테 고기는 안 돼요."

글렌을 타이른 닐은 침대 옆에 앉은 클로디아를 눈치채고는 자세를 바로잡고 어색하게 웃었다.

"아, 어~어, 클로디아 양. 안녕하세요."

"…………."

클로디아는 변함없이 무표정이다. 하지만 명백하게 분위기가 바뀌었다.

아까까지 감돌던 우울하고 나른한 분위기가 말끔하게 사라졌다.

닐은 무표정한 클로디아를 바라보며 조금 곤란한 듯 눈썹을 내렸다.

"저기…… 그게…… 앗, 학생회장님에게 들었어요. 클로디아 양이 노튼 양의 응급처치를 해 주셨다고요."

"…………."

역시 클로디아는 무언, 무표정이다. 맞장구 하나 치지 않는다.

닐은 무의미하게 손을 이리저리 움직이면서 말을 이었다.

"여, 역시 클로디아 양이네요! 대단해요!"

"…………그래."

그때, 모니카는 분명히 봤다.

살짝 중얼거리는 클로디아의 입술이 약간…… 아주 약간 올라간 것을.

펠릭스의 칭찬을 들어도 불쾌한 표정을 짓던 클로디아가, 지금은 기뻐하는 기색을 풍기고 있었다.

(호, 혹시, 클로디아 님의 약혼자는…….)

"어~어, 그쪽은 모니카 친구임? 닐하고도 아는 사이……."

글렌이 묻자, 닐의 말이 끝나기도 전에 클로디아가 모니카에게 달라붙었다.

"그래, 맞아……. 우리, 친구야……. 그렇지? 모, 니, 카?"

처음 듣는 소리다. 안 그래도 방금 '싫어하진 않지만 좋아하지도 않는다.'라는 말을 들은 참이다.

모니카가 멍하니 있자, 클로디아는 청금색 눈으로 모니카를 빤히 바라봤다.

모니카는 그 무언의 압력에 굴복했다.

"네, 네에……."

모니카가 고개를 끄덕이자, 클로디아는 "봤지?" 하며 글렌과 닐을 바라봤다.

"고등과 2학년 클로디아 애슐리, 닐의 약혼자야. ……잘, 부, 탁, 해."

"어, 야, 약혼자아?! 닐에게?! 약혼자아?!"

글렌이 크게 소리치자 닐이 애매하게 웃었다.

"그~게 말이죠. 약혼은 부모님끼리 멋대로 정한 거라……."

"어머, 나에게 불만이라도?"

클로디아가 인형 같은 얼굴을 닐에게 돌렸다. 안 그래도 얼굴이 단정한 탓에 무표정한데도 묘하게 위압감이 있었다.

닐은 굳은 얼굴로 붕붕 고개를 내저었다.

"아뇨, 저기, 그런 게 아니라, 저 같은 사람과는 안 어울리니까 클로디아 양에게 미안하다고나 할까……."

닐의 눈은 클로디아의 머리 꼭대기를 힐끔힐끔 보고 있었다.

그 시선이 움직이는 방향을 본 모니카는 닐이 뭘 신경 쓰는지 짐작했다.

닐은 또래 소년들에 비하면 체구가 약간 작다. 한편, 클로디아는 여성치고는 장신. 나란히 서면 명백하게 클로디아 쪽이 키가 크다.

하물며 클로디아는 명문 후작가, 한편 닐은 하급 귀족인 남작가다. 가문의 격도 어울리지 않는다.

모니카가 침묵하자, 클로디아는 천천히 일어나서 닐의 팔을 자기 팔로 휘감고는 꺼림칙하게 씨익 웃었다.

"……있잖아, 모니카. 나와 닐, 굉장히 잘 어울리지? 그렇지……?"

체구가 작은 닐과 장신인 클로디아는 나란히 서면 더더욱 키 차이가 현저하다.

그러나 클로디아가 낮은 목소리로 으름장을 놓자, 모니카는 그 목소리가 주는 압박감 때문에 생각하기보다 먼저 고개를 끄덕였다.

"자, 잘 어울, 려욥."

"거봐, 친구인 모니카도 축복해 주잖아."

'아무 문제 없지?' 클로디아는 그렇게 말하는 듯했고, 닐은 공허한 미소를 지었고, 글렌은 "압박감이 굉장함다."라며 작게 중얼거렸다.

그때, 의무실 문이 힘차게 열렸다.

포니테일을 휘날리며 달려온 건 케이시다.

"모니카! 의무실에 실려 왔다고 들었는데, 괜찮……."

말을 이으려던 케이시는 말을 끊고, 닐의 팔을 잡은 클로디아를 빤히 바라봤다.

그리고 잠시 침묵한 끝에 곤혹스러운 표정으로 입을 열었다.

"저기, 이건…… 무슨 상황이야?"

"……보면 알잖아? 지금부터 나와 닐이 친해지기 시작한 계기를 이야기할 거야."

"아니, 미안. 봐도 모르겠는데."

모니카는 어이없어하는 케이시에게 쓴웃음을 지었다.

* * *

복도를 걷는 펠릭스는 웬일로 온화한 미소를 거뒀다. 그러고 있으니 선명한 미모가 한층 두드러졌다.

그런 펠릭스에게서 조용한 짜증을 느꼈는지 그 뒤에서 걷던 시릴도 진지한 표정이었다.

펠릭스는 걸어가면서 자신의 마음속 짜증과 조용히 마주했다.

(……아아, 곤란하네. 분노를 아무렇게나 발산하지 않는다는 주의였는데.)

자신의 마음속에 있는 분노라는 감정은, 마땅한 때에 마땅히 분출해야 할 상대가 있다. 이런 데서 함부로 발산할 것이 아니다.

하지만 바닥에 이마를 대며 사과하는 모니카의 모습이 펠릭스의 그리운 기억을 자극했다.

──학생회면서…… 제대로 못 해서, 죄송해요…….

그렇게 말하며 떠는 소녀의 모습이, 어린 소년의 모습과 겹쳤다.

──왕족이면서…… 제대로 못 해서, 죄송해요…….

자신의 무력함에 눈물을 흘리며 수그린 채 떨면서 꾸중을 듣던 소년과.

(아아, 역시 닮았구나. 그 아이는…….)

그것을 조용히 확인한 펠릭스가 입을 열었다.

"나는 이번 일로 조금 화가 났어."

평소보다 차가운 펠릭스의 말을 듣자, 시릴은 놀란 표정을 굳게 다잡았다.

"주모자인 노른 백작 영애와 다른 두 명은 사정 청취를 위해 응접실에 대기시켰습니다. 그리고……."

시릴은 말을 끊고는 주변을 돌아보다가 펠릭스에게 귓속말했다.

"케르벡 백작 영애 이자벨 노튼 양이 학생회실로 찾아와 노른 백작 영애와 대화를 하고 싶다고……."

"이자벨 양? 아아, 아기 다람쥐의 여동생이었던가?"

"혈연관계가 없는 조카에 해당한다고 합니다."

펠릭스가 흐으응, 하고 중얼거리더니 입꼬리를 올렸다.

"마침 잘됐네. 그럼 이자벨 양도 동석하라고 하자."

아름다운 얼굴에 오싹할 정도로 차가운 미소를 머금은 펠릭스가 선언했다.

"자아, 즐거운 파티를 시작해 보자고."

8장 비장의 주연, 악역 영애의 우렁찬 웃음

노른 백작 영애 캐럴라인 시몬즈는 대기하라는 지시를 받고 응접실 소파에 앉아서 짜증 난다는 듯 부채 술 장식을 매만졌다.

옆에 앉은 두 친구가 자신을 원망스럽게 바라보는 게 열 받는다.

(당신들도 좋아서 했잖아!)

캐럴라인은 그저 최근에 기고만장한 모니카 노튼에게 자신의 처지를 깨닫게 해 주려 했을 뿐이다.

도저히 귀족으로는 안 보이는 후줄근한 용모에 한심한 행동을 하는 그 계집이 무슨 영문인지 학생회 임원으로 선출되었다.

게다가 펠릭스나 시릴에게 댄스 지도까지 받았다지 않은가.

그 두 사람은 학원의 꽃이다. 작년 학원제 이후로 캐럴라인은 파티에서 어떻게든 그들에게 접근하려 했지만 이루지 못했었다.

펠릭스와 시릴 주변에는 언제나 사람이 모여드는지라 캐럴라인은 댄스는커녕 말을 붙여 보지도 못했고 멀리서 지켜볼 수밖에 없었다.

(그런데…… 어째서 그런 계집이!)

움켜쥔 부채가 뿌득뿌득 소리를 내며 구겨졌다.

전부 모니카 노튼 잘못이다. 자신은 그저 조금 쓴 홍차를 제 공했을 뿐.

그런데도 그렇게 호들갑스럽게 소란을 피워서 캐럴라인에 게 창피를 줬다. 어쩜 이리도 밉살스러운 계집인가!

(전부, 전부, 그 아이 잘못이야.)

손에서 빠직, 하는 작은 소리가 났다. 부채에 금이 간 것이다.

(아아, 마음에 든 부채였는데 부숴 버렸네. 아버님에게 새 걸 사 달라고 해야겠어.)

괜찮다. 분명 아버지는 자신을 도와줄 거다. 아버지는 캐럴 라인을 사랑하고 학원에도 거액의 기부를 했다. 퇴학 처분을 받을 일은 없다.

"실례하겠어."

문을 노크하는 소리가 들리더니 두 명의 학생이 들어왔다.

부드럽게 흔들리는 금발에 물색에 녹색을 한 방울 섞은 듯한 신비로운 푸른 눈. 항상 온화한 분위기를 풍기는 제2왕자 펠 릭스 아크 리디르.

겨울철 눈에 아주 약간 벌꿀을 섞은 듯한 은발과 짙은 푸른 눈. 얼음의 귀공자로 이름 높은 하이온 후작 영식 시릴 애슐리.

이 학원 학생회장과 부회장인 둘은 학생회 정점에 선 존재다.

펠릭스는 캐럴라인 맞은편 자리에 앉고는 무릎 위로 깍지를 꼈다. 시릴은 그 뒤에 대기하면서 차가운 눈으로 캐럴라인 일 행을 내려다봤다.

시릴은 눈에 띄게 험악한 표정이었지만, 펠릭스는 평소와 다름없는 부드러운 미소를 지었다.

(아아, 역시 전하는 알고 계신 거야! 내게 잘못이 없다는 걸!)

캐럴라인이 안심하며 가슴을 쓸어내리자, 펠릭스는 부드러운 미소를 지으며 말했다.

"캐럴라인 시몬즈 양. 모니카 노튼 양 독살 미수 사건의 변명을 들어 볼까?"

독살. 그 한마디에 캐럴라인과 친구들의 안색이 확 변했다.

아무리 귀족이라 해도 살인은 중죄다. 미수라도 상응하는 죄를 묻는다.

"오해예요, 전하! 그건 사소한 장난이었어요! 그런데도 모니카 노튼이 멋대로 큰 소란을 피워서…… 그 아이는 저에게 창피를 주려던 게 분명해요!"

"너는 장난으로 동급생의 컵에 독을 넣나?"

펠릭스의 부드러운 목소리에 변화는 없었다. 그럼에도 건네는 말은 한없이 차갑고 무자비했다.

캐럴라인은 눈시울에 눈물을 머금고 애원했다.

"그건 독이 아니에요! 그냥 안약이에요! 굉장히 써서 각성제 효과도 있다고 들어서…… 그래요. 그러니까, 쭈뼛쭈뼛하는 그 아이의 눈을 뜨게 해 주기에는 딱 좋을 것 같아서……."

후반부는 대충 늘어놓은 엉터리 변명이다. 그 안약을 판 행상인은 '굉장히 쓴데 그렇다고 각성제 대신으로 쓰지는 마시길.'이라며 농담 삼아 말했다.

그때는 안약을 입에 넣다니 바보 같은 소리라며 코웃음 쳤었지만, 이렇게 된 마당에 변명할 수 있는 건 뭐든 꺼내야 했다.

　캐럴라인이 나불나불 변명을 늘어놓자, 시릴이 주머니에서 손수건으로 감싼 작은 병을 꺼냈다.

　이 응접실에 들어왔을 때 몰수한 캐럴라인의 안약이다.

　"내 여동생 클로디아 말로는 당신이 소지하던 안약은 원래 눈 수술을 할 때 쓰는 거라더군. 의사, 혹은 국가가 인정한 약제사 자격이 없다면 소지할 수 없어."

　시릴의 푸른 눈이 번뜩 빛나며 캐럴라인을 차갑게 노려봤다.

　"그런 위험 약물을 위법으로 소지한 것도 모자라 타인에게 마시게 했다. 이게 살인 미수가 아니고 뭐라는 거지?"

　시릴의 여동생, 클로디아 애슐리는 '식자의 가계' 피를 이은 사람이다. '걸어 다니는 도서관'이라고도 불리는 그 막대한 지식량은 어른보다도 뛰어나다. 그런 클로디아가 단언했다면, 분명 그 말대로일 것이다.

　캐럴라인의 얼굴이 새파래졌지만, 그럼에도 필사적으로 도주로를 찾았다.

　"그건…… 저, 그 안약이 그렇게 무서운 것인 줄은 몰랐어요. 그냥 안약이라고 들었으니까…… 아아, 전하, 제발 믿어 주세요!"

　눈물을 펑펑 흘리며 애원하자, 펠릭스는 부드럽게 씨익 미소 지었다.

　"그래. 너는 아무것도 모르고 그저 장난으로 그 안약을 모니카 노튼 양 컵에 넣었다는 건가?"

"네! 맞아요!"

"노튼 양에게 창피를 주려고."

캐럴라인은 조용히 나온 그 한마디를 듣고 입술을 꽉 깨물면서 침묵했다.

펠릭스는 팔걸이에 팔꿈치를 올리고 턱을 괴고는 푸른 눈을 가늘게 떴다.

"명예훼손죄도 추가인가?"

"⋯⋯⋯⋯으."

자신은 제대로 변명했다. 그럼에도 왜 펠릭스에게서 캐럴라인을 감싸는 말이 나오지 않는 걸까. 어째서 펠릭스는 자신을 도와주지 않는 걸까.

이때, 캐럴라인은 아직도 모른 척하면 도망칠 수 있다고 진심으로 믿고 있었다.

그때, 똑똑 노크 소리가 들렸다.

펠릭스가 "들어와."라고 말하자, 한 여학생이 응접실에 발을 들이고 우아하게 인사했다.

그것은 오렌지색 말린 머리를 한 1학년이었다. 조금 날카로운 인상을 주는 아름다운 소녀에게서는 의연한 분위기가 감돌았다.

"케르벡 백작가의 이자벨 노튼이라고 합니다. 입회를 허가해 주셔서 진심으로 감사드려요, 전하."

모니카 노튼은 케르벡 백작가에서 떠맡은 사람이라고 한다.

그렇다면 케르벡 백작 영애 이자벨이 사정을 듣기 위해 입회하는 것도 자연스러운 일이었다.

(……괜찮아. 케르벡 백작 영애는 모니카 노튼을 싫어해서 괴롭히니까.)

실제로 캐럴라인은 이자벨이 모니카를 꾸짖는 모습을 본 적이 있다.

(모니카 노튼에게 무슨 일이 있었다 해도, 나를 강하게 질책하지는 않겠지.)

이자벨은 시릴이 권한 의자에 앉고는, 그야말로 미안하다는 표정으로 시선을 내리깔았다.

"이번에 저희 가문 골칫거리가 여러분께 폐를 끼쳤다고 들었어요. 케르벡 백작가 사람으로서 대단히 죄송하게 생각한답니다."

펠릭스와 시릴은 아무 말도 하지 않았다. 그러나 캐럴라인은 몰래 마음속으로 갈채를 보냈다.

(봐, 역시! 케르벡 백작가는 모니카 노튼 따위는 버려도 아무렇지 않은 거야!)

이자벨이 모니카를 싫어한다면, 분명 자신 편을 들어줄 거다. 캐럴라인은 몰래 웃었다.

이자벨이 그런 캐럴라인에게 힐끔 시선을 돌리고 귀엽게 미소 지었다.

"사과의 뜻이라고 하기에는 좀 그렇지만…… 실은 시녀에게 차를 준비하라고 시켰어요. 여러분, 계속 말씀하셔서 목이 마르시죠? 부디 드셔 주세요."

이자벨이 문밖으로 말을 걸자, 이자벨의 시녀가 조용히 들어와서 이자벨 앞에 컵이 올라간 쟁반을 내려놨다.

어째서 바로 주지 않는 걸까? 캐럴라인이 의아하게 생각할 때, 이자벨이 주머니에서 작은 병을 꺼내더니 캐럴라인 일행에게 보이도록 손가락으로 집어 들었다.

그 작은 병을 본 캐럴라인과 그 추종자 소녀들이 움찔하고 몸을 떨었다.

그것은 캐럴라인이 가지고 있던 안약과 너무나도 흡사했다.

"그래, 모처럼이니 캐럴라인 님과 그 친구 여러분이 이걸 시험해 주셨으면 해요. 최근에 행상인에게서 산 건데…… 굉장히 미용에 좋은 약이라 하더라고요."

이자벨은 그렇게 말하며 병에 든 액체를 세 개의 컵에 똑똑 떨어뜨렸다. 이자벨의 시녀가 그걸 모두에게 나눠줬다.

이자벨, 펠릭스, 시릴에게는 아무것도 들어있지 않은 컵을, 캐럴라인과 그 친구들에게는 약이 들어간 컵을.

캐럴라인이 딱딱한 표정으로 컵을 노려보자, 이자벨은 부채로 입가를 가리면서 키득키득 웃었다. 입가를 가렸지만 명백하게 바보 취급한다는 게 느껴지는 악의로 가득한 웃음이다.

"……자, 드시죠?"

캐럴라인은 컵을 바라봤다. 컵에서는 홍차 향만이 난다. 그러나 그 안약도 냄새는 나지 않는다.

(저 병, 내 안약과 똑같은 건가? 왜 케르백 백작 영애가 그런

걸 가지고 있지?)

케르벡 백작 영애가 마침 운 좋게 캐럴라인과 똑같은 안약을 갖고 있다는 건 부자연스럽다. 분명 우연일 거다.

옆에 앉은 친구들은 캐럴라인을 탐색하는 시선으로 바라봤다. 두 사람 모두 컵을 건드리려고도 하지 않는다.

(그만둬! 그런 태도를 보이면 내가 가지고 있던 안약이 독이라고 인정하는 셈이잖아!)

이게 똑같은 안약일 리가 없다. 분명 허풍이다.

캐럴라인은 컵에 든 홍차를 노려보면서 각오를 다지고 한 모금 홀짝였다.

입안 가득 화사한 홍차 향이 퍼졌다. 그리고 조금 늦게 강렬한 신맛과 아린 맛이 혀를 덮쳤다.

"……우읍?! 윽, 우웨에에엑."

캐럴라인은 곧장 홍차를 토했다. 입안에 한 방울도 안 남기겠다는 듯이 침을 흘려 가면서 홍차를 토하고 살의로 가득한 눈으로 이자벨을 노려봤다.

"독이야! 이 여자가 나에게 독을 먹였어!"

"……어머나."

이자벨은 키득키득 웃으면서 병뚜껑을 열어 약을 자기 컵에 떨어뜨렸다.

그리고 태연한 얼굴로 컵 내용물을 꿀꺽 삼키고 미소 지었다.

"조금 전에도 말씀드렸잖아요? 미용에 좋은 약이라고. 아아, 조금 써서 놀라셨나 보네요?"

"다, 당신……!"

"후훗. 아무리 그래도 그렇게까지 괴로워하며 토하실 일은 아닐 텐데…… 그 여자는 당신이 내준 쓴 홍차를 제대로 다 마셨잖아요?"

그 여자—— 그게 모니카 노튼을 가리킨다는 건 구태여 말할 필요도 없다.

이자벨은 후우, 하고 울적한 듯 한숨을 내쉬었다.

"정말이지 그 아이는 태생부터 천하고 저희 가문의 천덕꾸러기지만…… 아무리 맛없는 홍차라도 남김없이 마시는, 그 손님으로서의 태도만큼은 높이 평가해요. 그런데 당신은 그 여자보다 못하네요? 전하 앞에서 어쩜 이리도 경망스러운지."

그렇게 말한 이자벨은 부채를 펴 입가를 가리고 코웃음 쳤다.

많은 이들 앞에서 모니카에게 창피를 주려던 캐럴라인이, 하필이면 펠릭스 앞에서 창피를 당했다.

(뭐야, 뭐야, 대체 뭔데!)

펠릭스는 아무 말도 하지 않았다. 단지, 재미있다는 표정으로 이자벨과 캐럴라인의 대화를 지켜볼 뿐이었다.

이자벨은 두 잔째 홍차를 맛있게 마시면서 "맞아, 그래요."라며 잡담이라도 하듯이 말했다.

"이번 일은 아버님께 보고하겠어요. 명색이 노튼의 성을 가진 자가 독살당할 뻔했는걸요. 당연하죠."

"……윽!"

캐럴라인은 지금에 와서야 자신이 저지른 일의 중대함을 깨

달았다.

이자벨이 모니카를 싫어하더라도, 모니카가 노튼의 성을 가진 자라는 건 변하지 않는다.

즉, 캐럴라인은 케르벡 백작가에 싸움을 걸어 버린 것이다.

"우리 케르벡 백작가는 캐럴라인 님의 생가…… 노튼 백작가와 친교가 있었는데 유감이네요."

케르벡은 리디르 왕국 동부에서 가장 광대한 영지다. 그 규모만 놓고 보면 결코 시골 귀족이라고 바보 취급할 수 없다.

무엇보다 동부 산간지대에는 용이 많아서 동부에 영지를 가진 이는 항상 용 재해에 시달린다.

왕도에 지원 요청을 보내면 용기사단이 출동하지만, 왕도에서 동부까지 오는 데 시간이 걸리기에, 동부에 영토를 가진 귀족은 모두 사병을 보유한다.

그 규모가 특히 거대한 곳이 케르벡 백작가다.

그러므로 동부 귀족들은 용 재해가 일어나고 용기사단 도착이 늦을 것 같을 때는 인근에 있는 케르벡 백작가를 의지하는 일이 많다. 그건 캐럴라인의 친가, 노튼 백작가도 예외는 아니었다.

노튼 백작가는 영지가 용 재해를 겪을 때마다 몇 번이고 케르벡 백작가 병사에게 도움을 받았다.

그런데 그 은혜를 원수로 갚는 짓을 벌였다면 어떻게 될까?

만약 케르벡 백작이 노튼 백작령을 저버린다면?

군사력이 약한 노튼은 용 재해를 버티지 못할 테니, 최악의 경우 멸망할 수도 있다.

"아, 아아, 아니에요, 아니에요…… 잠깐만요…… 저, 그럴 생각이…… 그럴 생각이…… ."

이자벨은 고개를 흔들며 변명하려는 캐럴라인을 차가운 눈 빛으로 바라봤다.

이자벨은 캐럴라인보다 한 살 연하다. 그러나 캐럴라인에게 없는 압도적인 위압감이 있었다.

캐럴라인의 자존심을 산산조각 낸 아름다운 소녀가 오만하게 말했다.

"당신의 경솔한 행동이 당신의 고향을 멸망시킨다……. 그게 사교계랍니다? 자, 기숙사로 돌아가면 다른 친구분에게 똑똑히 들려주시죠……. 우리 케르벡 백작가를 적으로 돌리면 어떻게 되는지를!"

그렇게 말한 이자벨은 부채를 들고는 "오~호호호!" 하고 경쾌하고 우렁차게 웃었다.

＊＊＊

이자벨 노튼의 독무대 이후, 교사가 캐럴라인 시몬즈와 그 친구 두 명을 별실로 연행했다. 그 뒷모습을 시릴이 차갑게 배웅했다.

아직 정식으로 정해진 건 아니지만, 실행범인 캐럴라인은 강제 퇴학, 친구 두 명은 자주 퇴학이 타당하리라.

캐럴라인은 마지막까지 자신의 잘못을 인정하지 않았다. 그뿐만 아니라 모니카에게 책임을 전가해서 도망치려고 하기까지 했다. 모니카가 계단에서 떨어졌을 때도 그랬다.

(……어리석기는.)

얼마 전, 퇴학 처분을 받은 전 회계도 그랬지만, 그 아이들은 이곳이 사교계의 연장선에 있다는 걸 모른다. 무슨 일이 생기면 부모가 돈으로 어떻게든 해결해 주리라 여긴다.

(돈으로 신용을 살 수 있다면 이렇게 고생하지 않겠지……. 어쩜 그리도 생각이 짧은지.)

캐럴라인이 방에서 나가자, 이자벨은 자세를 고치고는 펠릭스와 시릴에게 고개를 숙였다.

"어전에서 전하의 눈을 더럽히게 되어 실례가 많았습니다."

조금 전까지 우렁차게 웃었다고는 생각하기 힘든 기특한 태도다. 시릴이 여자는 정말 무섭다고 생각했다.

그러나 펠릭스는 부드럽게 웃으면서 답했다.

"꽤 유쾌하기는 했어. 그런데 네 아버님이 노른 백작을 저버릴까?"

펠릭스가 묻자, 이자벨은 고개를 가로저었다.

"아니요. 저의 아버지 케르벡 백작은 결단코 감정적으로 다른 영지를 저버리지도, 그에 따라 나라에 손해를 끼치지도 않으시겠죠."

노른 백작령은 중요한 유통 경로 중 하나다. 용 재해로 길이 막혀 버리는 건 별로 좋지 않다.

뭐, 케르백 백작도 만만찮은 인물이니, 이번 일도 노른 백작가와의 교섭 카드 정도는 되겠지.

케르벡 백작은 이 리디르 왕국 동부에서 가장 영향력이 강한 대귀족이다.

리디르 왕국 동부는 용 재해가 많고, 또한 제국을 포함한 다수의 나라와 인접하여 유사시에는 전선이 된다. 그렇기에 동부 귀족은 왕도에 필적하는 군사력을 보유했다.

따라서 모반이 일어나면 가장 무서운 곳이 동부 지방이다.

중앙 귀족은 동부 귀족이 모반을 일으켜 중앙에 병사를 보내는 것을 두려워해서 동부 귀족의 군대 규모를 축소하고 싶어 한다.

그러나 동부 귀족도 간단히 군을 축소할 수 없다. 동부는 항상 '이웃 나라'와 '용'이라는 두 가지 위기와 가까이 있으니까.

(케르벡 백작은 제1왕자파도 제2왕자파도 아닌 중립파라고 들은 적이 있는데…….)

시릴이 이자벨을 주의 깊게 관찰하던 중, 펠릭스가 잡담을 하듯 가볍게 이자벨에게 물었다.

"그래, 그러고 보니 케르벡은…… 워건의 흑룡 때 큰일이었겠어."

"그때는 왕도에서 용기사단을 파견해 주셨지요……. 국왕 폐하의 신속하면서도 관대한 조치에 진심으로 감사드립니다."

이자벨이 기특한 태도를 보이자, 펠릭스가 농담조로 말했다.

"용기사단이 오지 않았어도, 백작가의 군대만으로도 어떻게 하지 않았을까?"

백작가 병사는 용 퇴치에 익숙하기에 용기사단이 도착하기 전에 퇴치하는 일도 종종 있었다.

'그러니 용기사단 파견은 필요 없지 않았을까?' 하고 펠릭스가 넌지시 물었지만, 이자벨은 "천만에요!"라며 목소리를 높였다.

"확실히 저희 케르벡 백작가는 수백 년간 용과 싸워온 역사가 있습니다. 그런 저희조차도 흑룡과 대치한 건 200년 전에 한 번뿐입니다. 워건의 흑룡을 격퇴했던 건 용기사단 여러분의 노력과 '침묵의 마녀' 님 덕분이에요."

칠현인 중 한 명, '침묵의 마녀'.

그 이름은 시릴도 안다. 2년 전 약관 15세에 칠현인으로 취임한 젊은 천재 마술사다.

시릴은 그 모습을 본 적이 없다. 아무래도 '침묵의 마녀'는 식전에서도 항상 로브 후드를 깊이 눌러 써서 누구도 얼굴을 본 적이 없다고 한다.

(얼굴을 감춘, 마술사…….)

시릴이 무의식적으로 옷깃의 브로치로 손가락을 뻗었다.

가슴이 술렁이는 시릴의 귀에 들어온 건, 흥분을 감추지 못한 이자벨의 목소리.

"저는 이 눈으로 직접 봤어요! '침묵의 마녀' 님이 흑룡이 거느리던 익룡 무리를 순식간에 격추하는 모습을!"

시릴의 심장이 크게 요동치며 울렸다.

(……익룡 무리를 순식간에 격추한다고? ……그런 건 불가능해.)

용은 추위에 약하다는 약점이 있지만, 그 몸은 튼튼하고 마력 내성이 높기에 어지간한 마술은 통하지 않는다.

해치우려면 안구나 미간을 노려야 하는데 움직이는 표적의 약점을 정확하게 노리는 건 아무리 상급 마술사라도 매우 어렵다.

(하지만…….)

시릴의 뇌리를 스친 건 몇 주 전 밤에 있었던 일.

얼음 화살을 한순간에 정확하게 격추했던 무서울 정도로 고도의 마술.

도저히 제때에 맞춰 영창할 만한 타이밍이 아니었다. 그러나 그 인물은 시릴보다 늦고도 그런 정교한 마술을 발동했다.

──조용한…… 괴물.

그 인물이라면 얼음 화살을 격추했듯이 익룡 무리도 순식간에 격추하지 않았을까?

이자벨이 열띤 말투로 '침묵의 마녀' 이야기를 하는 걸 들으면서, 시릴은 조용히 동요를 억눌렀다.

＊ ＊ ＊

응접실을 나온 이자벨이 시녀 애거서를 거느리고 복도를 걸었다.

학생들이 힐끔힐끔 이자벨을 쳐다봤다. 대부분이 경외에 찬 시선이다. 캐럴라인이 곧바로 이자벨의 처사를 퍼뜨린 것이리라.

"아가씨, 괜찮으신가요?"

"응. 각오했던 바야."

누군가를 짓밟으면 당연히 적을 만들게 된다. 그럼에도 이자벨은 캐럴라인에게 보복했다.

케르벡 백작가에 손대지 마라——. 그런 암묵적인 규칙이 만들어진다면 모니카에게 손을 대려는 자도 없어진다.

'침묵의 마녀' 모니카 에버렛은 케르벡에 사는 모든 이들의 은인이다.

영토에서 흑룡을 발견했을 때, 케르벡 사람들은 모두 절망하며 한탄했다.

용은 재해다. 그중에서도 가장 무서운 것이 흑룡이다.

흑룡의 비늘은 온갖 마술을 튕겨내고 뿜어내는 불꽃은 방어 결계조차 불태우는 명부의 불꽃이다. 과거에는 흑룡 한 마리가 나라를 멸망시켰다는 전승마저 남아있을 정도다.

사람들이 절망하는 와중에 '침묵의 마녀'는 과감하게도 홀로 흑룡이 둥지를 튼 워건 산맥으로 들어가 흑룡을 쫓아내는 데 성공했다. 이걸 기적이라고 부르지 않고 뭐라 부를까.

케르벡 백작가에게 '침묵의 마녀'는 위대한 구세주다.

그런데도 '침묵의 마녀'는 아무런 대접도 받지 않고 케르벡을 떠나 버렸다.

그렇기에 '결계의 마술사' 루이스 밀러가 '침묵의 마녀'의 서포트를 부탁했을 때, 이자벨은 결심했다.

자신이 가진 모든 힘을 다해서 '침묵의 마녀' 모니카 에버렛에게 보은하자고.

자기 방으로 돌아와 문을 닫은 이자벨이 널따란 1인실을 돌아보고는 흐으음, 하고 턱에 손을 갖다 댔다.

"있잖아, 애거서. 이 방에 침대를 하나 더 들일 수 있을까?"

"네. 물론이죠."

눈치 빠른 애거서는 바로 이자벨이 하고 싶은 걸 알아챘다.

이자벨은 흥, 하고 콧소리를 내면서 주먹을 움켜쥐었다.

"그럼 바로 침대 수배를 부탁해. 모니카 언니는 한동안 수업을 쉬고 요양하실 거야. 하지만 다락방에서는 제대로 간병 못 해. 다른 학생들에게 들키지 않게 이 방으로 모시자."

"알겠습니다. 시급하게 준비하겠습니다."

"고마워. 후후…… 동경하는 언니와 같은 방이라니…… 아아, 언니는 분명 이번 사건으로 심신 모두 상처받으셨을 거야. 내가 위로해 드려야지! 언니, 연애 소설을 좋아하실까? 내가 추천하는 시리즈를 빌려드리고 싶네. 그리고 같이 소설 이야기를 하면 근사할…… 앗, 잠옷도! 잠옷도 준비해 줘, 애거서! 내 것과 맞춰서 진짜 귀여운 걸로!"

이자벨이 눈을 반짝이며 조르자, 유능한 시녀 애거서는 "맡겨 주세요."라며 강하게 고개를 끄덕였다.

* * *

캐럴라인의 처우에 관해 교사와 상의를 마친 펠릭스는 그대로 의무실로 향했다. 모니카의 상태를 보려고 한 거다. 그러나 모니카는 이미 의무실에 없었다. 아무래도 기숙사 자기 방으로 돌아간 모양이다.

모니카가 제대로 기숙사에 돌아갔는지 신경 쓰였지만 클로디아가 함께 있었으니 모니카에게 무리한 일을 시키지는 않았으리라.

그러고 보니 모니카는 기숙사 다락방에서 지낸다고 한다. 케르벡 백작 영애가 그렇게 하라고 지시했다는 모양이다.

(사실은 이자벨 양에게 그 아이를 지나치게 괴롭히지는 말라고 못 박아 두려고 했는데.)

펠릭스가 이자벨에게 모니카를 괴롭히는 이유를 묻는다면, 왕족이 케르벡 백작가 집안 사정에 간섭한다 판단할 수도 있다.

뭐, 모니카가 이자벨에게 괴롭힘당해서 운다면 자신이 그만큼 보살펴 주면 되겠지.

그 아기 다람쥐는 앞에서 괴롭히는 사람이 있어야 길들이기 쉽다.

(처음에는 시릴에게 그 역할을 기대했지만…… 요즘 시릴은 그 아이에게 무르니까.)

모니카를 의무실로 옮길 때, 가장 먼저 그 아이를 안아 든 게 시릴이었다. 뭐, 도중에 힘이 빠져 버렸지만.

의외로 시릴은 모니카를 여동생처럼 생각하는 걸지도 모른다. 아무래도 여동생 클로디아가 그 모양이니까.

펠릭스가 남매의 뒤죽박죽인 대화를 떠올리고 키득키득 웃는데 전방에 낯익은 인물이 보였다.

복도에 등을 기대고 팔짱을 낀 채, 처진 눈을 가늘게 뜨고 이쪽을 보는 건 학생회 서기 엘리엇 하워드다.

"여어, 엘리엇. 애보트 상회 건은 정리됐어?"

엘리엇은 벽에서 등을 떼고 살짝 끄덕였다.

"그래. 외부인이 학교 부지에 들어올 때 철저하게 단속하겠다는 취지도 전달했어."

애보트 상회를 가장한 절도범은 학원에 들어올 때 필요한 허가증을 위조했다. 그래서 당당하게 앞문으로 들어왔던 것이다.

'그 원인이 된 허가증은 애보트 상회에서 유출됐을 수도 있다.'라고 엘리엇이 넌지시 말하자 상회 측에서는 바로 요구를 받아들였다.

애보트 상회는 불꽃놀이나 연출용 화약을 다루는 몇 안 되는 업자다. 그래서 간단히 바꿀 수는 없기에 펠릭스는 그 조치가 고마웠다.

"최근에는 범죄 조직의 서류 위조 기술도 발전했으니까 수속은 철저히 밟도록 하는 게 좋겠지."

"그래, 맞는 말이야."

펠릭스의 말에 맞장구친 엘리엇은 입꼬리를 올리며 심술궂은 미소를 지었다.

"뭐, 놈들이 아무리 서류와 마차를 준비해서 외면을 잘 꾸며 봤자, 연기하는 녀석이 얼간이라면 별수 없겠지만 말이지."

"이후 이야기는 나중에 보고서로 제출해 주지 않겠어? 슬슬 방으로 돌아가고 싶거든."

그렇게 말하고 펠릭스가 엘리엇 옆을 지나가려 하자, 엘리엇이 "이봐."라며 펠릭스를 불러 세웠다.

펠릭스가 발을 멈추고 돌아보자, 엘리엇은 조금 말을 흐리면서 입을 열었다.

"……노튼 양이 다과회에서 뭔가 일을 저질렀다던데."

"그 아이는 피해자야. 잘못은 노른 백작 영애가 했지. 혹시 너는 '평민이 분수를 모르고 다과회에 참가했기 때문이다.' 라고 말하고 싶은 거야?"

엘리엇은 펠릭스의 질문을 듣자 당치도 않다는 듯 코웃음 치면서 고개를 내저었다.

"손님 차에 독을 넣고 폄하하는 행위는 귀족으로서 부끄러워해 마땅한 일이지. 가해자를 감쌀 생각은 없어."

엘리엇은 경박하게 어깨를 으쓱하면서도 어딘가 애매한 태도로 "단지……."라고 덧붙였다.

"노튼 양에게 비슷한 짓을 하려는 녀석은 앞으로도 나오겠지. 평민 출신인 주제에 학생회 임원으로 선발됐으니까."

엘리엇은 경박한 남자를 가장하지만, 그 본질은 누구보다도 귀족에 가깝다.

엘리엇은 결코 서민을 얕잡아 보지 않는다. 다만 자기 본분을 다하지 못하는 자를 용납하지 않는 남자다. 그것이 귀족이든, 서민이든.

이전 회계의 부정행위에 누구보다도 화를 낸 사람이 엘리엇이라는 건 펠릭스도 알았다.

"엘리엇. 네가 예전에 이렇게 말했었지. '귀족과 평민은 태생적으로 가진 자기 역할이 있다. 각자가 분수에 맞는 책무를 다해야 한다.' ……라고."

"그래, 맞아. 그래서 묻고 싶어."

엘리엇은 처진 눈을 가늘게 뜨고 펠릭스를 날카롭게 바라보며 말했다.

"왜 모니카 노튼을 회계로 삼은 거지?"

"노튼 양의 그릇 크기가 어느 정도인지 모르니까. 그건 너도 어렴풋이 느끼지 않았어?"

그 대답을 듣고 엘리엇이 통명스럽게 입술을 삐죽이며 침묵했다.

펠릭스는 변함없이 부드럽게 말을 이었다.

"그 아이는 단순한 일반인이라기에는 너무나도 비범해. 회계라는 역할을 주면 그 아이의 그릇이 어느 정도인지 보일지도 모르잖아?"

엘리엇은 펠릭스가 거론한 지당한 이유에도 납득이 안 간 모양이었다.

엘리엇이 평소에는 경박한 미소를 짓는 얼굴을 씁쓸하게 일그러뜨리고 낮게 신음했다.

"모니카 노튼이 비범한 건 인정하겠어. 하지만 분수를 모른다는 건 변하지 않아."

엘리엇은 흥, 하고 콧소리를 내고는 입가에 빈정거리는 미소를 지었다.

"내가 분수를 모르는 것보다 싫어하는 게 뭔지 알아? 자기 역할을 다하려 하지 않는 인간이야. 그건 왕족이든 평민이든 똑같아."

왕족에 대한 불경으로 보일 수도 있는 태도였지만, 펠릭스는 기분이 상한 기색 없이 부드럽게 대답했다.

"물론 펠릭스 아크 리디르를 자칭하는 이상, 그 역할을 다할 거야."

──그래, 이 이름을 자칭하는 이상은.

펠릭스는 어딘가 아련해 보이는 눈으로 마음속으로만 중얼거리고는 그대로 엘리엇 옆을 지나쳤다.

엘리엇은 더 이상 펠릭스를 불러 세우지 않았다.

펠릭스가 자기 방으로 돌아와서 문을 닫자, 가슴 주머니에서 하얀 도마뱀이 스르륵 기어 나왔다.

도마뱀은 펠릭스의 몸을 타고 지면에 내려왔다. 그러더니 점점 모습이 흐릿해지면서 물색이 감도는 백발을 한 종자 모습이 되었다.

사람으로 변신한 정령 윌디아누는 시선을 내리며 펠릭스에게 인사했다.

"오늘은 저…… 여러모로 큰일이었군요. 마스터."

윌디아누가 배려하듯 말하자, 펠릭스는 기분 좋게 수긍했다.

"맞아. 하지만 지금은 조금 기분이 좋아. 뭐니 뭐니 해도 오랜만에 그 사람의 이름을 들었거든."

"그 사람……이라뇨?"

윌디아누가 의아한 표정을 짓자, 펠릭스는 천천히 입꼬리를 올리면서 웃었다.

그리고 그 이름을 입에 담는 것만으로도 기뻐서 견딜 수 없다는 듯 들뜬 목소리로 말했다.

"'침묵의 마녀' 레이디 에버렛."

응접실에서 이자벨 노튼은 눈을 반짝이며 이렇게 말했다.

'저는 이 눈으로 직접 봤어요! '침묵의 마녀' 님이 흑룡이 거느리던 익룡 무리를 순식간에 격추하는 모습을! '

펠릭스는 이자벨의 말에 맞장구치면서 마음속으로 이렇게 중얼거렸다.

그래, 그 광경은 나도 봤어——라고.

그때, 펠릭스는 사정이 있어서 암행으로 동부 지방을 방문했었다.

그러나 흑룡 소동으로 동부는 큰 혼란에 빠졌다. 길이 마을을 버리고 피난하는 사람으로 가득 차는 바람에 펠릭스는 발이 묶였다.

주변 이들에게 정체가 들키면 곤란하기에 사람들의 흐름을 피해서 이동하던 펠릭스는 불운하게도 익룡 무리의 이동 경로와 겹치고 말았다.

거기서 펠릭스는 목격했다.

하늘을 뒤덮은 익룡 무리. 캬아캬아, 하고 귀청을 때리는 울음소리가 너무나도 공격적이어서 익룡들이 분노한다는 걸 알수 있었다.

익룡 한 마리가 변덕으로 활공해 발톱으로 스치기만 해도 두꺼운 나무가 부러진다.

익룡은 의지를 가진 재해다. 한 마리 한 마리가 민가보다도 큰 대형 익룡. 그것들이 무리를 지어서 하늘을 나는 광경은 마치 악몽 같았다.

그런데 그 순간, 하늘에 문이 열렸다.

바람의 정령왕 셰필드를 소환하는 대마술. 열린 문에서 하얗게 빛나는 바람이 불더니 창이 되어 정확하게 익룡의 미간을 꿰뚫었다.

땅에 떨어지는 익룡들의 사체는 하얗게 빛나는 바람에 휩싸여서 마치 눈이 내리듯 소리 없이 하늘하늘 땅에 쌓였다.

펠릭스는 숨 쉬는 것도 잊을 만큼 그 광경에 매료되었다.

──아아, 어찌 이리도 조용하고 아름다운 마술이란 말인가.

펠릭스는 식전에서 '침묵의 마녀'를 몇 번 본 적이 있다. 그러나 그 사람은 항상 로브 후드를 깊게 눌러 써서 얼굴까지는 본 적이 없었다.

덤으로 '침묵의 마녀'는 공적인 자리에 거의 얼굴을 비치지 않는다. 그래서 칠현인 중에서도 특히 수수하고 눈에 띄지 않는 존재로 불렸다.

(……그런데 이렇게나 근사한 마법을 쓰는 사람이었다니!)

케르벡 백작령에서 본 광경을 떠올리던 펠릭스는 콧노래를 섞어가며 주머니에서 열쇠를 꺼냈다. 그걸로 서랍장 열쇠를 열고 논문 다발을 꺼냈다.

그걸 본 윌디아누가 천천히 눈을 깜빡였다.

"그건 '침묵의 마녀' 님이 학생 시절에 썼다는 논문입니까?"

"맞아. 단골 고서점에 부탁해서 모아 달라고 했지. 굉장히 고도의 마술을 사용할 때의 위치 좌표와 그 변동에 관한 논문인데……."

거기서 펠릭스는 말을 끊고 조금 유감스럽다는 듯 눈썹을 내렸다.

"아아, 너희 정령은 마술과는 연이 없었지."

"네. 저희 정령은 감각으로 마력을 사용하는지라…… 술식을 짜는 마술을 이해할 수 없습니다."

정령들은 인간이 손을 뻗어서 책상 위의 물건을 드는 것처럼 자연스럽게 마력을 행사한다.

그러나 인간은 마력을 정령처럼 능숙하게 사용하지 못한다. 그렇기에 마술식을 짜서 마력을 '술(術)'로 행사하는 것이다.

펠릭스는 논문 표지를 사랑스럽게 어루만지며 중얼거렸다.

"'침묵의 마녀' 레이디 에버렛이 사용하는 무영창 마술의 원리는 아직 밝혀지지 않았지만, 그 사람이 매우 우수한 두뇌를 가진 건 틀림없어. 이 논문은 레이디 에버렛이 학생 시절에 쓴 건데 이게 발표되자마자 광범위 마술의 상식을 뒤집어 놨다고 말해도 될 정도야. 마술의 명중 정밀도가 몇 단계는 올라갔거든."

"……저희 정령은 공격 마법으로 무언가를 노릴 때, 별생각 없이 조준해서 별생각 없이 마력을 날립니다."

"인간은 '별생각 없이' 마력을 쓰지 못해. 구조를 이해하고 이론적으로 술식을 짜서 '마술'이라는 형태로 마력을 행사하지."

예를 들어 불 마술로 적을 공격할 때, 마술사는 먼저 불을 만들기 위해 불의 온도, 크기, 형상, 유지 시간 등등을 모두 결정해야만 한다.

게다가 그걸 적에게 날리기 위해 속도, 각도, 비거리를 계산에 넣고 기후나 풍향을 고려해서 미세하게 조정한다.

그것들을 정확하게 마술식으로 짜 내지 못하면 마술은 올바르게 발동하지 않는다. 최악의 경우, 손에서 화염구가 폭발해서 대참사가 벌어진다.

"마술에는 막대한 계산이 필요해. 인간이 영창을 하는 건, 난해한 수식을 풀 때 과정을 적어야 하는 것과 비슷하지. 익숙해지면 다소 생략할 수도 있지만 복잡한 수식을 보자마자 바로 답을 내놓는 건 불가능하잖아? ……하지만 그게 가능한 인간이 딱 한 명 있어."

난해한 마술식의 최적해를 순식간에 도출해 내는——그렇

기에 영창이 필요 없는 천재 미술사. 그것이 '침묵의 마녀'다.

식전에서 봤던 로브 차림을 떠올린 펠릭스는 무의식적으로 뺨을 물들이면서 입꼬리를 올렸다.

"가능하다면 또 보고 싶네……. 그 사람의 정교하고 아름다운 마술을."

눈을 감으면 눈꺼풀 속에 되살아나는 구름을 가르는 거대한 마법진, 천공에 열린 문, 하얗게 반짝이는 바람의 창.

바람의 창에 미간을 꿰뚫려서 땅에 떨어지는 익룡은 피도 거의 흘리지 않고 즉사했다.

그 한없이 무자비하고, 잔혹하고, 아름다운 광경에 펠릭스는 마음을 빼앗겼다.

펠릭스는 '침묵의 마녀'의 논문을 바라보며 후우, 하고 달콤한 한숨을 내쉬었다.

"아아, 그때 익룡을 격추한 마술은 어떻게 적의 좌표식을 산출한 걸까? 추적 술식을 넣었다고 해도 현재 성능으로는 정확하게 미간을 노리지 못할 텐데……. '침묵의 마녀'라면 새로운 추적 술식을 개발해도 이상하지 않지만, 그때는 익룡 미간 바로 위에 마법진이 보였으니까 추적 술식은 아닐 거야. 그러면 익룡 24마리의 위치를 정확하게 산출해 낸 순간에 정령왕 소환 마술을 발동해서 미간을 꿰뚫은 게 되는데, 24마리 위치를 전부 파악하고 그 정도 위력의 공격 마술을 동시에 쏜 건 범상치 않아. 어쩌면 '침묵의 마녀'는 무서울 만큼 고도의 공간 파악 능력을 보유했을지도 모른다고 생각하는데……."

펠릭스가 호흡도 잊은 채 열띤 말을 늘어놓자, 윌디아누가 곤란한 표정으로 끼어들었다.

"저기, 마스터…… 홍차가 준비됐습니다만……."

"아아, 응. 고마워. 그쪽에 놔두면 돼."

윌디아누는 그 엉성한 지시에 따라 홍차 컵을 올려놨다.

그리고 성실한 윌디아누가 진심으로 면목 없다는 듯 말했다.

"……학력이 부족해 마스터의 말씀을 이해 못 해, 정말 면목이 없습니다."

"아니 나야말로 미안해. 이런 이야기를 할 상대가 달리 없어서 그만 흥분하고 말았어."

펠릭스는 논문을 팔랑팔랑 넘기며 훑어봤다.

대단히 수준이 높고 복잡한 논문이다. 그러나 종이가 접힌 자국이 날 정도로 몇 번이고 읽었던 내용은 가볍게 훑어본 것만으로도 간단히 머릿속에 들어왔다. 내용을 기억할 정도로 읽은 것이다. 몇 번이고, 몇 번이고 반복하면서.

"이자벨 양은 같은 '침묵의 마녀' 팬이니 친해질 수 있을 것 같은데……."

펠릭스가 자신을 팬이라고 단언하자, 윌디아누가 복잡한 표정으로 진언했다.

"마스터, 저기, 밖에서 마술 이야기는……."

"아아, 물론 자중해야지. 나는 표면상으로 마술에 박식하지 않은 걸로 되어 있으니까."

그렇게 중얼거린 펠릭스는 조금 쓸쓸한 듯 웃으면서 손에 든 논문을 가슴에 안았다.

　마치 사랑하는 사람의 연애편지를 품에 안듯이 애절하게 눈
을 가늘게 뜨며.

9장 초콜릿의 사정

캐럴라인 시몬즈가 독약을 먹여 의무실로 실려간 모니카는 일주일 정도 수업을 쉬면서 이자벨의 방에서 요양했다.

모니카는 다락방에 있어도 전혀 상관없었지만, 이자벨이 이미 모니카를 위해 자기 방에 침대를 들여놓아서 거절하지 못했다.

빌린 실크 잠옷을 입고 폭신폭신한 침대에 앉은 모니카는 자신을 바라보는 뜨거운 시선을 거북하게 느끼면서, 이자벨에게 빌린 소설의 페이지를 넘겼다.

그리고 마지막 페이지까지 모두 읽은 모니카가 피곤한 눈을 비비자, 침대 옆에 앉은 이자벨이 눈을 반짝이며 고개를 앞으로 내밀고는 모니카에게 물었다.

"어땠나요? 마로네 피릴의 대표작 '백장미 소녀는 화원에 잠든다'!"

"그, 그게……."

모니카는 마땅히 대답할 말이 없어 시선을 우왕좌왕 돌렸다.

"표, 표현이…… 독특, 하네요."

"맞아요. 마로네 피릴은 시적인 대사 표현이 무척 아름답고,

무엇보다 정경 묘사와 히로인의 심리 묘사가 근사하거든요! 스토리도 최고예요! 뭐니 뭐니 해도 3장의 이별 장면은 눈물 없이는 읽을 수 없어요!"

바로 그 3장을 눈물 없이 읽어 버린 모니카는 뭔가 굉장히 미안한 기분으로 가득했다.

유년기부터 이야기 같은 것에 익숙하지 않았던 모니카는 이런 창작물 특유의 표현이 거북했다.

도자기처럼 매끄러운 피부라든가, 흑단을 녹이고 보석 가루를 박은 듯한 흑발이라든가, 산딸기처럼 파릇파릇한 입술이라는 대사를 보면 '하얀 피부, 검은 머리, 붉은 입술' 이라고 쓰면 되지 않나 생각하게 된다.

그래도 추천받은 책을 딱 잘라 부정하는 것도 마음에 걸렸기에, 모니카는 애매한 미소를 지으며 맞장구쳤다.

그때, 이자벨의 시녀인 애거서가 조심스럽게 말을 걸었다.

"아가씨, 슬슬 식사 시간이에요."

"어머, 벌써 이런 시간이네요. 언니, 전 잠시 식당에 다녀올게요. 언니 몫 식사는 애거서가 준비했어요."

"가, 감사합니다."

이자벨이 방을 나가자, 이자벨 전속인 젊은 시녀 애거서가 식사를 올린 쟁반을 들고 왔다.

"여기에 식사를 놔둘게요. 물리실 때는 탁자에 있는 종을 울려 주세요."

"……가, 감사, 합니, 다."

애거서는 방긋 웃으면서 인사하고 방을 나갔다. 모니카가 사람이 있는 곳에서 식사하는 데 익숙하지 않은 걸 짐작하고 배려해 줘서 고마웠다.

모니카는 침대에서 내려와 의자에 앉았다.

테이블 위에는 부드러운 빵, 치즈, 생선과 채소 조림, 사과를 달게 조린 음식이 놓여있다.

전부 모니카를 위해 애거서가 일부러 식당을 빌려 가며 만들었다고 한다.

모니카는 이자벨과 애거서의 배려에 감사하면서 빵을 뜯어 입에 넣었다. 폭신폭신 하얀 빵은 부드러우면서 약간 달콤했다.

이런 부드러운 빵은 산속에선 좀처럼 먹을 수 없었다. 모니카가 산속 오두막에서 먹은 건 돌처럼 딱딱한 검은 빵이다. 그건 그것대로 수프에 찍거나 치즈와 함께 먹으면 맛있었지만.

모니카가 빵을 씹으면서 산속 오두막 생활을 그리워하는데 창문을 벅벅 긁는 소리가 들렸다. 창문을 바라보니 밖에서 네로가 창문을 향해 발톱을 세우고 있었다.

모니카가 일어나서 창문을 열자, 네로는 스르륵 실내로 들어와서 코를 킁킁거렸다.

"좋은 냄새잖냐."

"생선도 있어. 먹을래?"

"이 몸, 생선은 싫어. 고기가 좋아. 특히 새가 좋지, 새."

책상으로 올라온 네로는 고기가 없음을 알자 불만스럽게 인상을 찌푸리며 "치즈로 타협해 주지."라고 말했다.

치즈가 든 작은 접시를 네로 앞에 놓자, 네로는 용케 양손으로 치즈를 감싸서 갉아 먹었다.

"흐음, 맛있잖아. 여기에 고기가 있었다면 완벽했을 텐데. 오늘 밤에도 잠깐 사냥 갔다 올까."

"⋯⋯옛날에, 새 뼈가 목에 걸려서 소란을 피웠던 거, 누구였더라?"

"그건 젊은 날의 실수라는 거야. 지혜를 가진 생물은 그렇게 실패를 반복하면서 매일매일 성장하는 거라고."

네로는 그래그래, 하고 지당하다는 듯 끄덕이다가 모니카 침대 옆에 소설이 있는 걸 깨닫고는 금색 눈을 동그랗게 떴다.

"웬일이야? 네가 소설을 읽다니⋯⋯ 아, 알았다. 오렌지색 빙글빙글 여자애가 추천했구나."

오렌지색 빙글빙글이란 이자벨의 머리를 가리키는 것이리라. 네로는 기본적으로 인간 이름을 기억하려 하지 않는다.

"네로, 이자벨 님에게 실례잖아."

"이 몸이 모르는 작가네. 어때, 재미있었냐?"

"⋯⋯잘 모르겠어."

"어떤 이야기인데?"

모니카는 빵을 뜯으면서 아까 막 읽은 내용을 반추했다.

"⋯⋯남자하고 여자가 있는데."

"그래."

"⋯⋯뭔가 이런저런 일이 있어서."

"호오호오."

"……결혼해."

"그래서?"

"……끝."

네로는 씹던 치즈를 삼키더니 모니카를 빤히 올려다봤다.

"네가 그 소설에 요마아아아아안큼도 감동하지 않았다는 건 잘 알았어. 그 '뭔가 이런저런 일이 있어서' 부분이 중요한 거잖냐. 수만 자나 생략해 버리다니, 나 참."

"그치만 정말로 잘 모르겠는걸……."

소설에서는 불우한 히로인이 명문 귀족 청년과 만나서 한눈에 반해 사랑에 빠진다.

그러나 청년에게는 약혼자가 있었다. 그 약혼자는 히로인을 쫓아내려고 이런저런 음모를 꾸미지만 두 사람은 그걸 넘어서서 이어진다……는 스토리다.

그러나 모니카는 히로인 소녀와 귀족 청년이 사랑에 빠진 이유를 이해할 수 없었다. 애초에 청년에게는 약혼자가 있었다. 그러니 약혼자가 격노하는 건 당연하지 않나?

모니카는 소설 표지를 무표정하게 내려다보며 나지막하게 중얼거렸다.

"……왜, 그렇게, 누군가에게 푹 빠지는 걸까."

작중 등장인물은 다른 건 눈에 들어오지 않을 만큼 좋아하는 사람에게 푹 빠져 상대를 갈구했다.

사랑해 줬으면 좋겠다, 사랑받고 싶다, 자신을 선택했으면 좋겠다, 원했으면 좋겠다…… 다른 모든 것을 잃더라도.

그런 삶은 모니카가 막 편입했을 무렵에 말려들었던 사건의 범인—— 약혼자를 위해 폭주해 펠릭스에게 위해를 가하려던 셀마 카쉬 양을 떠올리게 했다.

셀마는 약혼자에게 사랑받고 싶었다. 그걸 위해서라면 분명 뭐든 했을 거다. 설사 타인을 상처 입히더라도.

모니카에게는 그렇게 사랑에 빠지는 모습이 정말 무섭게 보였다.

"왜, 그렇게…… 타인에게 기대하는 걸까?"

모니카가 어두운 눈으로 소설 표지를 바라보자, 네로가 꼬리를 획획 흔들면서 말했다.

"너는 어려서 잘 모르겠지만 사랑이라는 건 이렇게…… 빠지게 되면 심장이 쿠궁~ 하게 되는 법이야. 쿠궁~ 하고."

네로가 그야말로 박식하다는 표정을 짓자, 모니카는 입술을 삐죽이며 노려봤다.

"그럼 네로는 사랑을 알아?"

"그야 물론이지. 참고로 이 몸의 취향은 꼬리가 섹시한 암컷이야."

"……꼬리."

"이 몸, 꼬리가 없는 암컷에게는 동하지 않으니까 너는 논외야. 안심하라고."

꼬리가 없는 모니카는 이해할 수 없는 세계였다.

어쩌면 모니카는 꼬리가 안 달린 것처럼 연심이라는 게 처음부터 없었던 걸지도 모른다.

연애이니 사랑이니 하는 걸 모르는 것보다 더 이전 문제다. 겁이 많은 모니카는 타인에게 아무것도 바라지 않고 기대하지 않는다.

푹 빠지는 건 절대로 배신하지 않는 숫자로 충분하다.

* * *

일주일간의 요양으로 완전히 회복한 모니카는 그날 밤, 다락방으로 돌아왔다.

이자벨은 이대로 같은 방에 있어도 상관없다고 말해 줬지만, 표면적으로는 이자벨에게 괴롭힘을 당하는 걸로 되어 있기에 언제까지고 같은 방에서 지낼 수는 없었다.

네로를 천으로 감싸서 숨긴 모니카는 최상층 창고 방까지 이동했다.

창고 방에 있는 사다리를 타고 천장 문을 들어 올리면 나오는 그곳이 모니카가 사는 다락방이다.

네로를 안고 사다리를 오르는 건 어렵기에, 모니카는 일단 네로를 아래에 내리고 사다리를 잡았다.

그러자 네로가 모니카를 올려다보며 "이봐, 이봐." 하고 말했다.

"이 몸, 뭔가 잊어버린 기분이 드는데 기분 탓인가?"

"응? 잊어버린 거?"

듣고 보니 분명히 뭔가 잊어버린 것 같다.

모니카는 "으~음." 하고 신음하면서 사다리를 타고 천장 문을 들어 올렸다.

"잊어버린 것…… 뭘까……. 이자벨 님 방에…… 깜빡 두고 온 건 없을 텐데……."

"평안하셨나요. 잊힌 연락 담당입니다."

문을 들어 올린 모니카를 내려다본 것은 미모의 메이드─린이었다.

"으햐아앗?!"

모니카가 놀란 나머지 괴성을 질렀다.

그 순간 사다리에서 손을 놓고 만 모니카의 몸이 공중으로 기울었다……지만 몸이 떨어지지는 않았다. 부드러운 바람이 살며시 받아 냈기 때문이다. 린이 바람을 조종해서 모니카를 받아 준 것이다.

린이 가볍게 한 손을 들자, 모니카와 네로의 몸이 천천히 떠오르더니 다락방에 착지했다.

"죄, 죄송해요…… 저기…… 린 씨, 언제부터, 여기에……."

"사흘 전쯤부터요."

헤에엑, 하고 새파래진 모니카가 린에게 꾸벅꾸벅 고개를 숙였다.

"죄, 죄송합니다! 죄송합니다! 저, 일주일 전부터 이자벨 님 방에 있어서…… 저기, 독을 마시는 바람에, 요양하느라……."

모니카가 꾸물꾸물 손가락을 꼬면서 사정을 설명하자, 린이 고개를 직각으로 기울였다.

고개를 갸웃하려던 거겠지만 목이 부러진 인형 같아서 대단히 꺼림칙했다.

"제2왕자를 호위하는 측인 '침묵의 마녀' 님이 어째서 독살당할 뻔하신 거죠?"

"……어째서일까요."

그건 모니카가 묻고 싶은 말이다.

돌이켜보면 지난 1개월 반 동안 편입하자마자 화분 낙하 사건에 말려들고, 준금술을 사용하는 마술사를 붙잡기도 하고, 몰래 용을 퇴치하고, 침입자를 무력화하기 위해 말을 폭주하게 만들기도 하고, 동급생에게 독살당할 뻔하기도 하는 등…… 꽤 장렬했다. 역시 도회지는 무섭다.

"저기, 그게, 죄송합니다! 지금 바로 보고서를 쓸 테니까…… 조금만 더 기다려 주세요."

모니카가 황급히 의자에 앉아서 보고서를 쓰기 시작하자, 린은 뭔가 떠오른 듯이 주먹으로 손바닥을 탁 두드렸다. 그리고 린은 메이드복 주머니를 주섬주섬 뒤졌다.

"'침묵의 마녀' 님이 부재중일 때, 이 다락방에 몇 장의 밀서가 왔었습니다."

"미, 밀서?"

"네, 문틈에 끼워 놨기에 회수했습니다. 여기요."

린이 내민 건 둘로 접었을 뿐인 간소한 종이 몇 장.

모니카는 긴장해서 몸이 굳었다.

옛날에 마술사 양성기관 미네르바에 다니던 시절, 방으로 악담을 적은 종이가 왔던 것이 떠올라서다. 모니카는 쓰라린 추억에 인상을 찌푸리면서 둘로 접은 종이를 펼쳤다.

종이에 쓰여 있는 건 악의로 가득한 문장이 아니었다. 조금 동그란 필체로 적힌 건, 다음 날 수업의 변경사항이나 준비물 등을 알리는 공지였다.

그리고 '빨리 나아.', '밥은 제대로 먹고 있어?' 라는 한마디도 덧붙었다.

이름은 안 적혔지만 모니카는 그 필적을 알고 있었다.

(라나 글씨야…….)

종이가 여러 장 있는 걸로 짐작하건대, 일주일 동안 매일 빼먹지 않고 전해 준 모양이다.

모니카는 입을 실룩이면서 빨개진 뺨을 양손으로 눌렀다.

"…………에헤헤."

모니카는 종이를 하나하나 소중히 읽고는 열쇠 달린 서랍장을 열었다.

소중한 물건을 넣어 두는 열쇠 달린 서랍장 안에는 아버지의 유품인 커피포트밖에 없었다.

모니카는 거기에 라나에게 받은 편지를 넣고 서랍을 잠갔다.

＊＊＊

다음 날, 일주일 만에 학생회실에 얼굴을 비치니 학생회 임원 전원이 모여 있었다.

엘리엇은 가짜 애보트 상회 뒤처리로 바빠 만난 것 자체가 오랜만이다.

모니카가 폐를 끼쳤다면서 고개를 숙이자, 펠릭스가 모니카를 배려하듯 바라봤다.

"여어, 노튼 양. 몸은 이제 괜찮아?"

"네, 네에……."

"다행이네. 이번 주부터 학원제 때 쓸 자재 반입 작업이 늘어나니까 조금 바빠지겠지만 너무 무리하진 말라고."

자재 반입이라는 말을 들은 모니카의 얼굴이 굳었다.

얼마 전, 애보트 상회를 가장한 절도범이 침입했었다. 또 그런 일이 생기면……. 모니카가 심각한 표정을 짓자, 엘리엇이 어깨를 으쓱하며 말했다.

"뭐, 외부인이 출입할 때 제시할 서류와 문장 확인을 철저히 하도록 지시했고, 날붙이 소지도 전면 금지했으니까 큰일은 안 생기겠지."

"방심은 금물이야."

성실한 시릴이 가볍게 말하는 엘리엇을 번뜩 노려보자, 엘리엇은 "알았다니까."라며 꺼림칙한 듯 인상을 찌푸렸다.

그런 두 사람을 중재하려는 듯이 펠릭스가 끼어들었다.

"자, 그럼 오늘 업무를 시작할까. 노튼 양, 네가 쉬는 동안에는 시릴이 대신 업무를 봤으니까, 오늘은 그걸 인계받는 데 전념하면 돼."

"네, 넷!"

고개를 끄덕인 모니카가 시릴을 슬쩍 바라봤다.

시릴과 마지막으로 만난 건 모니카가 독을 마셔 쓰러진 뒤 실려 간 의무실에서다.

침대에서 일어나면 밧줄로 묶어 버리겠다는 둥 뒤숭숭한 소리를 하며 고함친 뒤로는 만나지 못했다.

시릴은 오늘도 변함없이 엄한 표정이다. 모니카가 힐끔힐끔 보는 걸 깨닫자, 시릴은 팔짱을 끼고 콧소리를 냈다.

"일주일을 쉰 만큼 제대로 부려 먹어 주마. 각오해 둬라."

"……네."

폐를 끼친 만큼 벌충해야 한다. 모니카는 그렇게 각오를 다지고 업무에 임하려 했지만, 일주일 분량의 업무는 말끔하게 끝나 있었다. 펠릭스 말대로 시릴이 대부분 해결해 준 것이다.

시릴은 '부려 먹어 주마.' 라고 말했지만, 모니카가 한 일은 시릴이 대리로 처리한 서류를 확인하는 정도였다. 덕분에 모니카는 학원제 예산안 업무에 집중했다.

그 예산안도 각 클럽장이 제출한 서류를 시릴이 훑어본 뒤에 문제가 있는 건 돌려보냈다. 그럼 제대로 부려 먹어 준다는 말은 대체 뭐였을까? 그런 말을 하고 싶을 만큼 극진한 대접이었다.

이윽고 다른 임원의 업무가 일단락되자, 시릴이 펠릭스에게 진언했다.

"전하, 저와 노튼 회계는 작업이 있어 남겠습니다. 문단속은 제가 하겠습니다."

"그래? 그렇다면 맡기겠지만⋯⋯ 너무 늦게까지 하지는 말라고."

"네."

시릴이 고개를 끄덕였고 다른 학생회 임원들은 방을 나갔다. 방에 남은 건 시릴과 모니카뿐이다.

(⋯⋯잔업이라니, 뭘까?)

모니카는 여기 남아서까지 해야만 하는 작업이 떠오르지 않았다.

(혹시, 남은 시간에는 잔소리를⋯⋯ 하려는 걸까. 요전 다과회 일로 폐를 끼쳐서⋯⋯.)

'학생회 임원인데 다과회도 제대로 못 해내다니 이게 무슨 꼴이냐!' 그렇게 고함치는 시릴을 상상한 모니카는 안절부절 못하며 무릎 위로 손가락을 꼬았다.

그렇게 조마조마해 하는데, 시릴이 양손에 뭔가를 들고 돌아왔다.

시릴이 든 건 하얀 컵이다. 다과회에 쓰는 컵처럼 화려한 게 아니라 무늬가 없고 조금 뚱뚱하고 두꺼운 컵이었다.

시릴은 컵 하나를 모니카 앞에 놓고, 자기는 모니카 맞은편에 앉았다.

"마셔라."

모니카는 눈앞에 놓인 컵을 봤다. 컵은 갈색 음료수로 가득하다. 커피보다 진한 색이면서 약간 달콤한 향이 났다.

모니카는 딱 한 번, 이 향기를 맡은 적이 있다.

"이건…… 초콜릿, 인가요?"

"그래."

초콜릿은 귀족들 사이에서 인기 있는 기호품이다. 카카오라는 콩을 빻아서 설탕이나 우유 등과 섞어서 마시는 것이다. 독특한 풍미가 있어서 커피보다 고가품이다.

모니카는 예전에 딱 한 번 초콜릿을 마신 적이 있는데, 그때는 좀 더 걸쭉했다.

조심조심 컵을 들자 안에 있는 액체가 흔들렸다. 예전에 모니카가 마셨던 것보다 연하고 더 출렁출렁 흔들리는 것 같았다.

시릴은 아무렇지도 않은 얼굴로 컵을 기울였다. 모니카도 흉내 내서 컵에 입을 댔다.

"…………!"

모니카는 놀라서 눈을 동그랗게 떴다.

산뜻한 목 넘김과 부드러운 단맛은 예전에 마셨던 초콜릿과 완전히 다른 종류다. 걸쭉하지도 않고 카카오 특유의 산미도 줄어들었다.

초콜릿은 커피 이상으로 수고가 필요한 음료다.

커피콩은 분쇄한 상태에서도 어느 정도 보존할 수 있지만, 카카오는 지방 성분이 많아서 분쇄한 상태로 보존할 수가 없다. 즉, 마시기 직전에 잘게 빻아야 한다. 그렇게 수고가 들기에 초콜릿은 커피만큼 보급되지 않았다.

그러나 이 초콜릿엔 지방 성분 특유의 걸쭉한 식감이 없었다.

"이 초콜릿…… 지방 성분이, 적네요?"

"그래. 콩에서 지방 성분을 제거하고 분말 상태로 만든 것을 사용했지. 최신 기술로 만든 거다."

카카오콩을 분말로 만들어 보존할 수 있다면 그건 매우 획기적인 발명이다. 지금까지보다 보존하기 쉬워지고 물이나 우유에 녹이기도 편해지니까 간단히 마실 수 있다.

모니카가 마음속으로 감탄하자, 시릴이 힐끔 곁눈질했다.

"클로디아에게 들었는데, 넌 독이 든 쓴 홍차를 그대로 전부 마셨다더군."

"……네? 아, 네…….."

그때 일을 떠올린 모니카가 움츠러들자, 시릴이 강하게 말했다.

"평소에 제대로 된 걸 안 먹으니까 그리되는 거다. 너는 미각 수준을 좀 더 높여야 해. 요전처럼 전하의 손을 번거롭게 해선 안 되니까."

"네, 네에…… 죄송합니다……."

"즉, 이건 전하를 위해서다. 알겠나!"

"네, 넷."

모니카가 붕붕 고개를 끄덕이자, 시릴은 "알면 됐다." 하며 끄덕이고는 컵을 기울였다.

"전하께서는 네 그 능력을 높이 사신다……. 하나 그걸 질시하는 자가 또 노른 백작 영애 같은 사건을 일으킬지도 모른다."

시릴 말이 맞다. 원래 모니카는 펠릭스를 호위하는 사람인데 반대로 펠릭스에게 도움을 받고 있다.

"자기방어 수단 정도는 가지고 있어라. 전하의 손을 번거롭게 하지 마."

"……네."

모니카는 시무룩하게 움츠러들면서 고민했다.

시릴도 누군가에게 미움을 산 적이 있을까?

(……사지 않았을 리가 없어.)

제2왕자의 측근 자리는 그만큼 주변의 선망이 모이는 법이다. 질시하는 자가 적잖이 있었으리라.

그리고 지금 모니카가 그런 입장에 있다.

"저기, 애슐리 님. 가, 감사합니다. 요전에도 그렇고, 저기, 이 초콜릿도……."

시릴은 평소처럼 흥, 하고 코웃음을 치고는 "음미하며 마셔라."라고 나지막하게 말했다.

모니카는 고개를 끄덕이고는 따스한 초콜릿을 무척 소중하게 마셨다.

그런 모니카를 노려보듯이 바라보던 시릴은 문득 뭔가가 떠올랐는지 입을 열었다.

"하나 말해 두겠는데 오늘 일은 전하께 말하지 마라. 특히 이 초콜릿 이야기는……."

"저, 저기이, 애슐리 님……."

모니카가 흠칫흠칫하며 끼어들자, 시릴이 미간에 깊은 주름을 잡으며 모니카를 노려봤다.

"뭐냐."

"전하가, 저기……."

"전하가 어쨌다는 거냐."

"……뒤, 에."

시릴의 얼굴이 순식간에 새파래졌다.

시릴 뒤에 펠릭스가 웃으며 서 있었다. 그 기척 지우는 기술은 암살자가 무색할 정도였다.

"아기 다람쥐를 몰래 먹이로 길들이려 하다니 치사하잖아, 시릴."

"저, 저저, 전하!"

"그 더듬는 말투를 노튼 양이 아닌 사람에게 듣는 날이 올 줄은 몰랐네."

"아, 아뇨, 저기, 이건……."

펠릭스는 당황한 시릴을 향해 평소의 온화한 미소를 지었다.

"딱히 내게 숨기지 않아도 됐는데. 나도 이런 건 신경 쓰지 않거든?"

"그, 그게…… 말입니다만."

시릴이 당황하는 모습은 마치 불법 약물을 소지하다 들킨 범죄자 같았다. 어째서 이렇게나 동요하는 걸까?

"나도 그 초콜릿을 마시고 싶은데 준비해 주겠어?"

펠릭스가 그렇게 말하자, 시릴은 어딘가 안심한 표정으로 "예!"라고 대답하고는 빠르게 방을 나갔다.

그 뒷모습을 지켜보던 펠릭스가 "이거야 원." 하고 숨을 내쉬었다.

"그렇게 배려하지 않아도 될 텐데."

모니카는 펠릭스와 시릴의 대화가 뜻하는 바를 모른 채 조심조심 물었다.

"저, 저기…… 이 초콜릿은, 마시면 안 되는 것, 인가요?"

"아니? 그렇지는 않아. 우리 나라 귀족들 사이에서 유행이니까."

그럼 시릴은 왜 저렇게나 당황한 걸까.

모니카가 고개를 갸웃거리자, 펠릭스는 별것 아니라는 듯이 말했다.

"카카오콩에서 지방 성분을 제거하는 기술은 말이지, 랜들 왕국 학자가 발명했거든."

랜들 왕국이란 이곳 리디르 왕국과 동쪽 제국 사이에 있는 소국이다.

랜들 왕국 학자가 획기적인 초콜릿을 발명한 것과 시릴이 동요한 것이 무슨 상관인 걸까? 여전히 이해하지 못한 모니카에게 펠릭스가 말했다.

"나의 형, 라이오넬의 어머니가 랜들의 공주거든."

그제야 모니카는 시릴이 펠릭스에게 초콜릿을 숨기려던 이유를 깨달았다.

제1왕자 라이오넬의 어머니는 랜들의 공주. 그렇기에 제1왕자파에는 당연히 랜들과의 연결고리를 중시하는 사람이 많다.

시릴은 랜들의 최신 기술로 만든 초콜릿을 즐겨 마시면 자신이 제1왕자파처럼 보일까 불안했던 것이리라.

"그래서 내가 다과회에 얼굴을 내밀면 아무도 랜들의 기술로 만든 초콜릿을 내놓지 않아. 맛있는 음료에는 죄가 없는데도 말이지."

그렇게 말한 펠릭스는 모니카의 손에서 컵을 가져가 초콜릿을 한 모금 마셨다.

남이 입을 댔던 컵에 왕자가 직접 입을 대다니, 시릴이 보면 눈이 휘둥그레질 광경이다.

그러나 모니카는 지금 펠릭스의 행동이 의사표시를 하는 것처럼 보였다.

분명 이 사람은 그런 건 사소한 일이라고 여기는 것이리라.

"……왕족은, 힘들겠네요."

"정말로."

그렇게 중얼거린 펠릭스의 옆얼굴에는 평소의 온화함은 온데간데없고 바보 같다며 깔보는 듯한 차가움만이 남았다.

10장 행복한 약속

세렌디아 학원에서는 점심시간에 건물 안에 있는 학생 식당을 이용하는 게 일반적이다. 개중에는 기숙사 방에 가서 먹는 사람도 있지만, 그건 극히 일부분으로 대부분의 학생은 학생 식당을 이용한다.

……하지만 모니카는 아직 한 번도 학생 식당을 이용한 적이 없었다.

이유는 구태여 말할 것도 없이 사람이 잔뜩 있어 무섭기 때문이다.

그래서 모니카는 점심시간이 되면 언제나 사람 없는 곳을 찾아서 주머니에 든 나무 열매를 먹었다.

그런 모니카였지만 오늘은 케이시와 라나의 권유를 받아 식당에서 식사하게 되었다.

처음으로 식당에 온 모니카는 긴장감 탓에 딱딱하게 굳은 표정으로 케이시와 라나 사이를 걸었다.

학생 식당이라는 말을 듣고 모니카는 예전에 재적했던 마술사 양성기관 미네르바의 식당을 떠올렸다.

미네르바의 식당은 접수대에서 메뉴를 골라 돈을 내면 메뉴가 적힌 나무패를 받는다. 그걸 카운터에 내면 음식이 올라간 쟁반과 교환해 주는 식이었다.

그래서 세렌디아 학원 학생 식당도 그런 식이라고 생각했는데 현실은 모니카의 상상과는 크게 달랐다.

말하자면 세렌디아 학원 식당은 고급 레스토랑과 같다. 식당에 가면 종업원이 자리까지 안내해 주고, 주문을 받고, 학생이 앉은 자리까지 요리를 가져다준다.

대금은 학비와 함께 한꺼번에 청구하는 방식이라 그 자리에서 지불하지는 않는다.

게다가 희망하는 사람에게는 기숙사 자기 방까지 식사를 보내 주기도 하므로, 그야말로 극진한 대접이었다.

(괴, 굉장하네…….)

예전에 모니카가 다니던 미네르바에도 귀족이 많았기에 그 나름대로 설비가 좋았지만 세렌디아 학원과는 비교할 수 없다. 한마디로 여기저기에서 사치를 부리고 있다.

모니카는 익숙하지 않은 식당에서 우물쭈물하면서 종업원의 안내를 받아 자리에 앉았다.

그러자 누군가가 옆에 조용히 앉았다.

줄곧 고개를 수그렸던 모니카는 분명 라나나 케이시일 거라고 생각했다. 하지만 고개를 들어 보니 라나와 케이시는 모니카의 정면 자리에 앉아 있다.

……그럼, 옆에 앉은 건 누구지?

어색하게 고개를 돌린 모니카의 시야에 비친 건 우울한 분위기가 감도는 흑발 영애 클로디아 애슐리였다.

"왜 당신이 여기에 앉는 거야?!"

라나가 클로디아를 노려보면서 고함치자, 클로디아는 옆에 앉은 모니카에게 몸을 기댔다.

"……어머, 그야 우리는 친구인걸. 그렇지? 모, 니, 카?"

모니카는 온몸이 딱딱히 굳은 채 우으으으, 하고 신음했다.

클로디아는 하얀 장갑을 낀 손끝으로 모니카의 뺨을 스르륵 매만졌다. 뱀이 피부를 기어가는 듯한 느낌이 나는 건 왜일까.

"……나는 모니카의 생명의 은인이지?"

"네, 넷!"

"……고맙지?"

"넷!"

"……그럼, 친구 맞지?"

"넷!"

모니카가 고개를 끄덕끄덕 흔들자, 승리를 확신한 클로디아가 씨익 웃었다.

라나가 이마에 푸른 핏대를 세웠다.

"억지로 말하게 시킨 거잖아!"

케이시가 고함치는 라나를 "워워." 하고 달래고는 메뉴판을 내밀었다.

"자자, 불편해하는 건 그만두고 주문하지 않을래?"

"……어머, 나는 불편해한 적 없어. 이 여자가 멋대로 혼자 아우성쳤을 뿐…… 그렇지?"

클로디아가 명백하게 도발적인 느낌을 담아 말하자, 라나가 이를 갈았다. 케이시는 그런 두 사람을 어이없어하는 표정으로 번갈아 봤다.

"두 사람도 이제 슬슬 모니카가 요리를 고르게 해 줘. 앗, 모니카. 내가 추천하는 건 이 생선 튀김. 특제 소스가 맛있어. 생선이라면 이쪽 소테도 추천해."

"그, 그럼, 그걸로⋯⋯."

사실 칠현인이라 그런대로 수익이 있는 모니카는 돈이 궁하지는 않다.

그래서 요리는 어느 것이든 상관없었다. 오히려 식사에 관심이 없는 성격이라 누군가가 권유해 주는 건 무척 고마웠다.

잠시 기다리자 종업원이 식사를 가져다줬다. 모니카 앞에는 맛있게 구운 흰살생선 소테와 빵, 수프가 놓였다.

소테에서는 레몬과 버터의 좋은 향이 났다. 조심조심 씹어 보니 부드러운 생선이 입안에서 사르륵 풀어졌다.

산속에 살던 모니카가 먹은 생선은 소금에 절인 것이나 훈제가 대부분이었다. 그걸 불에 굽거나, 물에 넣고 국물을 우려서 먹었다.

그래서 소테로 먹는 생선의 식감은 굉장히 신선했다. 농후한 버터 향이 입안 가득 퍼진 뒤에 아주 약간 풍기는 레몬의 산뜻한 향기가 절묘했다.

"⋯⋯생선, 맛있어요."

모니카가 나지막하게 중얼거리자, 라나가 빵을 뜯으면서 의기양양하게 맞장구쳤다.

"케르벡 쪽에선 바다 생선을 먹을 기회가 별로 없을 테니까."

"으, 응."

사실 모니카가 살던 곳은 케르벡이 아니지만 어쨌든 케르벡도 내륙이니 비슷한 셈이었다.

모니카가 어색하게 수긍하자, 케이시가 고개를 끄덕이면서 뭔가를 곱씹듯이 수긍했다.

"이해해. 우리 고향도 바다와는 멀어서 생선 요리라고 하면 구운 민물고기 정도였거든."

케이시는 그렇게 말하더니 빵을 두 쪽으로 나눠서 거기에 채소와 튀김을 끼워 입을 크게 벌리고 먹었다.

그 모습을 지켜보던 클로디아가 눈살을 찌푸렸다.

"……그건 노동자가 먹는 방식이야."

"우리 쪽에서는 다들 이렇게 먹었어. 밭일하는 틈틈이 말이지. 뭐, 고향에서는 생선튀김이 아니라 피클을 끼워 넣었지만."

클로디아가 어이없는 표정을 지었지만 케이시는 아랑곳하지 않았다.

모니카는 주변의 이런 시선을 신경 쓰지 않는 케이시의 당당함이 부러웠다.

케이시는 빵을 꿀꺽 삼키더니 입가를 냅킨으로 닦으며 태연한 표정으로 말했다.

"게다가 우리 고향에서는 귀족이든 노동자든 똑같았어. 전원이 총출동해서 일해야만 밥을 먹으니까."

"……그런데도 용케 이 학원에 왔네."

"가난뱅이 귀족이 용케 학비를 냈지. 실제로 나도 그렇게 생각하니까. 세렌디아 학원에 입학한 건 정말 운이 좋았어. 연이 있는 친절한 분이 지원해 주셨거든."

케이시는 비굴하지 않고 의연한 태도였다. 자신의 환경을 불행하다고 여기지 않는 것이리라.

그러나 주변에서 자신을 배려해 주는 건 싫은지, 가볍게 웃으며 화제를 바꿨다.

"그런데 다들 다음 달 학원제는 뭐 할지 정했어?"

케이시가 화제를 던지자, 클로디아가 우울한 표정으로 한마디 했다.

"……무도회 때까지는 방에 있을 거야."

분위기를 바꾸려는 케이시의 배려를 우울한 분위기로 부숴 버리는 모습이 과연 클로디아 애슐리다웠다.

케이시는 뺨을 실룩거리면서 공허하게 웃었다.

"하하…… 이야~ 그 대답은 나도 예상 밖이었어……. 하긴 그렇겠지. 클로디아 양은 인기가 많으니까. 역시 학원 3대 미인답네."

학원 3대 미인.

들어본 적 없는 말이었기에 모니카가 빵을 씹으면서 고개를 갸웃거리자, 라나가 작은 목소리로 가르쳐 줬다.

"고등과 3학년 브리짓 그레이엄 양, 고등과 1학년 엘리안 하이앗 양, 그리고 저기 있는 클로디아 양을 말해."

모니카는 엘리안 양이라는 사람은 모르지만, 브리짓과 클로디아의 미모는 확실히 뛰어나다.

연한 금발에 호박색 눈을 가진 화사한 미모의 브리짓과 흑발에 청금색 눈을 가진 신비로운 클로디아. 이 두 사람이 나란히 서면 무척 눈길을 끌 것이다.

세렌디아 학원 학생은 다 귀족 자녀라서 이미 약혼자가 있는 사람이 많다. 다름 아닌 클로디아 역시 그렇다.

그러나 약혼자가 있는데도──혹은 약혼자가 있기에, 학생 시절만이라도 자유로운 연애를 즐기고 싶어 하는 사람도 꽤 있다고 한다. 그런 사람에게는 아름다운 클로디아가 동경의 대상이리라.

그렇기에 작년에는 학원제가 끝나고 무도회에서 클로디아에게 춤을 권유하는 사람이 줄을 이뤘다고 한다.

"······닐은 학생회 일이 바빠서 낮에는 자유롭게 움직일 시간이 거의 없거든. 그럼 내가 학원제에 참여할 의미가 없어."

"정말이지 믿을 수가 없네! 학원제 때는 당연히 연극을 보러 가야지!"

클로디아의 말을 듣자 라나가 입술을 삐죽였다.

"올해 연극 의상은 정말로 굉장하다고! 뭐니 뭐니 해도 내가 의상을 검수했으니까. 그 의상만으로도 가치 있다 해도 과언이 아니야. 덤으로 연출에는 불을 사용한다고. 어때? 호화롭지!"

라나가 가슴을 펴고 의기양양하게 말하자, 케이시가 쓴웃음을 지었다.

"이야~ 굉장했지. 역사연구회 아이와 라나의 설전……."

이야기를 들어보니 학원제 대표 행사인 연극 의상 담당으로 발탁된 라나는 역사연구회 학생과 의상을 두고 열띤 설전을 벌였다고 한다.

어디까지나 전통에 따른 의상으로 해야 한다는 역사연구회 회장과 유행을 받아들인 화사한 의상으로 해야 한다는 라나의 논쟁은 며칠에 걸쳐 이어졌고, 마지막엔 두 사람 모두 전우가 된 듯한 표정으로 악수를 나눴다나?

세렌디아 학원에서는 매년 전통적으로 초대 국왕의 건국 전설을 연극으로 공연한다.

그건 이 나라 사람이면 누구나 어린 시절에 들어본 이야기다.

지금으로부터 대략 천 년 전, 리디르 왕국 초대 국왕 랄프는 용이 습격해서 황폐해진 토지에 평화를 가져오고자 불, 물, 땅, 번개, 바람, 빛, 어둠의 일곱 정령왕과 계약을 맺고 그 힘을 빌려 사룡을 퇴치한다.

그는 평화로워진 토지에 나라를 세운다……. 이게 건국 전설이다.

그 연극이 세렌디아 학원 학원제에서 가장 큰 대표 행사라고 한다.

"얘 모니카, 케이시. 학원제 날에 같이 연극 보러 가자! …… 어디 사는 누구는 방에서 뒹굴뒹굴한다지만."

마지막 한마디는 클로디아를 향한 비아냥이지만, 정작 클로디아는 태연자약한 표정이다.

라나는 클로디아에게서 고개를 홱 돌리고는 말을 이었다.

"연극을 보고나면 곡 연주를 듣거나, 자선 경매를 둘러보자. 앗, 그러고 보니 케이시는 이번 자선 경매 때 자수를 내놓는다고 했지?"

"응, 맞아. 이런 거야."

케이시는 긍정하면서 주머니에서 손수건을 꺼냈다. 그곳에는 작은 노란 꽃 자수가 놓여 있었다.

라나가 자수를 빤히 바라보더니 눈썰미 있는 상인 같은 표정으로 "좋은 실력이네."라고 중얼거렸다.

모니카도 자수를 바라보고 솔직한 감상을 말했다.

"굉장히, 귀엽다고, 생각해요."

라나와 모니카가 칭찬하자, 케이시가 부끄러운 듯 뺨을 긁적이며 웃었다.

"아하하, 고마워. 자수는 은근히 특기거든. 우리 고향에서 노란 꽃은 행복의 상징이라서 자수를 자주 놓곤 했어. 자선 경매에 낼 수량을 다 만들면 나중에 모니카한테도 뭔가 만들어 줄까?"

"저기, 하지만……."

모니카가 미안해 고개를 수그리자, 케이시가 눈썹을 내렸다.

"꽃…… 싫어해?"

모니카는 붕붕 고개를 내저었다.

"선택 수업에서, 승마를 배우기로, 했는데…… 왠지 미안, 해요."

선택 수업이 시작되는 건 다음 주부터지만 모니카는 거기서 케이시에게 승마를 배운다고 약속했다.

그런데 자수까지 받으면 미안하다. 모니카가 고개를 수그리자, 케이시는 테이블에서 몸을 내밀고 모니카의 머리를 슥슥 쓰다듬었다.

"그런 건 신경 안 써도 돼! 승마든 자수든 내가 좋아서 하는 거니까!"

"네, 네에……."

고개를 끄덕인 모니카는 손가락을 꼬면서 살짝 중얼거렸다.

"승마도, 자수도, 학원제도…… 전부, 기대……돼요."

마술사 양성기관인 미네르바에 있을 무렵의 학원제는 각자의 연구 성과를 발표하는 게 주된 행사였다.

특대생인 모니카는 당연히 상응하는 연구 발표를 요구받았고, 논문이나 자료 제작으로 분주했었다.

그 시절에는 전시물을 철저히 준비하고, 학원제 당일에는 연구실에 틀어박혔기에 모니카는 학원제의 분위기라는 걸 잘 모른다.

그러나 지금은 미네르바에 있었을 때보다 더 주변의 고양감이 자신에게 전해지는 게 느껴졌다.

모니카는 사람이 많은 곳이 거북하다. 그 정점에 해당하는 행사인데도…….

(……나, 조금 두근두근할, 지도.)

학원제에서 뭘 하겠다는 목표가 있는 건 아니지만 성공적으로 개최됐으면 좋겠다고 생각했다. 무사하게, 아무 일 없이.

"노튼 회계."

갑자기 누가 말을 걸어와서 고개를 들자, 시릴이 이쪽으로 다가오는 게 보였다.

모니카가 저도 모르게 등을 쫙 펴자, 시릴이 종이 한 장을 내밀었다.

"업자가 오늘 방과 후에 자료 반입 작업이 있다고 사전 연락을 했다. 우리 학생회 임원은 입회해야 하니 방과 후에 동문으로 와라. 이건 업자 리스트다. 기억해 두도록."

"동문, 이요?"

평소에는 폐쇄되어서 웬만하면 안 쓰는 문이다.

모니카가 의아해서 묻자, 시릴이 작게 고개를 끄덕였다.

"자재가 많으니까. 모든 업자가 정문을 사용하면 학생을 방해하게 돼."

시릴 말로는 오늘만으로도 세 군데에서 업자가 온다고 한다. 의상, 불꽃놀이 화약, 그리고 목재다.

개중에서도 목재는 가장 부피가 크기에 동문으로 들어온다고 한다.

"불꽃놀이 화약은 전하와 하워드 서기. 피복 관련은 그레이엄 서기와 메이우드 서무가 각각 입회할 거다. 우리는 목재 담당이다."

"네, 넷!"

모니카가 끄덕이자, 옆에 앉은 클로디아가 홍차를 마시며

나지막하게 중얼거렸다.

"……학생회 임원의 일정을 제삼자에게 누설하다니 부주의하네."

그 말을 듣자 시릴이 눈썹을 꿈틀대고 여동생을 노려봤다.

"우리 일정을 다른 학생이 듣는 게 뭐가 문제라는 거냐."

"……닐은, 브리짓 그레이엄과 단둘이서 입회하나 보네……. 내가 아닌 여자와 단둘이서…… 방해해야지."

"그만두지 못하겠나!"

클로디아 애슐리는 질 나쁜 농담 같은 일을 진심으로 실행하는 사람이다.

하물며 약혼자인 닐이 관련되면 더더욱 그렇다.

"확인 작업에는 업자도 입회한다. 단둘이 되는 일은 없으니 제발 우리 일을 방해하지 마라! ……그리고 노튼 회계. 우리가 담당하는 목재는 양이 많으니 수업이 끝나면 바로 와라."

"네. 애슐리 님."

모니카가 고개를 끄덕이자, 모니카의 동그란 머리에 가느다란 팔이 스르륵 휘감겼다. 클로디아의 팔이다.

클로디아는 모니카의 머리를 뒤에서 안으면서 귓가에 속삭였다.

"……어머 곤란하네. 나도 애슐리 님인데."

"아, 저, 클로디아 님은 클로디아 님이고…… 그, 저기……."

"……어머머. 오라버니는 이름으로 안 부르네. 난 모니카랑 친구니까 이름으로 부르는데 오라버니는 그냥 아는 사이라 그런지 이름으로 안 불러 주네. 그냥 아는 사이일 뿐이니 어쩔 수 없어. 후배에게 사랑받지 못하는 불쌍한 오, 라, 버, 니.”

클로디아가 살며시 웃으면서 시릴을 올려다보자, 시릴의 뺨이 꿈틀꿈틀 실룩였다.

예전부터 생각한 건데 이 남매는 그다지 사이가 안 좋나 보다.

라나와 케이시는 곤란한 얼굴로 남매가 대화하는 모습을 지켜봤다.

모니카는 초조해졌다. 이대로 가면 시릴이 후배에게 사랑받지 못하는 딱한 선배가 되고 만다.

“저, 저기, 애슐리 님…… 저기, 오빠 쪽 애슐리 님은, 업무도 유능하고, 굉장한 사람이라, 조, 존경하고 있어요!”

모니카가 최선을 다해 감싸자, 시릴은 푸른 눈을 날카롭게 움직여서 모니카를 노려봤다. 무섭다.

“저, 저기, 죄죄죄죄송합니다! 맞다. 제가 부회장님이라고 부르면 되는 거네요. 죄송합니다, 애슐리 부회장님!”

시릴은 씁쓸한 표정으로 클로디아를 노려본 건데, 모니카는 자기를 노려본 것으로만 보였다.

시릴이 모니카가 울상을 지으며 부들부들 떠는 걸 보고 깊은 한숨을 내쉬었다.

“……시릴이면 돼.”

“네, 네에………… 시릴 님.”

모니카가 연약한 목소리로 말하자, 클로디아는 모니카의 귓가에서 키득키득 웃었다.

"어머어머. 그냥 아는 사이인 오라버니를 이름으로 부르는 것만으로도 대소동이네."

"너에게 친구가 있었다니 처음 듣는구나, 클로디아."

"응, 맞아. 우린 굉장히 친한 친구야. 그렇지? 모, 니, 카?"

모니카가 고개를 끄덕끄덕 흔들자, 시릴의 미간에 주름이 하나 늘어났다.

"노튼 회계, 클로디아가 억지로 그렇게 하라고 시킨 건 아니겠지?"

"아, 아뇨, 그렇지는……."

모니카가 이번에는 고개를 가로젓자, 클로디아가 더더욱 모니카에게 달라붙었다.

클로디아에게서는 왠지 굉장히 좋은 향기가 난다. 그런데 마음이 조금도 안 편해지는 건 왜일까.

"어머, 너무해. 우리 우정을 샘내다니…… 오라버니도 참, 나와 모니카가 친하니까 질투하는 거네."

"누가 질투한다고……!"

"……거울 있어? 질투심이 뻔히 드러나는 추한 얼굴이니까 직접 확인해 보는 게 어때?"

시릴의 얼굴에서 푸른 핏대가 꿈틀꿈틀 늘어났다. 이건 격양 일보 직전의 상황이다.

모니카가 황급히 목소리를 높였다.

"시, 시릴 님은, 평소 그대로니까 괜찮아요!"

왜냐하면 모니카와 있을 때, 시릴은 언제나 화난 얼굴이니까. 거짓 없이 정말 평소 그대로다.

"……어머, 오라버니도 참. 누가 있든 상관없이 언제 어디서나 질투하나 보네."

"허어어어억! 저, 저, 그럴 생각으로 한 말이……!"

"노튼 회계! 클로디아가 폐를 끼쳤다면 그렇다고 말해라!"

"아뇨, 저기, 그게……."

"……폐라니, 그런 생각을 하는 건 아니지? 모, 니, 카?"

"네, 네에에에에엣……."

은발과 흑발의 아름다운 남매 사이에 낀 모니카는 이미 졸도 직전이었다.

식후 홍차를 마시던 케이시가 어이없다는 표정으로 중얼거렸다.

"……클로디아 양의 놀림감이네, 저거."

시릴과 모니카 모두 클로디아 손바닥 위에서 놀아나고 있다.

라나는 미간에 손을 짚으면서 "성격이 나빠도 너무 나쁘잖아."라며 한숨을 내쉬었다.

* * *

모니카의 사역마 검은 고양이 네로는 낮에 주로 건물 밖을 어슬렁어슬렁 산책한다.

물론 네로는 우수한 사역마라 그저 빈둥빈둥 굴러다니거나 일광욕을 즐기는 건 아니다.

창밖에서 수업 내용을 몰래 듣고 인간을 공부하면서 제2왕자 주변에 수상한 자가 없나 눈을 빛내며 지켜본다.

특히 오늘은 방과 후에 외부인이 드나든다고 하니 평소보다 더 펠릭스 주변을 경계했다.

(……뭐, 그 왕자한테는 계약 정령이 붙은 모양이니까 어지간한 일은 벌어지지 않겠지만.)

마력 감지가 뛰어난 네로는 펠릭스의 주머니 안에 언제나 하얀 도마뱀으로 변신한 정령이 있다는 걸 안다. 아마 물의 상위 정령이리라.

그러고 보니 최근에 몰래 들은 마술 수업에서 정령과 계약하는 건 상급 마술사 클래스만 가능하다고 했던 것 같은데…….

(그럼 저 왕자는 마술사인가?)

이런 건 모니카에게 물어보는 게 최고다.

뭐니 뭐니 해도 모니카는 이 나라 마술사의 정점에 선 칠현인 중 한 명이니까. 마술 지식에 있어 모니카보다 뛰어난 사람은 거의 없다.

조만간 모니카에게 정령과 계약하는 법을 배워 보자. 그런 생각을 하던 네로의 감각에 무언가가 느껴졌다.

네로는 수염을 쫑긋쫑긋 떨면서 의식을 집중했다.

미약한 마력 반응이다. 이 학원에서는 실전 마술 수업도 하니까 마력 반응이 있는 것 자체는 흔하다.

그러나 느껴지는 장소가 부자연스러웠다.

(……여긴 창고인가? 뭔가 나르고 있네.)

학원 서쪽에 있는 커다란 창고에는 몇 명의 업자가 드나들면서 나무 상자를 옮기고 있었다. 후각이 좋은 네로는 내용물이 화약 종류임을 금방 눈치챘다.

(반입물은 학원제 자재라고 모니카가 말했는데…… 인간은 축제에 화약을 쓰나? 발파 공사라도 하는 건가?)

불꽃놀이를 본 적이 없는 네로는 들어오는 나무 상자를 의아하게 바라봤다.

나무 상자 반입을 주도하는 건 호위 대상인 제2왕자다. 옆에는 모니카에게 자주 심술궂은 소리를 하는 진한 갈색 머리 처진 눈도 있었다.

(왕자와 처진 눈은 창고 안에 마력 반응이 있는 걸 눈치채지 못한…… 모양이군.)

네로는 마력 감각이 날카로워서 금방 눈치챘지만 아무래도 인간은 그렇지 않은 모양이다.

그러고 보니 예전에 모니카가 말했던 것 같다. 인간은 마력을 감지하려면 감지 전용 마술을 써야 한다고.

창고 안의 마력 반응은 매우 약했다. 그러나 기분 탓인지 시간이 지남에 따라 미약한 마력이 팽창하고 있었다.

(……뭔가 불길한 예감이 들어.)

네로는 나무에서 뛰어내려 모니카가 있는 동문으로 달려갔다.

* * *

수업을 마친 모니카가 동문으로 향하는데 이미 자료 반입이 시작되고 있었다.

시릴은 동쪽 창고 옆에서 업자에게 이런저런 지시를 내렸다.

모니카가 둔한 다리로 필사적으로 달려가자, 시릴은 눈썹을 치켜들며 "늦었어!"라고 고함쳤다.

"시릴, 님, 죄, 죄송, 합…… 콜록!"

체력이 없는 모니카는 여기까지 달려온 것만으로도 숨을 헐떡였다.

모니카의 둔한 다리를 아는 시릴은 거친 숨을 내쉬는 모니카를 내려다보고는 손가락으로 미간을 짚었다.

"빨리 호흡을 가다듬어라. 자재 반입은 이제 막 시작한 참이라 금방 끝나지는 않아."

"네, 네에……."

"그건 그렇고 오늘은 무대 미술 담당자가 자재를 확인하러 올 텐데……."

시릴이 그렇게 말하고 주변을 빙글 돌아보더니 건물에서 이리로 다가오는 사람에게 시선을 돌렸다.

"아무래도 온 모양이군."

시릴의 시선을 따라 눈을 돌린 모니카는 멍하니 깜빡였다.

이리로 다가오는 건, 밝은 갈색 머리를 뒤로 넘겨서 하나로 묶고 활발해 보이는 소녀 —— 케이시다.

"기다리시게 해서 죄송합니다! 고등과 2학년 케이시 그로브입니다. 무대 미술 책임자가 시대 고증 팀과 의논을 시작해서…… 한동안 끝나지 않을 것 같아 그 대리로 왔습니다."

"그래, 수량을 확인하는 것뿐이니 대리라도 상관없어."

"네. 잘 부탁합니다! 모니카도 잘 부탁해."

케이시가 말을 걸어오자, 모니카는 고개를 끄덕였다.

모니카는 처음 만난 사람과는 멀쩡하게 이야기하지 못하니 오히려 케이시가 와서 안심했다.

낯을 가리는 모니카는 숫자를 다루는 일이라면 아무리 양이 많아도 척척 해내지만, 보고나 지시를 내리는 등 대인 능력에 달린 일이라면 단숨에 힘들어한다.

모니카가 남몰래 가슴을 쓸어내리자, 시릴이 지시를 내렸다.

"나는 업자에게 자재를 놓을 장소를 지시할 거다. 노튼 회계는 목록을 보고 누락된 게 없나 확인하도록."

"네, 넷."

모니카가 고개를 끄덕이자, 케이시가 어깨를 토닥였다.

"나도 모니카를 도와줄게. 그러면 같이 자재 확인도 할 수 있으니까."

"가, 감사, 합니다."

케이시는 "천만의 말씀."이라며 쾌활하게 웃고는 목록을 손에 들었다.

하지만 주르륵 늘어선 자재 명칭과 수량을 보고는 웃음을 거뒀다. 케이시의 뺨이 미묘하게 실룩거렸다.

"우와, 숫자가 빼곡해……."

모니카는 숫자가 빼곡하게 꽉꽉 들어차 있으면 들뜨지만,

대부분의 사람은 그렇지 않은 모양이다. 케이시도 그 대부분의 사람에 들어가는 터라 질색한 표정으로 모니카에게 목록을 내밀었다.

"……내가 자재를 셀게. 모니카는 목록과 자재를 대조해 주지 않을래?"

"네!"

이런 대조 작업은 모니카의 특기 분야다.

케이시는 쓴웃음을 지으며 모니카에게 목록을 넘기고 이미 옮겨 놓은 자재 쪽으로 달려갔다.

옮겨 놓은 건 대부분 가공된 목재다. 얇은 판 모양, 막대 모양 등등 형태가 다양했고 일부는 이미 모종의 형태로 조립되어 있다. 모두 무대에서 사용하는 물건이리라.

케이시가 목재 종류와 숫자를 확인하고 모니카가 그걸 리스트와 대조해서 체크했다.

한동안 그 작업을 반복하던 모니카가 문득 고개를 들었다. 시야에 케이시의 모습이 없었다.

"……어라? 케이시?"

모니카는 주변을 돌아보며 케이시를 찾았다. 그러자 목재 뒤에서 "이쪽이야~!"라는 케이시의 목소리가 들렸다.

창고 안쪽은 대부분 확인이 끝났기에 자신도 입구 쪽으로 이동하는 게 좋을지도 모른다.

모니카가 목록을 들고 케이시에게 걸어가려던 그때, 무언가가 뚝 끊어지는 소리가 났다.

(……어?)

그 순간, 밧줄에 묶어 세로로 세워 뒀던 목재가 비스듬하게 기울었다.

목재를 묶어 고정했던 밧줄이 끊어진 것이다.

"모니카, 여기야 여기!"

마침 목재가 쓰러지는 방향에 케이시가 서 있었다. 케이시는 목재가 자기 쪽으로 쓰러지는 걸 눈치채지 못했다.

"피해라!"

창고 바깥에 있던 시릴이 짧게 외치면서 빠르게 주문 영창을 시작했다.

아마 마술로 케이시를 구하려는 것이리라. 그러나 목재는 이미 케이시의 머리 위까지 와 있었다. 영창이 끝날 때를 기다리면 늦는다.

……물론 영창을 한다면 말이다.

(늦지 마……!)

모니카는 즉시 무영창으로 바람 마술을 발동했다.

목재 위치와 각도를 보고 쓰러질 위치를 파악해서 최소한의 힘만으로 목재가 쓰러지는 위치를 살짝 틀었다.

"꺄아아아아아악?!"

목재가 와르르 쓰러지는 소리와 케이시의 비명이 겹쳤다.

모니카의 등에 식은땀이 흘렀다.

(……늦지 않았, 나?)

"두 사람 모두 무사한가!"

시릴이 안색을 바꾸며 달려왔다. 모니카는 고개를 끄덕이면서 떨리는 다리로 케이시에게 향했다.

바닥에 주저앉은 케이시에게는 눈에 띄는 상처가 없었다. 목재는 모두 모니카의 계산대로 케이시에게서 떨어진 곳에 쓰러졌다.

하지만 조금만 잘못됐어도 목재에 짓눌렸을 거다. 케이시는 새파래진 채 떨고 있었다.

"케이시, 괜찮, 나요……?"

모니카가 말을 걸자, 케이시가 굳은 얼굴로 끄덕였다.

"두 사람, 다친 데는 없나?!"

시릴이 달려와 모니카와 케이시를 번갈아 보고 부상이 있는지 확인했다.

모니카는 말할 것도 없고, 케이시도 다친 데는 없다. 그래도 시릴은 면밀하게 확인해야 한다면서 굴에게 의무실로 가 보라고 명했다.

"이 자리는 내가 맡겠다. 사고 원인을 알아보고, 상황에 따라서는 업자를 추궁해야 하니까. 너희는 의무실에서 쉬고 있어라."

"네, 넷."

모니카는 주저앉은 케이시에게 손을 뻗어 "설 수 있나요?"라고 물었다.

케이시는 고개를 끄덕이고는 모니카의 손을 잡고 휘청휘청 일어섰다.

모니카는 목재를 묶었던 밧줄을 슬쩍 보더니, 입술을 꽉 깨물면서 케이시의 손을 잡고 걸었다.

* * *

케이시는 언제나 쾌활하게 웃는 소녀였다.

누님 같은 성격이고, 믿음직해서, 곧잘 모니카의 손을 잡고 앞으로 걸었다.

그런 케이시가, 지금은 옆을 걷는 모니카의 손에 매달리듯이 걷는다. 붙잡은 손이 식은땀에 젖어 끈적했고 약하게 떨리는 게 전해졌다.

모니카가 그 손을 가만히 바라보자, 케이시가 창백한 표정으로 미덥지 못하게 웃었다.

"미안해, 뭔가 한심한 모습을 보여서."

"아, 아뇨, 그런 일이 생기면…… 누구나, 그렇게 되니까요."

"하하, 그, 그런가아."

케이시는 여느 때처럼 웃으려다가 실패한 듯이 어색한 미소를 지었다.

그 웃음이, 창백한 얼굴이, 미덥지 못하게 떨리는 손이…… 모니카의 마음을 아프게 했다.

두 사람은 학원 건물 동쪽 복도를 걸었다. 의무실까지는 아직 조금 거리가 있다.

모니카는 한 번 입술을 깨물고는 입을 열었다.

"목재를 묶었던 밧줄에는…… 날붙이로 자른 흔적이, 있었어요."

"어, 그럼…… 그건 우연한 사고가 아니라…… 설마 학원에 가져오기 전부터 밧줄을 잘라 둔 거야? 업자가 누군가의 목숨을 노리고?"

모니카는 케이시의 말에 고개를 절레절레 흔들었다.

"아니요. 흔적을 잘 보면 도중까지는 날붙이로 자르고, 이후에는 자연스레 끊어지게 되어 있었어요. 제가, 계산해 봤어요. 밧줄에 그 정도 깊이로 상처를 냈을 경우, 밧줄이 끊어지기까지 걸리는 시간은 몇 초인가."

목재의 정확한 무게를 모르니까 대략적인 수치지만요, 라고 전제를 두고 모니카가 말했다.

"5초에서 15초, 에요."

그 밧줄은 상처를 남긴 지 10초 전후로 완전히 끊어졌다.

즉, 밧줄은 학원에 가져오기 전에 자른 게 아니라, 그 자리에 있던 누군가가 자른 것이다.

그리고 모니카는 알고 있다. 요전의 침입자 소동으로 지금 이 학원은 외부인이 부지 안으로 들어올 때 소지품 검사를 진행한다.

외부인의 날붙이 소지는 불허한다. 필요하면 무조건 학원에 신청해서 빌려야 한다.

"……업자는 날붙이를 못 가져오니까 밧줄에 상처를 남길 수, 없어요."

케이시가 무표정한 얼굴을 했다.

모니카는 딸꾹질을 일으킬 것 같은 목을 떨면서, 말했다.

"……케이시가, 밧줄을, 자른 건가요?"

모니카의 손에서 케이시의 손이 빠져나갔다.

케이시는 모니카 앞으로 몇 걸음 걸어가더니, 거기서 발을 멈추고 빙글 돌아봤다.

그 얼굴에 떠오른 것은…… 평소와 다름없는 쾌활한 미소다.

"아하하, 들켜버렸나아……. 그래, 맞아. 내가 했어."

놀랄 만큼 가볍게 자백한 케이시는 주머니에서 작은 나이프를 꺼내 보여 줬다.

모니카는 아아, 하는 소리를 내려고 했지만 차마 그러지 못했다.

"……어, 째서?"

"모니카가 싫어서 조금 심술을 부리고 싶었거든. 사실 그 목재로 모니카를 노렸어. 그런데 그만 실수해서 목재가 내 쪽으로 쓰러졌지 뭐야. 이야~ 곤란했어."

케이시의 그 말투와 웃음은 평소 모습을 가장하고 있었다.

그러나 여전히 연기하는 기색이 남아있었다. 케이시의 말에는 마치 준비된 대사를 그대로 말하는 듯한 위화감이 있었다.

이어지는 말이 평소보다 빠르고, 시선은 결코 모니카를 향하지 않았다.

케이시는…… 거짓말을 하고 있다.

"……거짓말, 이에요."

"거짓말 아냐. 나, 처음 만났을 때부터 네가 싫었어."

케이시의 말이 모니카의 가슴을 후벼 팠다. 평소의 모니카였다면 여기서 울상을 지으며 고개를 숙였을지도 모른다.

그러나 지금 모니카의 마음속에는 그 이상으로 강한 위화감이 있었다.

"케이시, 뭘 숨기는 거죠?"

"기분 나쁘네~ 숨기는 건 없어. 나는 네가 싫어서 심술을 부리려고 했을 뿐이라니까."

케이시는 입꼬리가 일그러지게 들어 올려서, 그야말로 심술궂은 표정으로 모니카를 바라봤다.

"다과회 수업 때, 누가 모니카의 홍차를 버렸던 거 기억해?"

"……네."

"사실 내가 그런 거야"

태연한 말투, 미안한 척도 하지 않는 태도.

그런데도 모니카의 가슴에는 분노가 일지 않았다. 그저 위화감과 슬픔만이 쌓였다.

모니카는 시선을 내리깔고 나지막하게 중얼거렸다.

"……알고, 있었어요."

"어?"

케이시가 깜짝 놀라 눈을 깜빡이자, 모니카가 치맛자락을 움켜쥐며 말했다.

"……저, 옛날에, 괴롭힘을 당한 적이 있는데, 누가 자주 물건을 감춰서…… 제 개인 물건에는, 이름을, 적지 않아요."

모니카는 홍차 병을 선반에 놓을 때, 케이시에게 표식으로 쓸 종이를 받았다.

케이시는 종이에 자기 이름을 적었지만, 모니카는 누군가에게 버려질까 걱정해서 이름을 적지 않았다.

그래서 종이 끄트머리에 주름을 만들어서 자기만 아는 표식을 남긴 것이다.

"그때, 제가 종이에 주름을 만드는 모습을 본 건…… 케이시뿐, 이에요."

겁쟁이에다 신중한 모니카는 종이에 주름을 만들 때도, 병을 선반에 올려놓을 때도 누군가가 보지 못하도록 철저하게 몸으로 가렸다.

……즉, 모니카의 찻잎이 든 병이 뭔지 아는 건 케이시뿐이었다.

그리고 고용인이 없는 케이시는 직접 홍차를 타야 해서 모니카보다 조금 먼저 자리에서 나와 준비실로 이동했다. 케이시는 그 타이밍에 모니카의 홍차를 버린 것이리라.

모니카의 지적을 듣자, 케이시는 멍한 표정을 짓다가 이윽고 앞머리를 들어 올리면서 공허하게 웃었다.

"아하하, 역시 당신은 머리가 좋네. 그렇구나……. 그렇게 예전에 들켰었나아."

"하지만, 케이시는, 언제나, 저를 도와줬어요…… 그래서, 뭔가 착각한 걸지도 모른다고, 생각해서……."

찻잎이 버려져서 큰 충격을 받은 모니카에게 케이시는 자기 홍차를 쓰면 된다고 제안했다.

그것만이 아니다. 댄스 연습을 도와주기도 하고, 점심 식사를 함께하자고 권유하는 등, 케이시는 언제나 모니카를 신경 써 주고 도와줬다.

그래서 모니카는 줄곧 진실에서 눈을 돌려 왔다. 뭔가 착각한 거라고 자신을 타이르면서.

모니카가 당장에라도 눈물을 터트릴 듯한 표정을 짓자, 케이시가 말했다.

"실은 난 전하의 신부가 되어 미래의 왕비가 되고 싶거든. 그래서 전하가 눈여겨보는 모니카와 친하게 지내면 전하에게 접근할 기회가 늘어날지도 모른다고 생각했어. 그래서 모니카에게 다정하게 대해서 친구인 척을 한 거야……. 하하, 너무하지?"

그 목소리는, 모니카가 잘 아는 케이시의 목소리였지만, 왠지 매우 얄팍했다.

케이시의 말은 언뜻 논리적으로 들린다. 그러나 모니카의 가슴에는 여전히 꺼림칙한 위화감을 떨쳐 내지 못했다.

모니카는 사람을 대하는 게 거북하다. 그래서 지금까지는 눈앞에 있는 상대를 관찰해 본 적이 별로 없었다.

하지만 이 학원에 온 뒤로 여러 사람과 만난 모니카는 아주 약간이나마 '타인을 아는 법'을 익혔다.

그렇기에 말할 수 있다. 케이시가 무언가를 숨긴다는 것을.

그러나 그 '무언가'를 모르는 모니카는 답답함에 교복 가슴팍을 움켜쥐었다.

(……케이시는, 뭘 숨기는 거지?)

어서 알아내지 못하면 돌이킬 수 없게 된다.

그런 예감이 든 모니카가 초조해하는데 복도 창문이 힘차게
열리면서 남자 한 명이 뛰어내렸다.

"모니카!"

1층이라고는 해도 창문에서 뛰어내리는 비상식적인 행동을
하는 학생이 세렌디아 학원에 있을 리가 없다.

그도 그럴 게 창문에서 뛰어내린 것은 흑발 청년—— 인간으
로 변신한 네로였으니까.

네로는 언제나 고풍스러운 로브 차림이지만, 지금은 세렌디
아 학원 남학생용 교복을 입었다.

"……네, 로? 그 옷, 어떻게 된 거야?"

"오, 잘 만들었지? 엄청 노력해서 재현했다고! 보고 흉내 낸
거라 천이 조금 얇지만…… 아니, 이럴 때가 아니지."

네로가 날카로운 시선으로 서쪽을 바라보며 빠르게 말했다.

"서쪽 창고에 이상한 마력 반응이 있어. 게다가 서서히 강해
지고 있다고."

케이시는 창문에서 나타난 수수께끼의 남자를 보고 놀랐지
만, 그 말을 듣자마자 새파래졌다.

모니카는 즉시 무영창으로 감지 마술을 발동했다.

마력 방향은 지금 있는 학원 건물 동쪽과 정반대인 서쪽 창
고. 분명히 그곳에 마력 반응이 있었다.

그것은 감지 마술에 걸리기 어렵게 위조되어서 네로의 지적이 없었다면 모니카도 눈치 못 챘을 것이다.

(속성은 불, 주변 마력을 흡수해서 압축, 그리고 이 내면에서 소용돌이치는 마력의 흐름은…… 설마!)

일찍이 미네르바에 재적했을 무렵, 마도구 수업에서 모니카는 이 독특한 마력 흐름을 본 적이 있었다.

살상 능력이 매우 높은 암살용 마도구. 그 이름은…….

"…… '나염(螺炎)'."

모니카가 그 단어를 입에 담은 순간, 케이시는 눈을 크게 뜨더니 가느다란 목소리로 중얼거렸다.

"어떻게 모니카가 '나염'을 아는 거야……?"

그 중얼거림을 들은 순간, 지금까지 케이시가 보인 행동이 하나로 연결됐다.

서쪽 창고에서는 불꽃놀이용 화약 반입이 한창이다. 그곳에 입회한 사람은 펠릭스와 엘리엇.

케이시가 모니카에게 접근해서 친구인 척했던 진짜 이유. 그것은…….

"케이시의 목적은………… 전하의, 암살?"

케이시는 대답하지 않았다.

그러나 그 굳은 얼굴이 모든 것을 말해 주었다.

11장 나의 책무

학원제에서 사용하는 화약은 크게 나눠서 두 종류다. 정해진 시간에 맞춰 하늘로 쏘아 올리는 것과 무대 연출에 사용하는 것이다.

전자는 학원제 전날에 옮기지만 후자는 리허설 등에도 사용하기에 미리 옮기기로 되어 있다.

반입 장소에는 학생회 임원 펠릭스, 엘리엇 말고도 무대 연출 담당 메이벨 헤인즈 양이 입회했다.

무대 연출에 사용하는 화약은 전문 업자가 다루지만 무대 연출 담당도 취급상 주의점 등을 알아둘 필요가 있기 때문이다.

메이벨 헤인즈는 고등과 3학년의 이지적인 여학생이다.

안경이 어울리는 지적인 얼굴로 평소에는 창가에서 조용히 책을 읽는 영애지만 무대 연출이 얽히면 사람이 달라져서 눈을 반짝거리기로 유명하다.

그런 메이벨은 반입 작업을 지켜보는 펠릭스에게 다가가서는 아양 떠는 걸 숨기지도 않은 간드러진 목소리로 "전, 하." 라고 속삭였다.

"요전에 드린 이야기, 생각해 주셨나요?"

"아아, 무대에 나와 달라는 것 말이야? 그거라면 그 자리에서 거절했을 텐데."

"전하께서 학생회 임원이라 대단히 바쁘신 건 알아요. 하지만, 잠깐, 아주 잠깐이라도 좋아요. 초대 국왕의 마지막 장면, 마지막 장면만이라도 부디 전하께서 맡아 주시면 안 될까요?"

옆에서 리스트를 보던 엘리엇이 말없이 펠릭스에게서 떨어질 만큼 메이벨의 압박은 강했다.

펠릭스는 그런 엘리엇을 힐끔 곁눈질하고 메이벨을 설득했다.

"그때까지 다른 사람이 연기하다가 마지막 장면에만 내가 나오면 연극 완성도가 떨어지잖아."

"그으으으렇지 않아요! 틀림없이 무대를 본 모두가 환성을 내지르고 울면서 쓰러질 거예요! 그럼요, 그럼요. 저에게는 들려요. 관객들의 환성과 대지를 가를 듯한 박수 소리가!"

펠릭스는 "호들갑이네."라면서 메이벨의 주장을 흘려버렸다.

메이벨은 정말로 평소에는 얌전하고 조용한 숙녀다. 무대 연출이 얽히면 말이 많아지지만.

"원래는 초대 국왕역으로 전하, 바람의 정령왕 셰필드를 시릴 님, 물의 정령왕 루루첼라를 브리짓 님, 대지의 정령왕 아크레이드를 엘리엇 님이 연기해 주셨으면 했어요······. 학생회 임원분들은 모두 아름다우시니까요. 정말 무대에 서기만 해도 박력이! 다르다고요!"

펠릭스는 못 들은 척하고 묵묵히 나무 상자를 확인했다.

메이벨은 그런 펠릭스의 정면에 서서는 사랑을 하는 소녀보다도 뜨거운 시선으로 올려다봤다.

"부디, 한 번만 더 생각해 주실 수 없을까요? 왕비역인 엘리안 양도 영웅 랄프 역은 꼭 전하가 좋겠다고 말했어요."

"…………흐음."

엘리안. 그 이름이 나온 순간, 펠릭스의 푸른 눈이 아주 약간 그늘졌다.

그러나 펠릭스는 입가의 부드러운 미소를 그대로 유지하면서 메이벨에게 말했다.

"그렇다면 여기서 정식으로 대답하겠어. 우리 학생회 임원은 무대에 오를 수 없어. 이 이상 물고 늘어진다면 학생회 업무 방해로 판단할 수밖에 없어."

강한 거절을 듣자 메이벨은 "으윽." 하고 숙녀답지 않은 소리를 내더니 손수건을 물어뜯었다.

그런 메이벨을 보고 펠릭스는 신랄한 태도를 거뒀다.

"내가 무대에 서지 않아도 연극은 성공하리라 믿어. 아무쪼록 내 기대를 배신하지 않는 근사한 무대를 만들어 줘."

이런 말까지 들었으니 메이벨도 더는 물고 늘어질 수 없었다.

메이벨을 능숙하게 뿌리친 펠릭스가 확인 작업으로 돌아가자, 떨어져서 보던 엘리엇이 자연스러운 발걸음으로 돌아왔다.

"메이벨 양을 멋지게 구워삶았잖아. 역시 전하…… 하지만 괜찮겠어? 엘리안 양은 전하를 상대역으로 바랐다면서?"

엘리안은 펠릭스와 육촌 관계다. 펠릭스의 조부 크록포드 공작은 엘리안을 펠릭스의 약혼자로 생각하는 모양이었다.

그러나 펠릭스는 진심으로 아무래도 좋다는 듯이 살짝 어깨를 으쓱했다.

"학생회 업무가 바쁜 건 사실이니 어쩔 수 없지. 엘리안 양도 그 정도는 분별할 수 있을 거야."

"학원 3대 미인 중 한 명을 뿌리치다니, 정말이지 대단한 이야기라니까."

'마음에도 없는 소리를 하는군.' 펠릭스는 목소리를 내지 않고 중얼거리고는 목록으로 시선을 내렸다.

펠릭스는 크록포드 공작이 준비한 약혼자 후보가 싫은 건 아니었다. 그저 흥미가 없을 뿐이다.

펠릭스는 약혼자 후보나 준비된 빛나는 미래는 물론 펠릭스 아크 리디르를 위해 마련된 모든 것에 흥미가 없다.

(……나는 반드시, 왕이 되어야 해.)

설령 크록포드 공작의 꼭두각시라 불린다 해도.

＊＊＊

"……크록포드 공작의 꼭두각시를 왕으로 만들 수는 없어."

케이시는 악문 이빨 틈으로 낮게 신음했다.

그 얼굴에 평소와 같은 쾌활한 미소는 없고, 눈은 어두운 절망에 물들어 있었다.

모니카는 비로소 이해했다.

동쪽 창고에서 케이시가 목재를 쓰러뜨리고, 자작 사고를 일으킨 것은 알리바이를 만들기 위해서였던 거다.

만약 같은 날, 두 군데에서 사고가 일어나면 대부분의 사람은 둘 다 펠릭스의 목숨을 노린 동일범 소행이라고 생각하게 된다.

그렇기에 둘 중 어느 사건에 말려들면 주변의 의심 어린 시선을 피할 수 있다.

만약 케이시가 목재에 깔려 크게 다치기라도 한다면 아무도 케이시가 범인이라고 생각하지 않으리라.

그러면 케이시는 말려든 일반인인 척할 수 있다.

(……그렇다고 해서, 그런, 위험한 짓을.)

조금만 잘못됐어도 목재에 깔려서 죽을 뻔했다.

케이시의 위태로운 줄타기는 모니카의 등골을 서늘하게 했다.

"어째서…… 케이시…… 어째서……."

어째서 이렇게까지 해가며 펠릭스의 목숨을 노려야 했는가.

위험한 마도구를 가져오고 일부러 사고를 가장해서 알리바이를 만들면서까지.

모니카가 혼란에 빠지자, 케이시는 절망해 일그러진 얼굴로 입꼬리를 실룩거리며 웃었다.

"펠릭스 전하가 차기 국왕이 되면…… 그 배후에 있는 크록포드 공작은 랜들 왕국과 전쟁을 시작할 거야. 꼭두각시인 제2왕자는 그걸 막을 수 없어."

랜들 왕국. 리디르 왕국과 제국 사이에 있는 소국── 제1왕자 어머니의 출신국이다.

초콜릿을 마셨을 때 펠릭스가 가르쳐 줬다. 제1왕자파는 랜들 왕국과 연결고리가 강하다고.

……하지만 펠릭스는 제2왕자파가 랜들 왕국에 어떤 감정을 품었는지까지는 말하지 않았다.

"얼마 전, 크레메 근처에서 지룡이 나왔던 거 기억해?"

어째서 갑자기 용 이야기를 하는 거지? 모니카는 의아해 하면서도 살짝 끄덕였다.

크레메의 지룡── 잊을 리가 없다. 글렌의 공적인 척하고 모니카가 무찌른 용이다.

"지나가던 마술사가 지룡을 퇴치했다고 들었을 때, 안심한 동시에…… 부럽다고 생각했어. 우리 고향에서 지룡이 나왔을 때, 마술사 같은 건 없었어. 마을 하나가 사라지고 희생자도 잔뜩 나왔거든."

설령 그 자리에 마술사가 있었더라도 용을 간단히 퇴치할 수는 없다. 용은 마력 내성이 높아서 미간을 정확하게 맞혀야 해치울 수 있기 때문이다.

그건 케이시도 알 텐데도 부럽다고 생각할 수밖에 없다며 일그러진 얼굴로 말했다.

그건 많은 용 재해를 겪어서 많은 걸 잃어 온 사람의 얼굴이다.

"우리 고향은 말이지, 랜들과의 국경에 있어. 용 재해가 빈번해도 다른 귀족에게 부탁할 돈이 없어서 언제나 힘들었어."

왕도의 용기사단은 도착하는 데 시간이 걸린다. 군사력이 있는 인근 귀족에 의지하려면 돈이 필요하다.

케르벡 백작처럼 인근 귀족에게 군사 지원을 해 주는 사람도 있지만, 그것도 자선 사업은 아니다. 군을 유지하려면 막대한 돈이 필요하니까.

"……병사도 없고, 돈도 없어. 백성도 토지도 용과의 싸움으로 피폐해졌어. 그런데도 이 나라는 우리를 도와주지 않았어."

중앙 귀족과 지방 귀족의 알력 이야기는 모니카도 들은 적이 있다.

왕도 용기사단은 정예부대지만 하위종 용 한 마리 정도로는 움직이지 않는 게 현실이다.

"그런 우리를 비밀리에 도와준 게 랜들이야. 우리 가문은 대대로 랜들과 교류가 있어서…… 그 나라 사람들이 몰래 국경을 넘어서 기사단을 파견해 우리 고향을 도와줬어."

랜들 왕국 기사단이 비밀리에 국경을 넘는 건 당연히 국가 간 규정을 위반하는 일이다.

그러나 용을 두려워하며 살아가던 케이시의 고향 사람들에게 그건 얼마나 고마운 일이었을까.

왕국의 용기사단은 언제나 우선순위가 높은 곳부터 파견된다. 재원이 적은 변경 시골이 뒤로 미뤄지는 건 어찌 보면 당연한 일이다.

케이시가 자신들을 구해주지 않는 자국보다 랜들 왕국에 은혜를 느끼는 건 당연한 일이었다.

"펠릭스 전하를 끼고 있는 크록포드 공작은 랜들을 침략하려 해. 제국과 전쟁을 벌이고 싶은 크록포드 공작은 랜들을 그 발판으로 삼을 작정인 거야."

케이시의 눈 속에 있는 것은 절망과 강한 분노.

케이시는 그 눈으로 겁을 먹고 우두커니 선 모니카를 바라보면서 낮은 목소리로 내뱉었다.

"용서할 리가 없잖아? 크록포드 공작도, 그 꼭두각시인 제2왕자도."

케이시가 손에 든 나이프를 모니카에게 겨눴다. 그러나 네로가 곧장 그 손을 비틀었다.

네로는 케이시를 억누른 채, 금색으로 빛나는 눈을 펠릭스가 있는 방향으로 돌렸다.

"이봐, 어쩔 거냐. 모니카! 슬슬 서쪽 창고가 위험하다고!"

"…………윽!"

'나염'은 암살 목적으로 만든 마도구다. 크기는 손바닥에 올라가는 브로치 정도다.

한 번 기동하면 주변 마력을 흡수해 안에 모으다가 마력이 일정량에 도달하면 불꽃을 흩뿌리며 폭발한다.

그 불꽃이 마치 나사처럼 고속으로 회전하며 대상을 꿰뚫기에 '나염'이라는 이름이 붙었다.

특징은 뭐니 뭐니 해도 살상 능력이 높다는 점이다. '나염'의 불꽃은 웬만한 방어 결계는 가볍게 관통할 정도로 위력이 강하다. 그렇기에 '나염'은 마술사 킬러라고 불리기도 한다.

단점은 유효 범위가 좁다는 것. '나염'은 강력하지만 그만큼 비거리가 짧다.

그러나 만약 그게 화약을 반입한 창고에서 폭발한다면 틀림없이 심각한 피해가 발생한다.

살상 능력이 높은 '나염'을 화약 옆에 설치한다는 공들인 공작. 거기에 담긴 건, 틀림없는 진짜 살의다.

'나염'은 확실하게 암살하기 위한 마도구. 케이시가 의식을 잃거나, 혹은 목숨을 잃더라도 멈추지 않는다.

막을 방법은 단 하나, 케이시가 마도구 정지를 지시하는 것뿐.

"부탁…… 부탁이에요, 케이시……. '나염'을, 멈춰 주세요……!"

모니카가 애원하자, 케이시는 네로에게 구속당한 채 고개를 천천히 가로저었다.

"안 돼. 나는 고문을 당한다 해도 '나염'을 멈추지 않을 거야. 펠릭스 전하 암살을 완수해야만 해."

케이시의 단단한 결의가 모니카를 움츠러들게 했다.

모니카가 아무리 울고 소리쳐도 케이시는 '나염'을 멈추지 않으리라.

"이봐, 시간이 없어. 모니카!"

네로가 우두커니 선 모니카를 질타했다. 모니카의 눈에 눈물이 배어 나왔다.

이런 건 싫다며 어린애처럼 울며 소리칠 수 있다면 얼마나 좋았을까.

그러나 여기서 모니카가 아무것도 안 하면 큰 피해가 생긴다.

학원은 엉망진창이 되고 펠릭스는 물론 그 근처에 있는 사람들도…… 수많은 사람이 다치고 목숨을 잃는다.

(그것만큼은, 안 돼…….)

모니카는 눈물에 젖은 눈을 감았다.

학생회 임원에 걸맞게 행동하는 것이 학생회 회계 모니카 노튼의 책무라면…….

(……이건 칠현인인, 나의…… '침묵의 마녀'의 책무.)

댄스나 다과회 때는 모두에게 도움을 받았지만, 이것만큼은 모니카가 혼자서 해야만 한다.

자기 가슴속에서 솟구치는 우는소리를 전부 끊어낸 모니카는 지금 상황에서 자신이 할 수 있는 모든 수단을 모색했다.

(확성 마술을 써서, 전교생에게 피난을 재촉할까? 아냐, 안 돼. 내가 말해 봤자 설득력이 없으니까, 믿어주지 않아. 바람 마술을 써서, '나염'만 하늘로 날려버릴까? ……안 돼. '나염'은 고정식 마도구니까, 벽이나 바닥에 고정됐을 거고, 주변 마력을 흡수하는 성질이 있으니까, 자칫하면 내 마술이 발동함과 동시에 폭발할 거야.)

역시 최선의 선택지는 '나염'을 결계에 가둬서 불꽃을 억누르는 거다.

모니카는 원격 마술이 가능하기에 이곳에서도 아슬아슬하게 결계를 칠 수 있다.

문제는 결계의 강도다. '나염'은 어지간한 결계는 뚫어 버릴 만큼 파괴력이 강하다.

(내가 모든 마력을 쏟아부으면 '나염'의 위력을 줄일 수 있어……. 하지만, 그것만으로는 안 돼. 완전히 봉쇄하지 않으면

화약에 불이 붙어서 대참사가 벌어져. 루이스 씨의 결계 정도로, 강력한 결계가 아니면……!)

그때, 아이디어 하나가 하늘의 계시처럼 모니카의 머리를 스쳤다.

모니카는 창문으로 달려가면서 네로에게 말했다.

"네로, 나, 지금부터 학원을 공격할게!"

"……뭐라고?"

"전에 말했잖아. 이 학원이 외부에서 공격을 당하면 루이스 씨의 방어 결계가 발동해. 그 결계의 발동 지점을 조사해 줘."

모니카는 네로의 대답을 기다리지 않고 무영창 마술을 써서 강대한 바람의 창을 다수 만들어냈다.

기본적으로 공격 마술은 술자 주변에 발생해서 목표를 향해 날아가는 게 보통이다.

그러나 모니카는 그보다도 상위의 원격 마술을 사용해서 학원 부지 바깥에 바람의 창을 만들어 학원을 공격했다.

이 학원에는 '결계의 마술사' 루이스 밀러가 대규모 방어 결계를 쳐 놨다.

모니카가 바람의 창을 날리자, 루이스의 결계는 그것을 '외부에서 날아온 공격'으로 인식해서 즉시 학원 전체를 방어벽으로 감쌌다.

강고한 결계는 모니카가 날린 바람의 창을 손쉽게 튕겨냈다. 역시 '결계의 마술사'가 친 결계다. 격이 다른 강도다.

"네로! 결계 발동 지점이 어디야!"

"여기에서 가깝네. 구 정원 부근 아닐까?"

"나를 거기까지 데려다줘!"

네로는 "오냐."라고 가볍게 대답하고는 왼쪽 어깨에 케이시를, 반대쪽 어깨에 모니카를 가볍게 둘러멨다.

그리고 네로는 창틀을 가볍게 뛰어넘어서 착지와 동시에 전속력으로 달렸다.

네로에게 업힌 케이시가 모니카를 노려봤다.

"……무슨 짓을 해도 소용없어. '나염'은 이제 곧 발동해. 모니카가 할 수 있는 건 아무것도 없어."

"아니요."

모니카답지 않게 강하게 부정하자, 케이시가 약간 눈을 크게 떴다.

모니카는 평소처럼 오들오들 떠는 표정을 거두고 자기 자신을 타이르려는 듯한 강한 말투로 중얼거렸다.

"저라면 막을 수 있어요……. 아니, 제가 막아야 해요."

그리고 모니카는 눈을 감으며 마음속으로 결의를 다졌다.

(왜냐하면 나는…… 칠현인 '침묵의 마녀'니까.)

＊＊＊

케이시 그로브에게는 세 명의 오빠가 있었지만, 셋 다 용 토벌에 나섰다가 다시는 돌아오지 못했다.

큰오빠는 익룡에게 붙잡혔다가 높은 곳에서 떨어져 목뼈가 부러져서 즉사했다.

둘째 오빠는 적룡의 발톱에 찢어졌는데 돌아온 시신에는 손발이 없었다.

셋째 오빠는 적룡의 화염 브레스에 불타 죽었다. 불에 타서 짓무른 피부는 투구와 갑옷에 달라붙어서 벗겨내지 못했기에 갑옷 차림 그대로 매장할 수밖에 없었다.

용의 위협에 직면할 때마다 아버지는 몇 번이고 몇 번이고 용기사단 출동을 요청했다. 그러나 용기사단이 제때 온 적은 거의 없었다.

케이시의 고향 브라이트는 리디르 왕국에서는 중요도가 낮은 메마른 토지다. 그래서 중앙 귀족은 돌아보지도 않는다.

오히려 국경이 가까운 이 토지에 용이 많으면, 그만큼 이웃 나라에서 쳐들어올 가능성이 낮아진다.

용은 약소 귀족보다 더 도움이 되는 방어선이라며 빈정대는 자도 있었다. 이 토지에 사는 이들은 생각하지도 않은 채.

용의 공격으로 토지가 황폐해지고, 가족을 빼앗기고…… 절망의 늪에서 허우적대던 케이시의 고향을 구해준 것이 랜들 왕국 기사단이다. 그들은 비밀리에 브라이트령으로 달려와 용 퇴치를 도와줬다.

아무래도 케이시의 할머니가 랜들 후작가 사람이었던 모양이라, 그 인연으로 와 줬다고 한다.

그 지원이 나라에서 버림받은 케이시의 고향 사람들에게 얼마나 고마웠는지 모른다.

그로부터 케이시네 아버지 브라이트 백작과 랜들 왕국 귀족은 비밀리에 연락하며 나라의 정세를 주고받게 되었다.

그중에서도 자주 화제에 오른 것이 리디르 왕국의 중진 크록포드 공작.

제2왕자 어머니의 조부이자, 리디르 왕국에서 가장 권력이 강한 그 남자는 제국과의 전쟁을 상정하고 그 발판으로 랜들 왕국을 침략할 생각을 한다.

이대로 제2왕자가 국왕이 된다면 그 악몽이 실현되고 만다.

그렇기에 케이시는 고뇌하는 아버지에게 물었다.

『아버님, 제가 뭔가 할 수 있는 일이 있을까요?』

아버지는 완전히 초췌해진 얼굴로 갈등했다.

이 상황에서 갈등한다는 건, 선택지가── 케이시가 할 수 있는 일이 있다는 뜻이다.

그래서 케이시는 아버지를 생각하는 딸이 아니라, 브라이트 백작가 일원으로서 아버지에게 말했다.

『아버님. 제가 할 수 있는 일이라면 뭐든 명해 주세요.』

각오를 다진 케이시의 말을 듣자, 브라이트 백작 얼굴에서 갈등이 사라졌다.

『세렌디아 학원으로 가서 펠릭스 전하를 조종해라. 만약 그게 불가능하다면…….』

브라이트 백작은 서랍에서 작은 상자를 꺼냈다.

작은 상자에 들어있는 건 언뜻 보기에는 붉은 보석이 들어간 브로치 같았다.

그러나 장식틀 뒤에는 옷에 매달기 위한 핀 대신 긴 압정 세 개가 수직으로 뻗었다. 이건 어딘가에 꽂기 위해 쓰는 물건이다.

『이것은 암살용 마도구 '나염' …… 여차할 때는 이걸로 전하를 살해해라.』

* * *

(대체 무슨 일이 일어나는 거야……?)

흑발 남자에게 붙잡혀서 어깨에 업힌 케이시는 혼란스러웠다.

이 네로라는, 어딜 봐도 학생 나이가 아닌데 교복을 입은 남자도 이상하지만 그것보다 더 이상한 건 모니카다.

모니카가 '나염'을 아는 데도 놀랐지만 그걸 무력화할 수 있다는 말에 다시 한번 놀랐다.

(가능할 리가 없어…….)

케이시는 '나염'이 얼마나 강한 물건인지 아버지에게 들었다.

'나염'의 단점은 기동을 명하고 나서 발동할 때까지 조금 시간이 걸린다는 것, 유효 범위가 좁다는 것이다.

그렇기에 케이시는 사전에 면밀하게 준비했다.

'나염'을 기동하는 순간은 애보트 상회의 화약이 창고에 반입되고 그 창고에 펠릭스가 접근했을 타이밍이 바람직하다. 그러면 '나염'이 펠릭스에게 직격하지 않더라도 화약이 터져 화재가 일어나면 확실하게 처리할 수 있다.

절도범이 애보트 상회를 가장해서 학원에 침입했을 때는 예정보다 너무 빠르다며 초조해했었다.

그래서 그때 케이시는 몰래 낌새를 보러 갔다가…… 거기서 모니카를 만났다.

(만약 그 침입자가 거기서 절도에 성공해서 학원제가 중지되었다면, 분명 암살 계획도 엉망이 되었을 거야……. 말이 폭주해서 절도범이 자멸한 건 행운이었어.)

무엇보다 그 소동 덕분에 모니카와──제2왕자와 같은 학생회 임원과 친해졌다.

모니카의 친구가 된다면 제2왕자의 일정을 들을 수 있을지도 모른다. 그래서 케이시는 적극적으로 모니카와 교류했다.

다과회 수업에서 모니카의 찻잎을 버린 것도 곤란해하는 모니카에게 손을 내밀어 절대적인 신뢰를 얻기 위해서였다. 그렇게 케이시는 조금씩 제2왕자를 암살할 기회를 노렸다.

그리고 찾아온 화약 반입 작업, 입회하는 건 타깃인 제2왕자.

그야말로 절호의 기회였다. 이미 '나염'은 기동했다. 이제는 발동하길 기다리기만 하면 된다.

(……그런데, 어째서…….)

모니카는 평소에 오들오들 떨던 표정이 거짓말인 것처럼 무표정했고, 뭔가를 고민했다.

케이시는 그 옆얼굴을 알고 있었다.

그것은 용 토벌을 나가는──전투를 결의한 오빠들의 옆얼굴과 똑같았다.

＊＊＊

구 정원 앞에 도착한 네로는 문을 보고 인상을 찌푸렸다.

"모니카, 문이 잠겼어. 아무리 이 몸이라도 이걸 뛰어넘는 건 좀 힘들다고."

모니카는 네로의 어깨에서 내려오고는 문의 자물쇠를 향해 손가락을 뻗어서——무영창으로 불 마술을 사용했다.

손톱 끝만큼 작은 화염구다. 그러나 4중으로 강화한 그 화염구는 모니카가 손가락을 까딱하자마자 금속제 자물쇠를 손쉽게 태워서 끊어 버렸다.

금속이 타는 냄새를 풍기면서 자물쇠가 지면에 툭 떨어졌다.

그 광경을 본 케이시가 숨을 삼켰다. 모니카는 일부러 앞만 바라보면서 구 정원 안으로 들어갔다.

손질 안 된 잡초투성이 구 정원. 그 중심에 있는 건 낡은 분수.

모니카는 분수 가장자리에 손을 짚어서 내부를 들여다봤다. 지금은 사용하지 않는 분수 밑바닥에는 빗물이 고였고, 이끼가 빼곡하게 달라붙어 있다.

그 이끼 틈새에 마법진이 보였다. 네로가 케이시를 어깨에 둘러멘 채 분수를 들여다봤다.

"이게 네 동기인 성격 나쁜 룬타타가 학원을 보호하기 위해 쳤다는 결계냐. 그래서 이걸로 뭐 어쩌려고?"

"'나염' 대처용으로 고칠 거야……. 네로, 잠깐 물러나."

그렇게 말한 모니카는 분수 밑바닥에 있는 마술식 일부를 손가락으로 만졌다.

대규모 방어 결계 주변에는 그 결계를 고쳐 쓰려할 때 발동하는 함정이 설치되어 있다. 이 함정이 어떤 것인지는 모니카도 읽어 내는 게 불가능하다.

여기서는 일부러 함정을 발동시키고 무력화할 수밖에 없다.

모니카는 어떤 공격이 오더라도 바로 방어 결계를 칠 수 있게 경계하면서 마술식에 자신의 마력을 흘려 넣었다.

(……어라? 아무 일도 안 일어나잖아? 린 씨는 함정이 걸려 있다고 했는데…….)

"모니카, 밑이다!"

네로가 외치면서 모니카의 목덜미를 잡고 뒤로 물러났다.

그 순간, 분수 주변의 지면이 융기하면서 뭔가 힘차게 튀어나왔다.

한순간 가느다란 뱀인 줄 알았지만 잘 보니 아니었다. 끄트머리가 갈라진 그것은 녹색 덩굴이었다. 덩굴은 무시무시한 속도로 자라서 분수를 뒤덮었다.

덩굴에는 예리한 가시가 빼곡하게 돋아나 있고, 드문드문 작은 봉오리가 있었다. 그 봉오리가 금세 부풀어 올라 선명한 붉은색 장미꽃을 피웠다.

분수를 뒤덮은 아름다운 장미 우리. 그것에서는 환상적인 아름다움마저 느껴졌다……. 그러나 덩굴은 목을 쳐들고 위협하는 뱀처럼 분수 주변에서 꿈틀댔다.

섣불리 접근하면 저 덩굴에 휘감겨서 뜨거운 맛을 보리라.

네로가 콧등에 주름을 잡으며 신음했다.

"진짜 살의로 가득한 결계잖아. 모니카, 네 동기는 대체 얼마나 성격이 안 좋은 거야?"

"……아니야. 아마 이걸 만든 건…… 루이스 씨 혼자가 아닐 거야."

"뭣이라고?"

식물을 조종하는 건 땅 속성 부여 마술이다. 그러나 이 마술은 난이도가 굉장히 높다. 하물며 식물을 이렇게까지 단숨에 자라게 하는 건 아무나 가능한 일이 아니다.

모니카의 머릿속에 그게 가능한 단 한 명의 사람이 떠올랐다.

식물에 마력을 부여하는 것―― 특히 장미를 다루는 데 뛰어난, 리디르 왕국에서 가장 오랜 역사를 가진 명가의 마술사.

"나와 같은 칠현인―― '가시나무의 마녀' 님의 마술이라고, 생각해."

아마 학원을 보호하기 위한 대규모 방어 결계는 루이스가, 그 방어 결계를 고쳐 쓰는 걸 막는 함정은 '가시나무의 마녀'가 만든 것이리라.

이것은 이른바 칠현인 둘의 합작 마술이다.

모니카의 말을 듣자, 네로는 질색한 표정으로 한마디 했다.

"……역시 칠현인은 멀쩡한 녀석이 없구만."

"우으으."

모니카가 가슴을 누르며 신음한 그때, 장미 덩굴이 채찍처럼 휘어서 모니카 일행을 덮쳤다.

케이시가 네로의 어깨 위에서 허억, 하고 숨을 삼켰다. 그러나 모니카는 안색 하나 바꾸지 않고 무영창 마술로 바람의 칼날을 만들어 덩굴을 잘랐다.

덩굴은 무시무시한 절삭력을 가진 칼날에 잘린 것처럼 조각조각 잔해가 되어 허망하게 땅에 떨어졌다.

그러나 예리한 절단면에서 금세 새로운 덩굴이 자라났다. 이래서는 끝이 없다.

(이대로, 장미 덩굴을 계속 공격하다 보면, 언젠가는 완전히 제거하겠지만…… 그러면, 시간이 너무 오래 걸려.)

모니카는 바람 칼날로 덩굴을 공격하면서 동시에 감지 마술을 발동해 '나염'의 마력 반응을 확인했다.

서쪽 창고에 설치된 '나염'은 이미 발동 직전까지 마력이 부풀어 올랐다. 아마 발동까지는 앞으로 3분도 남지 않았으리라.

3분 안에 이 장미 우리를 부수고, 고쳐 쓰기 방지용 더미 술식을 해제하고, 방어 결계를 '나염' 용으로 바꿔야 한다──. 일반인이라면 불가능한 작업이다.

"그래서 어쩔 거냐? 모니카."

비아냥거리듯이 물어보는 네로의 어깨 위에서 케이시가 믿을 수 없는 것을 본 듯한 눈으로 모니카를 바라봤다.

그러나 지금 모니카에게는 네로의 목소리도, 케이시의 시선도 닿지 않았다.

모니카의 의식이 깊은 바닷속에 소리 없이 떨어진 것처럼 가라

앉았다.

빛도 소리도 닿지 않는 영역. 그곳에 있는 건 아름다운 수식과 마술식의 세계.

모니카는 눈이 핑핑 돌 정도로 날아다니는 숫자와 마술 문자를 올바르고 아름답게 짜 맞췄다.

영원할 것만 같은 황홀한 시간이었지만 현실에서는 고작 3초가 흘렀을 뿐이다.

영창도 없이 완성한 것은 막대한 마술 문자를 조합한 마술식.

"오, 그거 오랜만에 보는데."

즐겁게 중얼거린 네로의 어깨 위에서 케이시가 놀랐는지 눈을 크게 뜨고 멍하니 중얼거렸다.

"뭐야, 이게……."

분수 위에 하얀 빛 입자가 모이면서 문 하나를 만들었다.

그것은 일찍이 케르벡의 하늘에 나타나서 용을 격추한 마술── 정령왕을 소환하기 위한 문.

그 문을 만들어 낸 '침묵의 마녀'는 다물었던 입술을 열었다.

모니카는 대부분의 마술을 무영창으로 구사하지만 도저히 생략 불가능한 영창도 있다.

그것은 마술식 구성에는 상관없는 의례 영창이라 불리는 영창. 고위 존재를 소환할 때, 소환 대상에게 경의와 감사를 담아 바치는 말이다.

남들 앞에서는 입을 여는 것조차 무서워하는 모니카가 지금은 케이시 앞에서 그 의례 영창을 입에 담았다.

"──칠현인 중 한 명 '침묵의 마녀' 모니카 에버렛의 이름 아래…… 열려라, 문."

닫혀 있던 문이 소리도 없이 열리며 하얀 빛이 새어 나왔다.

강한 바람이 모니카의 연갈색 머리를 흔들었다.

바람에 흐트러진 앞머리 밑으로 가늘게 뜬 눈이 하얀 빛을 반사하며 선명한 봄날의 빛처럼 연두색으로 빛났다.

"──정숙의 녹색에서 나오라, 바람의 정령왕 셰필드!"

* * *

서쪽 창고 앞에서 반입 작업을 지켜보던 펠릭스는 자신의 주머니가 약간 꾸물거리는 걸 느꼈다.

하얀 도마뱀으로 변신한 정령 윌디아누가 주머니 안에서 움직인 것이다. 아무래도 뭔가를 전하려는 모양이었다.

펠릭스는 엘리엇에게 양해를 구하고 그 자리를 나와 나무 뒤에 숨었다.

"윌, 무슨 일이야?"

"……업무 중에 죄송합니다."

윌디아누는 펠릭스의 주머니에서 고개를 빼꼼 내밀고는 진정이 안 된다는 듯 주변을 돌아봤다.

아무래도 심상치 않은 윌디아누의 모습을 본 펠릭스가 다시 한 번 "윌?" 하고 되묻자, 윌디아누가 연한 물색 눈으로 펠릭스를 올려다봤다.

"이 주변 어딘가에서 정령왕을 불러내는 문이 열렸습니다."

"그건 누군가가 정령왕 소환 마술을 발동했다는 뜻이야?"

"네. 이 기척은 바람의 정령왕 셰필드 님일 겁니다."

정령왕 소환 마술이 가능한 자는 상급 마술사 중에도 거의 없다. 쓸 수 있는 건 그야말로 칠현인 수준 정도는 되어야 한다.

(칠현인 중 누군가가 근처에 있다? 바람의 마술이 특기인 건…… '결계의 마술사' 루이스 밀러인가?)

정령왕이 소환되다니, 심상치 않은 일이다. 대규모 전투나 그에 버금가는 무언가가 일어났다는 뜻이다.

"윌, 한동안 주변을 경계해 줘. 반입 작업이 끝나면 학원 안을 돌아보자."

"알겠습니다."

하얀 도마뱀은 고개를 살짝 끄덕이더니 펠릭스의 주머니로 돌아갔다.

펠릭스도, 감지가 서툰 윌디아누도 깨닫지 못했다.

바로 근처에 있는 창고 안에서 화염의 마력이 소용돌이치며 당장에라도 터질 기세라는 것을.

* * *

분수 위에 등장한 정령왕 소환 문은 전에 케르벡의 하늘에서 익룡을 격추했을 때보다 훨씬 작았다.

그러나 눈앞에 있는 장미를 날려 버리기에는 충분할 정도의 힘을 품고 있었다.

문에서 뿜어져 나온 바람은 하얀 빛 입자를 두르면서 하늘을 날았고, 곧 하얀 칼날로 모습을 바꿔 분수를 뒤덮은 장미를 갈기갈기 찢었다——. 분수 바닥에 있는 함정용 마술식과 함께.

장미 덩굴은 마치 거대한 나대를 마구잡이로 휘둘러 잘라 낸 것처럼 주변에 흩어졌고, 분수에는 금이 갔다.

이윽고 바람이 멎자 하얀 빛으로 된 문은 공기에 녹아들듯이 사라졌다.

"……모니카?"

모니카의 뒤에서, 케이시의 목소리가 들렸다.

그 목소리는 동요한 듯 쉬었고 떨렸다.

"……지금 그건 뭐야……? 게다가…… 아까…… 칠현인이
라고……."

모니카는 케이시를 돌아보지 않은 채, 분수와 마주했다.

"……숨기는 게 있던 건, 케이시만이 아니에요."

지금의 모니카는 그렇게 말하는 게 최선이었다.

무엇보다 지금은 아직 해야 할 일이 있다. 함정을 파괴했으니
다음은 진짜 목표── 학원 전체를 덮은 대규모 방어 결계를 고
쳐 써야 한다.

분수 밑바닥에 새겨진 결계 마술식은 모니카가 저도 모르게 감
탄해서 숨을 내쉴 만큼 훌륭했다.

역시 '결계의 마술사' 루이스 밀러가 시간을 들여서 만든 결
계답다.

이 섬세한 결계 구성 기술은 일류 건축 기술에 가깝다. 루이스
도 모니카와는 다른 의미로 굉장한 천재인 거다. 성격은 좀 그렇
지만.

마술식에는 고쳐 쓰기 방지용 더미 술식이 다수 들어가 있었
다. 먼저 그걸 해제하지 않으면 결계를 고쳐 쓸 수 없다.

"모니카! 서쪽 창고의 마력이 장난 아니야! 폭발 직전이라고!"

지금 모니카에게는 네로의 고함소리도 들리지 않았다.

한껏 뜬 눈에 비치는 건 복잡하고 난해한 마술식. 모니카는 수식을 풀듯이 해독해 나갔다.

(더미 술식 분석, 해제 완료. 결계 좌표 지정. 결계 발동 조건을 '외부 공격'에서 '내부 공격'으로 변경. 대(對) 불 속성으로 한정. 산소를 배제. 그 뒤에는 오로지 압축, 압축, 압축…….)

그것은 정령왕 소환 같은 화려한 마술이 아니라 수수하고 조용한 싸움이었다.

루이스의 방어 결계를 완전히 파악한 모니카는 그걸 학원 전체를 보호하는 크기에서 '나염'을 덮는 정도로 압축했다. '나염'은 손바닥에 올라가는 크기라 결계가 아주 작아도 된다.

(…………다 됐다!)

고쳐 쓰기가 끝나자마자 서쪽 창고 선반 아래에 설치된 '나염'이 폭발했다.

마치 무수한 용수철을 아슬아슬할 때까지 오므렸다가 일제히 튀어나가듯이 불꽃이 소용돌이를 그리며 퍼졌다.

그 불꽃은 근처에 있는 인간을 꿰뚫고 화약에 인화되어 대참사를 일으켜야 했다……. 그러나 모니카가 고쳐 쓴 극소 결계에 전부 막혀 버렸다.

원래 결계란 인간의 생명 유지를 위해 필요한 산소 등은 통과하게 만든다. 그러나 모니카는 일부러 산소를 통과시키지 않게 설정했다.

알코올램프의 불에 뚜껑을 덮어서 불을 끄는 것과 같은 원리다. 결계 안에서 산소를 잃은 '나염'은 거짓말처럼 그 기세가 점점 사그라들었다.

모니카는 감지 술식으로 '나염'의 불이 완전히 꺼진 것을 확인하고 깊은 한숨을 내쉬었다.

"'나염' 무력화…… 완료."

모니카는 그렇게 말하고는 그 자리에서 쓰러졌다.

정령왕을 소환한 데다 대규모 결계를 고쳐 쓰느라 모니카의 마력이 바닥을 드러낸 것이다.

네로는 어깨 위에 멍하니 있는 케이시를 바닥에 내려놓고는 의기양양하게 웃었다.

"어때. 이 몸의 주인님, 굉장하지?"

에필로그 부드러운 벽

"어~이, 모니카. 의식은 있냐?"

분수 잔해 속으로 쓰러진 모니카는 헥헥, 하고 거친 숨을 내쉬면서 네로의 질문에 답했다.

"……어, 어찌어찌."

"오, 굉장하구만. 마력이 텅텅 비었잖아."

"……응. 이렇게나 쓴 거, 오랜만……."

기본적으로 모니카가 전투를 벌이는 스타일은 마력 소비를 최소한으로 하고 정확한 컨트롤로 적을 치는 것이다.

그러나 재생력이 높은 '가시나무의 마녀'의 장미 우리를 파괴하려면 어쩔 수 없이 최대 위력의 마술을 사용할 수밖에 없었다.

모니카는 지금은 그저 이 피로에 몸을 맡기고 자고 싶었지만 아직 해야 할 일이 남았다.

모니카가 천천히 일어나자, 케이시가 매우 지친 표정으로 힘없이 웃었다.

"하하, 환심을 사는 것만 생각하다가 모니카의 정체를 간파하지 못했네……. 모니카를 제대로 보지 않았던 내 패배야."

"케이시……."

케이시는 증오도 분노도 아닌, 모든 걸 포기한 표정으로 쓸쓸하게 웃었다.

"표정이 왜 그래? 나는 너를 속인 나쁜 녀석이잖아."

케이시가 모니카에게 친절하게 군 건 펠릭스에게 접근하기 위해서였다.

실제로 그건 성공했다. 모니카의 곁에 있었기에 케이시는 학생회 임원의 일정을 알게 되어 이렇게 암살 계획을 실행했으니까.

……모니카는 케이시에게 이용당한 거다.

"그래도, 저는……."

모니카는 교복 가슴팍을 움켜잡고는 가슴속에서 솟아난 말을 꺼냈다.

"케이시가 승마를 가르쳐 준다고 말했을 때, 무척…… 무척 기뻤어요."

설령 케이시의 언동이 전부 모니카를 이용하기 위해서였다고 해도, 모니카는 케이시를 미워할 수 없었다.

생선튀김을 빵에 끼워서 호쾌하면서도 맛있게 먹던 케이시를.

클로디아와 라나가 험악해지면 은근슬쩍 중재하던 케이시를.

자수를 놓은 예쁜 손수건을 펼쳐서 수줍게 웃던 케이시를.

모니카는 좋아했다.

"……안 돼, 모니카."

케이시는 눈을 감고 부드럽게 고개를 내저었다.

"나는 전하의 목숨을 노린 악인이니까…… 제대로 미워해야지."

왕족 암살을 꾸민 이상, 케이시와 그 일족은 처형을 피할 수 없다.

(……처형.)

그 한마디를 떠올린 모니카의 등골이 순식간에 차가워졌다.

쿵쾅쿵쾅 시끄러운 심장을 옷 위에서 누르며 달래자, 네로가 하늘을 올려다보며 혀를 찼다.

"이봐, 모니카. 위험한 녀석이 와. 이 몸은 숨겠어."

그렇게 말한 네로가 재빨리 몸을 돌렸다. 아마 나무 뒤에서 고양이 모습으로 변신하려는 것이리라.

늦든 빠르든 결계를 멋대로 조작한 이상 그 사람이 오리라는 건 알고 있었다.

모니카는 휘청거리면서도 제대로 지면을 디디고 서서 하늘을 올려다봤다.

아득한 상공에 작은 흑점이 보였다. 그게 어마어마한 속도로 이쪽을 향해 다가오는데…… 과연 착지를 하긴 하려는 걸까?

불길한 예감이 든 모니카가 몇 발짝 물러났다.

몇 초 후, 상공에서 두 개의 그림자가 내려왔다――. 지면에 꽂힐 기세로 빙글빙글 회전하면서.

그림자 중 하나, 메이드복의 미녀는 직립 자세로 고속 회전하더니 지면에 무릎까지 처박으면서 착지했다.

한편, 그 뒤에 있던 다른 그림자는 지팡이를 휘둘러 아슬아슬하게 몸을 띄우고 지면에 박히는 걸 피했다.

"이이이이이이 망할 바보 메이드! 착지 방법을 개선하라고 그렇게나 말하지 않았습니까."

"토네이도 킥 착지법이라 이름 붙였습니다. 공격력이 높으면서도 매우 스타일리시하죠."

"지면에 무릎까지 박혔는데 스타일리시고 나발이고 없잖습니까."

금실 자수가 놓인 로브를 입은 긴 땋은 머리의 남자——'결계의 마술사' 루이스 밀러는 큰 소리로 혀를 차면서 주변을 돌아봤다.

그리고 장미와 분수 잔해 속에 선 모니카를 보고는 깊은 한숨을 내쉬었다.

"……나의 결계가 끔찍한 꼴이 났기에 낌새를 보러 왔더니…… 역시 범인은 당신이었습니까, 동기님."

"오, 오랜만입니다. 루이스 씨."

모니카가 고개를 꾸벅 숙이자, 루이스는 모니카의 얼굴을 빤히 보더니 의아하다는 표정을 지었다.

"어라, 웬일이죠. 마력이 다 떨어진 모양이군요. 당신이 그렇게까지 마력을 소모한 모습을 본 건 처음인데요. 익룡 무리를 섬멸할 때도 멀쩡했으면서."

루이스는 단안경 속에서 험악한 눈을 가늘게 뜨더니 조금 떨어진 곳에 선 케이시를 바라봤다.

"그쪽 아가씨는…… 이 학원 학생으로 보입니다만, 적입니까? 아군입니까?"

모니카가 우물거리자, 케이시는 가볍게 어깨를 으쓱하고는 태연하게 말했다.

"적이야. 펠릭스 전하를 암살하려다 실패한…… 바보 같은 적이지."

"그렇습니까. 린, 구속하세요."

루이스가 한마디로 명하자, 메이드복을 입은 미녀는 무릎까지 박힌 다리를 지면에서 쑥 뽑고 케이시의 손을 뒤로 돌려 구속했다.

케이시는 거스르지 않고 얌전히 따랐다.

"그럼, 동기님. 당신에게 멀쩡한 구두 보고는 기대하지 않습니다만…… 상황 설명을 부탁해도 될까요?"

"그게, 불꽃놀이용 화약 반입 작업을 하던 서쪽 창고에 '나염'이 설치되어 있었어요."

'나염'이라는 말을 듣자 루이스가 인상을 찌푸렸다. 루이스도 그 마도구의 무서움을 충분히 아는 것이리라.

하물며 근처에 화약이 있었으니 그 위력이 두려운 것은 당연하다.

"그래서, 그게, 저의 방어 결계로는 완전히 막을 수 없을 것 같아서, 루이스 씨의 결계를, 빌렸어요."

"방어 결계 주변에는 '가시나무의 마녀' 님의 함정이 설치되어 있지 않았나요?"

"……정령왕을 소환해서 파괴했어요."

"방어 결계 자체에도 고쳐 쓰기 방지용 더미 술식을 잔뜩 깔아 놨을 텐데요?"

"저, 그런 걸 간파하는 게 특기라서…… 앗, 그래도, 더미를 간파하는 데 1분 가까이 걸렸어요. 정말이에요!"

"1분…… 그걸 1분……? 내가 한 달 걸려서 짠 술식을, 1분 만에?"

모니카의 말을 듣자, 루이스는 공허한 눈으로 뺨을 실룩거렸다.

"앞으로 내 결계를 누군가가 고쳐 쓰는 사건이 발생한다면 맨 먼저 당신을 의심하겠습니다."

"에엣?!"

"누구나 할 수 있는 게 아니라는 뜻입니다.

'누가 할 수 있겠냐고, 젠장할.' 그런 대단히 뒤숭숭한 중얼거림이 마지막에 들린 것 같았지만 모니카는 못 들은 척했다.

루이스 밀러는 기품 있는 척하지만 속은 은근히 뒤숭숭한 남자다.

"대략적인 사정은 파악했습니다. 그런데 제2왕자에게는 아직 정체를 안 들켰습니까?"

"네, 넷. 들키지 않았……을, 거예요."

"좋습니다. 그럼 '나염'은 이쪽에서 비밀리에 회수하기로 하죠. 그쪽 아가씨 신병도 이쪽에서 맡아 두겠습니다. 당신은 계속해서 제2왕자의 호위를……."

"저, 저기!"

루이스의 말을 가로막은 모니카가 목소리를 높였다.

모니카답지 않은 태도에 루이스는 "뭡니까?"라며 눈살을 찌푸렸다.

"케, 케이시는…… 그쪽 사람은, 어떻게 되나, 요!"

"사정 청취를 해서 암살에 관여한 인간을 모조리 불게 할 겁니다. 입이 너무 무겁다면 정신 간섭 마술을 쓰겠지요."

자백을 강요하거나 순종하도록 정신에 간섭하는 마술은 기본적으로 준금술이다.

흉악범 심문 등 특정 조건에서만 사용이 허가되는데, 정신 간섭 마술은 피술자의 정신에 커다란 대미지를 준다. 최악의 경우, 두 번 다시 의식을 되찾지 못할 수도 있다.

모니카의 안색을 보고 무슨 말을 하고 싶은지 짐작한 루이스는 차가운 눈빛으로 살짝 웃었다.

"정신 간섭 마술 사용에 저항이 있는 모양이군요? 하지만 두 번 다시 의식을 못 되찾는 편이 오히려 행복할지도 모릅니다만? 왕족 암살 미수라면 극형을 받는 건 당연하니 의식이 없는 채로 처형당하는 게 괴롭지 않게 끝납니다."

케이시의 얼굴이 순식간에 새파래졌다.

모니카는 입안에 고인 침을 삼키고는 떨리는 몸을 채찍질하면서 루이스를 똑바로 올려다봤다.

"루, 루이스 씨는, 제1왕자파, 죠?"

"뜬금없이 뭡니까?"

"대답해, 주세요."

루이스는 예리한 눈초리로 모니카의 얼굴을 탐색하듯 바라봤다.

평소였다면 바로 눈을 돌리고 고개를 수그렸을 '침묵의 마녀'가 지금은 루이스를 똑바로 올려다보았다.

그 사실이 루이스를 흥미롭게 만든 모양이다.

"네, 그렇죠. 나는 제1왕자 라이오넬 전하와 학우였으니까요. 제1왕자파라고 해도 문제는 없겠죠. 하지만 오해하지는 마세요. 나는 무슨 수를 써서라도 제1왕자가 왕이 되었으면 좋겠다고 바라진 않습니다."

"……네?"

틀림없이 '라이오넬 전하야말로 차기 국왕에 어울린다!'라고 말할 줄 알았던 모니카는 조금 맥이 빠졌다.

그런 모니카에게 루이스가 한마디 했다.

"내가 제1왕자파를 자칭한 건 크록포드 공작과 제2왕자가 마음에 안 들기 때문입니다."

"…………."

참으로 루이스다운 이유였다.

그러나 루이스가 제1왕자의 친구인 건 사실이다. 그 사실을 확인한 모니카는 다음 수를 뒀다.

"케, 케이시는, 랜들과 연결고리가 있는, 제1왕자파예요."

루이스의 눈썹이 꿈틀 움직였다. 모니카는 곧장 말을 이었다.

"랜들과 관련 있는 제1왕자파가, 제2왕자의 암살을 꾸몄다는 사실이 밝혀지면…… 제1왕자파가, 불리해지겠, 죠?"

제2왕자 암살 미수 사건이 밝혀지면, 제1왕자 진영은 압도적으로 불리해진다.

그걸 모니카가 지적하자, 루이스는 입꼬리를 올리면서 눈을 가늘게 떴다.

"정치 싸움에 무관심하던 당신이 내게 그런 거래를 하는 날이 올 줄은 생각지도 못했습니다……. 정말 깜찍하네요."

"펠릭스 전하도, 그 누구도 암살 미수 사건을 몰라요. 아는 건 저와 케이시뿐이에요."

"그러니까 암살 미수 사건 자체를 없었던 걸로 하자?"

"…………."

모니카는 그렇게까지 뻔뻔한 생각은 안 했지만 어떻게든 케이시가 처형당하는 걸 피하고 싶었다.

루이스는 필사적으로 물고 늘어지려는 모니카를 설득하는 말투로 말했다.

"제1왕자파도 모두 같은 의견인 건 아닙니다. 제1왕자도 그 어머님도 굳이 따지자면 왕위에 흥미가 없는 분들이거든요. 정정당당함을 좋아하고 암살 같은 건 절대로 바라지 않죠……. 하지만 제1왕자를 지지하는 사람이 모두 그렇다고 할 수는 없어요."

거기서 말을 끊은 루이스가 케이시를 차갑게 노려봤다.

"제2왕자 암살 미수라는 쓸데없는 짓을 하는 바보는 비밀리에 숙청해야 해요."

"비, 비밀리에 사건을 정리한다면, 다른 방도가 얼마든지 있을, 거예요.”

모니카는 입술을 악물고는 울상을 지으며 루이스를 노려봤다.

이때, 루이스 밀러는 머릿속으로 몰래 주판을 튕기고 있었다.

루이스로서는 케이시에게 정신 간섭 마술을 걸어 과격파의 이름을 자백하게 하고, 이후에 관계자 전원을 숙청해 버리는 게 뒤탈이 없어서 좋다.

하지만 그랬다간 앞으로 모니카의 협력은 얻지 못하게 된다.

‘침묵의 마녀’ 모니카 에버렛의 힘은 본인이 생각하는 것 이상으로 강대하다. 그런 모니카의 협력을 잃는 건 너무나도 아깝다.

루이스는 각각의 경우를 저울질한 끝에 하나의 결론을 냈다.

“이 아가씨가 솔직하게 모든 걸 자백한다면 정신 간섭 마술은 안 쓰겠다고 약속하죠. 신병은 수도원행. 두 번 다시 사교계로는 못 나옵니다.”

루이스가 최대한 양보해 주자, 모니카는 깊이 고개를 숙였다.

“감사합니다, 루이스 씨.”

“그 대신 당신은 앞으로도 제2왕자 호위 임무에 협력해 줘야 합니다.”

“네!”

망설임 없이 끄덕인 모니카가 루이스의 말을 의심 없이 믿었다. 이건 안 좋은 경향이다.

루이스가 모니카를 제2왕자 호위로 고른 이유 중 하나는 모니카가 인간을 믿지 않는다는 점이다.

'침묵의 마녀'는 인간을 두려워하고, 아무도 믿지 않고, 누구에게도 마음을 열지 않는다. 그렇기에 모니카를 호위로 지명했다.

타인을 간단히 신용하는 사람은 호위 임무를 맡을 수 없다.

"……너무 인정에 얽매여있군요."

"네?"

루이스는 모니카의 미간에 검지를 척 대고는 얼굴을 들여다봤다.

"당신은 칠현인 중 한 명인 '침묵의 마녀' 모니카 에버렛…… 세렌디아 학원의 학생, 모니카 노튼 신분은 일시적인 겁니다."

모니카의 어깨가 움찔 떨렸다.

"부디 그 사실을 잊지 마시길."

"……네."

수긍하는 모니카의 시선은 갈팡질팡했다.

그 태도를 본 루이스는 작은 불안감을 품을 수밖에 없었다.

＊＊＊

(다행이다…… 일단 케이시가 처형당하는 것만큼은 피한…… 것 같아.)

모니카는 남몰래 가슴을 쓸어내렸다.

루이스는 머리가 좋은 데다 언변도 뛰어난 남자다. 교섭이 서툰 모니카가 간단히 구워삶을 상대가 아니다.

그런 루이스에게서 양보를 얻어 냈으니 모니카에게는 좋은 결과였다.

루이스는 케이시를 구속한 린에게 빠르게 지시를 내렸다.

"린, 그쪽 영애를 근처에 있는 마법병단 주둔소로 호송하세요. 내 이름을 꺼내면 방을 마련해줄 겁니다."

"알겠습니다. 루이스 님은 어쩌실 겁니까?"

"이 원형도 남지 않은 결계를 어떻게든 해야죠."

린이 묻자, 루이스는 산산조각 난 분수를 턱짓으로 가리켰다.

모니카가 빌린 결계는 '나염' 용으로 바뀌어 버렸기에 학원 전체를 방어하는 기능을 잃었다. 확실히 이대로 내버려 둘 수는 없었다.

그게 아니더라도 분수와 장미 잔해로 눈에 띄게 처참한 상황이다.

모니카가 미안하다는 듯이 움츠러들자, 린에게 구속당한 케이시가 모니카를 보며 입을 열었다.

"모니카."

모니카의 어깨가 움찔 떨렸다.

이게 케이시와의 마지막 대화라는 건 모니카도 알고 있었다.

이제 케이시는 두 번 다시 학원에 못 돌아온다. 하지만 모니카는 케이시에게 뭐라 말해야 좋을지 몰랐다.

미안하다고도, 안녕이라는 말도 못한 채, 모니카는 미아가

된 듯한 얼굴로 케이시를 바라봤다.

케이시는 눈썹을 내리고는 곤란한 듯 웃었다. 당장에라도 어쩔 수 없네, 라고 할 것 같은 웃음이었다.

"'미안해'라고도 '고마워'라고도 하지 않을 거야. 나는 제2 왕자 암살을 꾸민 인간이고 모니카의 적이니까."

"…………"

"나는 모니카의 친구 같은 게 아니니까 그런 표정은 짓지 마."

모니카는 그 말을 듣고 처음으로 자신이 이를 악물었다는 걸 깨달았다.

콧속이 찡하다. 눈이…… 따갑다.

히끅, 하는 소리가 난 순간, 눈에서 눈물이 주르륵 떨어졌다.

"적을 위해서 울면 안 되잖아."

"그치, 만………… 저, 는…………."

"착해 빠진 칠현인님이네. 그래서는 언젠가 적에게 뒤통수를 맞을 거야."

어이없어하는 말투도, 웃음도, 배려심 많고 남을 잘 돌봐주는 평소 케이시 그대로였다.

"확실히 미워해야지. 그러지 못하겠다면 나에 관한 건 잊어버려."

"……싫, 어요."

모니카는 붕붕 고개를 내저었다.

"절대로, 잊지, 않아요."

"곤란한 칠현인님이네……."

　케이시는 역시 곤란하다
는 얼굴로 하하 웃었다.

　모니카가 훌쩍훌쩍 콧물
을 삼키자, 케이시는 린에
게 "빨리 데려가."라고 말
을 걸었다.

　린이 살짝 끄덕이고는 시
선을 내리깔았다.

　그 순간, 린과 케이시의
몸이 바람 결계에 휩싸였
다. 결계는 그대로 공중을
날아서 호송처까지 이동하
리라.

　그때, 케이시가 뭔가 떠
올린 듯이 고개를 들어서
모니카를 돌아봤다.

　"아, 맞다. 난 내가 한 일
을 사과할 생각은 없어. 하
지만…… 이것만은 전하고
싶어."

　눈물 젖은 모니카의 시야
사이로 케이시가 쓸쓸하
게 웃었다.

　"승마랑 자수를 가르쳐
주기로 한 약속…… 못 지
켜서 미안해."

　케이시는 그렇게 말하고
이번에야말로 모니카에게
서 등을 돌렸다.

　린과 케이시의 몸이 두둥
실 떠올랐다. 모니카는 그
뒷모습을 눈에 새겼다.

　케이시는 이제 모니카를
보지 않았다. 그저 등을 돌
리고 마지막으로 한마디
를 남길 뿐이었다.

　"잘 있어, 모니카."

　여느 때처럼 칠현인님이
아닌 모니카라 부르고 이
내 케이시가 멀어졌다.

케이시가 사라진 뒤로도 모니카가 여전히 하늘을 올려다보자, 루이스가 분수 잔해를 치우며 혼잣말을 중얼거렸다.

"당신은 적절하게 감정을 해소하는 법을 익혀야겠군요."

"……그런 건, 서툴, 러요."

"적당한 잔챙이에게 화풀이를 하며 해소해 보세요."

그걸 망설임 없이 실행에 옮기는 건 루이스 정도이리라.

모니카가 교복 소매로 눈물을 닦자, 루이스는 깨끗한 손수건을 모니카의 얼굴에 꾹꾹 문지르고는 다시 분수 쪽으로 돌아갔다.

"나는 어디 사는 무지막지한 마녀가 엉망진창으로 만든 결계를 복구하느라 바쁩니다. 도와주지 않을 거라면 당장 가세요. 조금 전에 떠난 영애는 내가 적당히 얼버무릴 테니까요."

"……손수건."

"생일에 아내에게 받은 겁니다. 나중에 빨아서 다림질해 놓으세요."

"…………네에."

루이스다운 모습을 보고 모니카는 콧물을 삼키면서 눈썹을 내리고 웃었다.

* * *

모니카는 울어서 부은 눈이 어느 정도 가라앉기를 기다렸다가 학생회실로 향했다.

아직 눈가가 조금 빨갰지만 늘 고개를 숙이고 있으니 들키진 않으리라.

마력이 텅 비면 인간은 빈혈과 비슷한 증상을 일으킨다. 지금의 모니카가 딱 그랬다.

무거운 몸을 끌면서 느릿느릿 복도를 걸어간 모니카는 학생회실 문을 열었다.

학생회실에는 모니카 이외의 임원 전원이 모여 있었다. 아무래도 반입 작업은 모두 끝난 모양이다.

모니카가 뭐라 말을 걸지 고민하는데, 펠릭스가 걱정스레 바라봤다.

"시릴에게 들었어. 목재가 쓰러졌다지? 너와 친구는 다친 데 없니?"

"네, 네에. 괜찮, 아요……."

"그래. 오늘은 일반 업무가 없으니까 다들 이만 해산해도 돼. 나도 이 뒤에 용무가 있으니까."

모니카는 몰래 안도의 한숨을 내쉬었다. 솔직히 이제 서 있는 것도 한계다.

(으으…… 머리가, 어질어질해…….)

끊어질 듯한 의식을 어떻게든 유지하려 하자, 닐이 걱정스레 모니카를 바라봤다.

"저기, 괜찮나요? 노튼 양."

"……녜에."

"이미 대답 소리부터 괜찮지 않은데요?!"

다른 학생회 임원은 모두 돌아갈 준비를 시작했다.

펠릭스는 용무가 있다고 한대로 바로 방을 나갔고, 브리짓도 바로 기숙사로 돌아갔다.

시릴은 문단속을 했고, 엘리엇은 모니카를 힐끔힐끔 바라봤지만 금방 고개를 돌려서 방을 나갔다.

(마력이 떨어진 건, 오랜만이라, 감각이…….)

아무튼 문단속을 방해하지 않게 방을 나가야…… 멍하니 그렇게 생각한 모니카는 무거운 발을 움직였다.

그러자 아래를 보던 모니카의 머리에 뭔가 툭 부딪혔다. 벽치고는 부드럽다.

"…………이봐."

뭔가 낮은 목소리가 들렸다.

그러나 모니카는 머리 위에서 들리는 목소리에 제대로 대답하지 못한 채, 기분 좋은 느낌에 휩싸여 숨을 내쉬었다.

이 벽에 기대고 있으면 마력이 조금이나마 회복된다. 게다가 맞닿은 뺨이 서늘해서 기분이 좋은 듯한…….

"노, 노튼 양! 노튼 양!"

닐이 초조해하며 모니카의 어깨를 흔들었다.

그 목소리를 듣고 모니카가 고개를 확 들자, 이쪽을 내려다보는 시릴과 눈이 마주쳤다. 모니카가 기댄 벽은 시릴의 등이었던 거다.

모니카는 허둥지둥 뒷걸음질 치면서 시릴에게 고개를 숙였다.

"죄죄죄, 죄송, 합니다! 조금, 멍하니, 있어서!"

모니카는 그제야 떠올렸다.

시릴 애슐리는 마력이 모이기 쉬운 체질이다. 그렇기에 브로치형 마도구로 과도하게 모이는 마력을 밖으로 배출하고 있다.

즉, 시릴 주변은 다른 곳보다 마력 농도가 조금 높다.

마력이 고갈된 모니카의 몸은 무의식적으로 마력을 원해서 마력이 짙은 시릴에게 다가간 모양이다.

이건 혼날 일이다, 분명 고함칠 거다.

모니카는 노성을 각오하고 눈을 꼭 감았지만, 아무리 지나도 시릴의 고함 소리가 들려오지 않았다.

조심조심 올려다보자 시릴은 미간에 주름을 잡고, 입술을 삐죽이면서 뭔가 복잡한 표정을 짓고 있었다.

"시릴 님?"

"…………크 ……………음."

시릴은 뭔가 말하려다가 갑자기 고뇌하는 표정을 짓더니 세차게 고개를 숙였다.

그 행동에 모니카는 물론이고 옆에 있던 닐도 깜짝 놀랐다.

"시릴 님?"

"부, 부회장님?"

모니카와 닐이 조심조심 말을 걸자, 시릴이 씁쓸하게 말했다.

"미안하다."

시릴이 모니카에게 사과했다.

모니카는 혼란에 빠졌다.

혹시 사과 대상이 자신이 아니라 닐인가 싶었지만, 시릴의 몸은 틀림없이 모니카를 향하고 있었다. 시릴은 모니카에게 사과한 거다.

"저기, 시릴 님, 고개, 들어, 주세요. 왜, 왜 시릴 님이, 사과하시는 건가요!"

"……물건을 반입할 때 개수 확인에만 정신이 팔려서 밧줄이 제대로 고정됐나 확인하지 못했다. 그 사고는 내 확인 실수에서 비롯된 거야."

"그, 그건……!"

시릴은 아무 잘못이 없다. 애초에 그 밧줄에 상처를 낸 건 케이시니까.

그러나 모니카가 케이시를 감싼 바람에, 그 사고가 시릴의 부주의로 일어난 일이 되었다.

(나 때문에 시릴 님이 잘못한 게 됐다고?)

그걸 깨달은 순간, 모니카의 온몸에서 핏기가 싹 가셨다.

머릿속에 여러 감정이 뒤죽박죽 엉켜서 생각이 정리되지 않았다.

"시릴 님은………… 잘못이 없……!"

그렇게 말을 꺼낸 순간, 한 번 그친 눈물이 펑펑 쏟아졌다. 눈물샘이 터진 것처럼 눈물이 멈추지 않았다. 덤으로 오열과 콧물도.

"……으, 으엥, 히끅…… 흐, 에에에엥……."

갑자기 모니카가 울기 시작하자 시릴과 닐이 허둥댔다.

"이, 이봐. 노튼 회계!"

"노튼 양, 그게, 저기, 지지지지진정하세요!"

시릴과 닐이 말을 걸었지만 모니카의 눈물은 멈추지 않았다.

시릴이 머리를 감싸 쥐며 외쳤다.

"사과는 내가 했는데 왜 네가 우는 거냐?!"

"죄송, 합니, 다…………. 흐윽, 으, 에에엥…… 히끅, 죄
송, 합니다…… 죄송합, 니다……."

모니카는 그 자리에서 힘없이 쪼그려 앉아 훌쩍훌쩍 콧물을
훔쳤다.

이건 슬퍼서 나는 눈물이 아니다. 죄책감 때문에 나오는 눈
물이다.

(속여서 죄송해요. 잔뜩, 잔뜩 거짓말해서 죄송해요.)

그렇게 웅크린 채 울고, 울고, 또 울고…… 그러다가 어느새
모니카의 의식은 어둠 속에 잠겼다.

"자, 잠든, 건가?"

"울다 지쳐서 잠든 모양이네요."

모니카는 눈물에 젖어 엉망이 된 얼굴로 웅크린 채 새액새액
숨소리를 내고 있었다.

시릴과 닐은 갈피를 잡지 못해 얼굴을 마주 볼 뿐이었다.

그리고 10분 뒤.

"……그래서 왜 나를 부른 걸까?"

학생회실에 불려온 클로디아 애슐리는 가뜩이나 음침한 얼굴을 더욱 어둡게 물들이면서 자신을 불러낸 오빠를 빤히 바라봤다.

시릴은 소파에서 잠든 모니카를 보고는 거북한 표정으로 말했다.

"노튼 회계가 일어나면 기숙사까지 바래다줬으면 한다. 우리가 여자 기숙사로 들어갈 수는 없잖아."

"……나는 심부름꾼이 아닌데?"

여동생의 신랄한 말에 시릴이 으극, 하고 말문이 막히자, 닐이 곤란한 표정으로 클로디아를 올려다봤다.

"저기, 안 될까요…… 클로디아 양?"

"신경 쓰지 마. 나와 모니카는 절친한 친구니까. 친구를 기숙사까지 바래다주는 건 당연한 일이야."

아무렇지 않게 손바닥 뒤집듯 말을 바꾸는 모습을 본 시릴이 뺨을 실룩거렸지만, 소파에서 새근새근 숨소리를 내며 잠든 모니카를 보며 노성을 꾹 참고 묵묵히 모니카에게 자신의 겉옷을 덮어 주었다.

그것은 연심과도 같은

It was like a love...

학생회실을 나온 펠릭스는 주변에 사람이 없는 걸 확인하고는 주머니에 손을 넣었다.

하얀 도마뱀으로 변신해 있던 윌디아누가 주머니에서 나오자, 펠릭스는 주변을 경계하며 조용히 말을 걸었다.

"아까 정령왕이 소환됐다고 말했었지?"

"네. 주변에서 정령왕 소환문이 열린 게 느껴졌습니다."

"직원실에 숨어서 교사들 사이에서 그 일이 화제가 되지 않았나 조사해 줘."

아무리 학생회장이라고 해도 용건이 없는데 직원실에 있으면 부자연스럽다. 그렇다면 눈에 띄지 않고 침입할 수 있는 윌디아누가 적임자다.

"마스터는 어쩌실 겁니까?"

"나는 밖에 이상이 없는지 돌아보겠어."

"알겠습니다. 무슨 일이 생기면 바로 불러 주세요."

윌디아누는 펠릭스의 주머니에서 기어 나와서 그대로 재빠르게 사사삭 복도 벽을 타고 이동해 직원실로 향했다. 펠릭스는 그걸 배웅하고 건물 밖으로 나왔다.

펠릭스는 공교롭게도 감지 마술을 터득하지 못해서 감에 의존해 조사할 수밖에 없다……. 그러나 딱 한 곳, 꼭 봐 두고 싶은 곳이 있었다.

──그것은…… 구 정원. 펠릭스는 그 구 정원 분수에 학원을 보호하는 대규모 결계가 설치된 것을 알고 있었다. 펠릭스는 그 마술식에 흥미가 있어 일부러 구 정원 열쇠를 복사해서 드나들고 있었다.

칠현인 중 한 명, '결계의 마술사' 루이스 밀러가 만든 대규모 결계 술식은 잘 모르는 사람이 봐도 가히 예술품에 가까웠다. 그렇게나 복잡하고 정교한 마술식은 흔히 볼 수 있는 게 아니다.

(만약에 정령왕이 소환되는 비상사태가 벌어졌다고 치고…… 학교가 외부에서 공격을 받았다면 결계가 발동했을 거야.)

아무튼 결계를 확인해 두는 건 나쁘지 않다. 그렇게 생각한 펠릭스는 구 정원으로 향했다.

구 정원으로 이어지는 문이 열렸고 지면에 자물쇠가 떨어져 있었다. 자물쇠를 주워 든 펠릭스는 놀라서 눈을 크게 떴다.

믿을 수 없게도 자물쇠는 깔끔하게 싹둑 잘려 있었다. 그 아름다울 정도로 깔끔한 단면은 이게 시간이 지나며 자연스럽게 끊어진 게 아님을 의미했다.

(미약하게 탄 흔적이 있어……. 화염 마술로 태워서 잘랐다? 하지만 금속을 이렇게나 깔끔하게 끊어내는 건 쉽게 할 수 있는 일이 아니야.)

펠릭스는 심각한 표정으로 구 정원 안으로 시선을 돌리고는 발소리를 죽인 채 신중히 안으로 들어갔다.

진달래 덤불을 돌아서 도착한 곳은 조금 트인 광장 같은 모습에 중앙에는 쓰지 않는 분수가…… 있어야 했다.

그러나 그곳에 있는 건 분수 잔해였다. 사이사이에 장미 덩굴과 꽃도 흩어져 있다.

그리고 원래 분수가 있던 자리에는 남자 한 명이 쪼그려 앉아서 뭔가 작업을 하고 있었다.

밤색 긴 머리를 땋은 젊은 남자다. 금실 자수가 들어간 로브를 입고 긴 지팡이를 들었다. 그 모습을 목격한 순간, 펠릭스는 바로 그 인물의 정체를 알아챘다.

저 로브와 지팡이는 칠현인에게만 허락된 물건이다. 하물며 저 긴 땋은 머리는 한 번 보면 잊을 수 없다.

(칠현인 중 한 명, '결계의 마술사' 루이스 밀러? ……어째서 이 사람이 여기에?)

결계 정기 점검이라면 사전에 학원 측에 연락을 했을 거다. 그러나 펠릭스는 그런 연락을 듣지 못했다.

게다가 저 산산조각으로 부서진 분수 잔해와 장미 덩굴은 아무리 봐도 심상치 않다.

(저 분수 밑바닥에는 방어 결계 마술식이 설치됐을 터……. 그게 파괴됐다고? 대체 무슨 일이 있었던 거지?)

루이스는 중얼중얼 영창을 반복하면서 결계를 조정하는 모양이었다.

그때 강한 바람이 불더니 상공에서 메이드복을 입은 젊은 여자가 내려왔다.

'결계의 마술사'는 바람의 상위 정령과 계약했다고 들은 적이 있다. 아마 저 여자가 그 정령이리라.

"루이스 님. 호송 완료했습니다."

"수고했어요. 그럼 다음은 서쪽 창고에 있는 '나염' 의 잔해를 회수해 두세요."

"정말 정령을 험하게 다루시는군요."

"이쪽은 손을 뗄 수가 없거든요. 이 결계…… 완~전히 처음부터 다시 만들어야 합니다. '나염' 을 무효화하려면 어쩔 수 없었다곤 하지만 정말 난폭하게도 일을 저질렀네요."

펠릭스는 그 대화를 듣고는 눈살을 찌푸렸다.

'나염' 이라는 단어를 들은 적이 있다. 살상 능력이 매우 높은 암살용 마도구의 명칭이다.

……그게 서쪽 창고에 설치되었었다?

조금 전까지 서쪽 창고에 있었던 건 다름 아닌 펠릭스다.

(이들의 대화로 추측하건대, 누가 내 목숨을 노렸고 그걸 '결계의 마술사' 가 비밀리에 막았다, 그런 건가?)

그러나 루이스의 말은 본인이 직접 손을 쓴 게 아니라 다른 누군가가 '나염' 을 무효화한 것처럼 들린다.

(……대체 누가?)

펠릭스는 숨죽이고 루이스와 여자의 대화에 의식을 집중했다.

루이스는 진저리가 난다는 표정으로 분수를 내려다보며 중얼거렸다.

"시간이 지남에 따라 자연스레 망가졌다고 하기엔 너무 화려하군요. 과연 어떻게 얼버무려야 할지. 제2왕자를 지키기 위해서라고는 하나 마력 제어를 보조하는 지팡이도 안 쓰고 정령왕을 소환하다니……."

루이스가 깔끔하게 정돈된 머리를 거칠게 흐트러뜨리며 나지막하게 내뱉었다.

"'침묵의 마녀' 님도 참 무모하단 말이죠."

(…………뭐?)

루이스의 입에서 나온 말을 듣고 펠릭스의 심장이 뛰었다.

('침묵의 마녀'가 정령왕을 소환했다? 나를 구했다고?)

펠릭스의 뇌리에 몇 달 전 광경이 되살아났다.

하늘에 열린 문, 하얗게 반짝이는 빛을 두른 바람의 창.

미간을 꿰뚫린 익룡 무리. 눈처럼 조용히 쌓이는 그 거구.

너무나도 조용하고 아름다운 마술.

그걸 사용하던 '침묵의 마녀'가 정령왕을 소환했다고? 펠릭스를 구하려고?

(……보고 싶어.)

정말 좋아하는 영웅 이야기를 들은 소년처럼 펠릭스의 가슴이 크게 뛰었다.

('침묵의 마녀'가 이 근처에 있다고? 우연히 지나간 건가? 아니면 예전부터 학원에 잠입해 있었나? 식전에서 본 바로는 체구가 작은 인물인데…… 아니, 잠깐. 반드시 여성이라고 할 수는 없어. 칠현인 '가시나무의 마녀'도 마녀라고 부르지만 남성이니까, '침묵의 마녀' 역시 남성일지도 몰라. 그렇다면 중등과에 잠입했을 가능성도…… 아니, 역시 교사인가? 아니, 잠깐만. 진정해. 잠입이 아니라 우연히 근처를 지나갔을 수도 있어.)

그 어느 때보다 사고가 앞서가는 것처럼 느껴진다. 그 정도로 펠릭스에게 '침묵의 마녀'란 동경에 가까운 존재였다.

보고 싶다. 만나고 싶다. 무영창 마술을 쓰는 모습을 좀 더 가까이서 보고 싶다.

펠릭스는 저도 모르게 입꼬리가 올라간 입을 손으로 눌렀다.

펠릭스는 후우, 하고 손바닥으로 한숨을 죽이고 자신의 뺨이 어울리지 않게 붉어졌음을 느꼈다.

이건 마치 첫사랑을 찾아낸 소년 같지 않은가.

(아아, 이렇게나 가까이에 있었다니…….)

펠릭스는 크게 울리는 심장을 교복 위로 꾹 눌렀다.

(내가 푹 빠질 만한 것이.)

* * *

"모니카 노튼…… 말인가요?"

사교댄스 교사 린지 페일은 눈을 깜빡이면서 눈앞의 상대를 바라봤다.

린지를 불러 세운 건 선택 수업 체스 강사를 맡은 칼 보이드다.

보이드는 스킨헤드에 엄격한 풍모의 소유자인 거한이다. 수많은 전장을 헤쳐 나와 관록이 묻어나 보이지만 실은 명문 후작가 사람이고 대단히 총명한 인물이다.

그런 보이드가 모니카 노튼에 관해 물어본 것이다.

린지는 턱에 손을 대고는 잠시 고민하다가 입을 열었다.

"얌전하고 성실한 아이예요. 성적은 조금 들쭉날쭉해도……
노력가죠."

"사교댄스 수업에서 재시험을 봤다고 들었는데, 지금도 보충
수업을……?"

"아뇨. 재시험에 무사히 합격해서 보충수업은 없는데……."

어째서 보이드가 모니카의 보충수업을 신경 쓰는 걸까? 린지
가 고개를 갸웃했지만, 금세 그 이유를 깨닫고는 주먹으로 손바
닥을 탁 두드렸다.

"아아, 혹시 그 대회에……!"

"모니카 노튼을 참가시키려고 생각 중이지."

보이드가 진지하게 말하자, 린지가 활기차게 목소리를 높이고
말했다.

"어머, 근사해요! 이제 막 편입했는데 대회 선수로 뽑히다니!"

자신의 반 학생이 인정을 받아 솔직히 기쁘다.

린지가 눈꼬리를 내리며 기뻐하는데 옆에 누군가가 껴들었다.

"……그 아이, 편입생인가?"

린지가 돌아보자, 최근에 부임한 노교사 윌리엄 맥레건이 이쪽
을 보고 있었다.

맥레건은 기초 마술학 담당이다. 모니카 노튼은 기초 마술학을
수강하지 않았는데 어떻게 그 아이를 아는 걸까?

(아아, 맞다. 그 아이는 학생회 임원이니까…… 그래서 맥레건
선생님도 기억하시나 보네.)

그렇게 혼자 납득한 린지는 맥레건에게 미소 지었다.

"네. 고등과 2학년은 모니카 노튼과 글렌 더들리, 이렇게 두 사람이 올해 편입생이에요."

"흐으음, 그래? 그 두 사람이……."

일찍이 마술사 양성기관 미네르바에서 칠현인 '침묵의 마녀', '결계의 마술사'를 지도했던 노교수는 입가를 뒤덮은 하얀 수염을 손으로 어루만지면서 멍하게 중얼거렸다.

"굉장히 재미있어지겠구먼. 역시 이 학원에 오길 잘했어."

* * *

리디르 왕국 왕성 서동(西棟) 최상층에는 칠현인과 국왕의 입실만을 허가하는 비취의 방이라는 곳이 있다.

이 나라에서는 조금 드문 팔각형 방으로 천장은 사치스럽게 유리로 덮였다.

방 중앙에는 원탁 하나와 의자가 여덟 개 놓여 있다. 국왕과 칠현인을 위한 의자다.

그 의자 중 하나에 앉아서 유리로 덮인 천장 너머로 밤하늘을 바라보는 여자가 있었다.

등을 뒤덮을 정도로 길고 부드럽게 흔들리는 은발에 얇은 비단 드레스 위로 로브를 걸친 그 여자는 이 나라 최고 예언자이자 칠현인 중 한 명인 '별을 읽는 마녀' 메리 하비.

밤하늘의 별을 읽고 이 나라 미래를 점치는 마녀는 매우 옅은 물색 눈을 가늘게 뜨고 중얼거렸다.

"아아, 역시…… 몇 번을 해도 안 돼. 어째서 안 보이는 걸까."

은모래를 박은 것처럼 하늘 가득 빛나는 별은 메리에게 이 나라 핵심 인물의 미래를 가르쳐 준다.

그렇건만 메리가 도저히 미래를 볼 수 없는 인물이 있었다.

그 인물이란 국내에서 가장 큰 권력을 가진 크록포드 공작을 조부로 둔 왕자——펠릭스 아크 리디르.

이미 세상을 떠난 제2왕비에게 물려받은 미모를 가지고 사교계에서 많은 사람을 포로로 삼아온 그 아이는 항상 우수한 학업 성적을 거두고, 검술도 승마술도 일류다. 타국 문화나 언어에도 박식해서 외교에서도 이미 일정 성과를 내고 있다.

그 아이라면 분명 역사에 이름을 남길 명군이 되리라고 누구나 입을 모아 말한다.

메리도 사교계에서 왕자를 본 적이 있다. 확실히 그는 걸물이다. 단지 용모가 뛰어난 것만이 아니라 그 행동거지도 화사하다.

그 정도 인물이라면 분명 반짝이는 별 아래에서 태어났을 텐데 무슨 영문인지 메리에겐 그 별이 보이지 않았다.

밤하늘엔 전조를 뜻하는 별이 몇 개 보였다. 가까운 미래, 이 나라에 커다란 사건이 일어나려 했다. 하지만 지금은 아직 별의 광채가 약해서 메리도 그 전조가 의미하는 바가 무엇인지 몰랐다.

"……대체 무슨 일이 일어나려는 걸까?"

중얼거리는 목소리에 대답하는 자는 없다.

별을 읽는 마녀는 은빛 속눈썹을 내리깔면서 조용히 걱정 섞인 한숨을 흘렸다.

지금까지의 등장인물

Characters of the Silent Witch

Characters
Secrets of the Silent Witch

모니카 에버렛

칠현인 중에 한 명인 〈침묵의 마녀〉.
한 번 기억한 도형을 정확하게 재현하는 특기가 있지만 선택 수업에서 그림 과목은 고르지 않았다.
모니카 왈, "그림을 좋아하는 게 아니라, 도형을 좋아하는 거니까……."

루이스 밀러

칠현인 중에 한 명인 〈결계의 마술사〉.
방어 결계를 다루는 데 뛰어나지만 전투 스타일은 매우 공격적. 그가 로브의 장식 천을 잡고 앞섶을 연다면 뒤돌아보지 말고 도망칠 것.

네로

모니카의 사역마.
인간으로 변신할 때 세렌디아 학원 교복을 재현하는 데 성공했다. 그 교복이 자신의 액면가(20대 중반)와 어울리지 않는다는 사실은 깨닫지 못했다.

린즈벨피드

루이스와 계약한 바람의 상위 정령.
요즘 푹 빠진 것은 스타일리시한 착지 방법 연구. 그 스타일리시함의 기준은 아무도 모른다.

펠릭스 아크 리디르

리디르 왕국 제2왕자. 세렌디아 학원 학생회장.
여성의 에스코트도, 꼬치구이 먹는 법도 완벽한 왕자님. 〈침묵의 마녀〉의 굉장한 팬이라고 자칭하지만 그 진의는 베일에 싸여 있다.

엘리엇 하워드

더즈비 백작 영식. 학생회 서기.
신분 계급에 집착해서 신분의 벽을 경솔하게 넘는 자나 자기 책무를 다하지 않는 자를 진심으로 싫어한다. 그건 귀족이든 왕족이든 마찬가지다.

시릴 애슐리

하이온 후작 영식(양자). 학생회 부회장.
동물을 그릴 때면 무조건 동그란 눈에 꾸물꾸물한 형태가 되는 저주에 걸렸다. 본인은 그 그림이 너무나 평범하다고 생각한다.

브리짓 그레이엄

셰일베리 후작 영애. 학생회 서기.
학원 3대 미인 중 한 명으로 꼽히는 미모의 영애. 펠릭스와는 유년기부터 면식이 있는 사이고 댄스나 어학을 가르친 적도 있다.

Characters

닐
크레이
메이우드

메이우드 남작 영식.
학생회 서무.
초절정 미인 약혼자
가 있어 일부 남자에
게 강렬한 질투를 받
는다. 최근에는 글렌
(대형견)의 고정 돌보
미가 되어 버려서 고
생 중.

이자벨
노튼

케르벡 백작 영애.
모니카의 임무 협력
자이기도 한 신바람
연기파 아가씨. 〈침묵
의 마녀〉 토크가 하고
싶은 그녀는 가까이
에 〈침묵의 마녀〉 팬
이 있다는 걸 아직 모
른다.

라나
콜레트

콜레트 남작 영애.
모니카의 반 친구.
아버지가 거상이라
유행에 빠삭하다. 모
니카 정도는 아니지
만 계산 능력이 좋다.
피아노를 치는 것보
다 주판을 튕기는 게
특기.

글렌
더들리

모니카와 같은 시기
에 세렌디아 학원으
로 편입한 청년.
언제나 기운차고 목
소리가 크다(시릴의
노성에 필적한다). 고
깃집 아들이자 견습
마술사. 굉장히 무서
운 스승이 있다.

클로디아 애슐리

하이온 후작 영애.
시릴의 의붓여동생이
자 닐의 약혼자. 다가
가기 힘든 분위기를
가진 미스테리어스한
미인. '식자의 가계 사
람이라 매우 박식하
고 타인에게 의지하
는 걸 싫어한다.

케이시 그로브

브라이트 백작 영애.
승마술이나 자수뿐만
아니라 요리나 사냥
등등 특기가 많다. 나
이프 하나만 있으면
산속에서도 한동안
살아가는 영애지만
여자아이다운 옷이나
소품을 좋아한다.

후기

'사일런트 위치' 2권을 구입해 주셔서 정말 감사합니다.

2권은 웹 연재분 4장~6장에 가필 수정을 더한 내용입니다.

이번 가필 작업도 글자 수와의 싸움이었는데요, 최종적으로는 담당 편집자님이 요청하신 글자 수를 정말 아슬아슬하게 맞춰 초고를 제출했습니다.

코너를 아슬아슬하게 공략하는 스릴이란…… 중독될 것 같네요(굉장히 사악한 얼굴).

웹 연재 때는 최대한 샛길로 안 빠지고 최단거리로 엔딩까지 도달하는 걸 의식하며 집필했습니다만, 단행본에서는 가필을 하게 되어 샛길 에피소드가 늘었습니다.

그 샛길이 등장인물에게 의미가 있었으면 좋겠다고 생각하며 작업했습니다.

그런 의미 있는 샛길을 목표로 한 결과, 그림 실력이 좀 그렇다는 게 드러나고 만 그 사람은…… 저…… 힘내(작은 목소리).

웹 연재 때는 언급하지 않았던 등장인물의 일면을 단행본에서 전해드릴 수 있게 되어 다행입니다.

단행본 사일런트 위치 1권을 보고 느낀 것은 원작의 분위기를 세세하게 생각해 주셨다는 점이었습니다.

특히 감동한 것이 등장인물 소개를 본문 앞이 아니라 뒤에 배치하신 점입니다.

본작은 등장인물이 많은지라 웹에서는 두 장 연재에 한 번꼴로 본문 뒤에 등장인물 소개를 넣었는데 그게 서적에서도 재현되었습니다.

원래는 본문 앞에 등장인물 소개를 넣는 게 일반적일 텐데 굳이 본문 뒤에 배치하다니—— 편집부 여러분이 원작의 분위기를 소중하게 생각해 주신 것 같아 굉장히 기뻤습니다.

담당자님과 협의할 때면 늘 모니카가 어떻게 성장해 나갈지 진지하게 생각해 주신다는 걸 느낍니다.

작가로서 이렇게 감사한 일은 또 없습니다. 정말 고맙습니다.

덕분에 작업이 술술 진행돼서…… 아아~ 가필 즐거웠습니다 (코너 아슬아슬한 곳을 공략하는 사악한 얼굴).

후지미 난나 선생님. 이번에도 아름다운 일러스트로 이야기를 꾸며 주셔서 정말 감사합니다. 표지나 삽화를 볼 때마다 행복한 마음이 듭니다.

본작은 1권부터 등장인물이 많아서 캐릭터 디자인이 굉장히 힘드셨으리라 생각합니다.

모든 인물을 매력적으로 디자인해 주셔서 정말로 감사할 따름입니다. 2권 등장인물들도 굉장히 근사합니다.

모 미스테리어스한 영애의 씨익 하는 미소는…… 이미지에 딱 들어맞아서 감동했습니다.

캐릭터 비주얼 협의 단계에서 제가 찌부러진 만두 같은 그림을 그리고 "이런 느낌으로……"라고 하며 제출했습니다만, 그 찌부러진 만두가 후지미 선생님의 근사한 그림으로 돌아올 때마다 감동하고 있습니다(※ 저의 그림 실력은 동그란 눈의 꾸물꾸물한 그림을 그리는 녀석과 멋지게 승부를 겨룰 정도입니다).

그리고 두 개 정도 광고를 하고자 합니다…….

현재, 트위터에서 사일런트 위치 공식 계정이 활동 중입니다.

후지미 난나 선생님의 컬러 설정화나 새로 쓴 회화극 SS 등이 공개되어 있으니 괜찮으시면 봐 주세요.

또한 본작은 현재 B' s-LOG COMIC에서 만화를 연재 중입니다. 작화는 타나 토비 선생님입니다.

정보량이 많은 초반 설명 파트는 만화로 구현하시기 힘드셨으리라 생각합니다.

그걸 단조롭지 않은 컷 분할과 매력적인 구도로 능숙하게 정리하신 데에는 근사하다는 말밖에 안 나옵니다.

아니, 정말로 그 많은 정보를 1화만에 정리하신 타나 토비 선생님은 대단하다니까요…….

어느 캐릭터나 굉장히 표정이 풍부하고 매력적입니다. 개인적으로는 모니카의 입술이 꾸물꾸물 움직이는 느낌이 굉장히 근사하다고 생각합니다.

만화는 Comic Walker, 니코니코 정화, Pixiv 코믹 등 각종 사이트에서도 보실 수 있습니다. 이쪽도 잘 부탁드립니다.

끝으로 이렇게 무사히 2권을 낸 것은 매력적인 일러스트를 그려 주신 후지미 난나 선생님, 근사하게 만화판을 연재해 주신 타나 토비 선생님, 홍보에 애써 주신 카도카와 BOOKS 여러분, 작품과 진지하게 마주하시는 담당 편집자님…… 그 밖에도 제가 못 본 곳에서 수많은 분이 힘을 보태주신 덕이겠지요.

그 수많은 분들 덕에 이렇게 2권을 낼 수 있었습니다.

2권을 구입해 주신 독자 여러분께도 진심으로 감사 말씀 드립니다. 정말정말 감사합니다.

웹 연재 때 받은 감상, 편집부 앞으로 보내 주신 팬레터 등 하나하나가 다 보물입니다.

종이 펜레터는 근사한 편지지를 고르셔서, 펼칠 때마다 참 멋지다 싶어 싱글벙글합니다.

예쁜 편지지에 적힌 열의 넘치는 감상이 무척 기뻤습니다.

대단히 감사하게도 본작 3권도 전해드릴 수 있게 됐습니다.

열심히 집필 중이니 모니카 일행의 이야기에 또 함께해 주신다면 감사하겠습니다.

이소라 마츠리

사일런트 위치 -침묵의 마녀의 비밀- II

2022년 09월 15일 제1판 인쇄
2022년 09월 20일 제1판 발행

지음 이소라 마츠리
일러스트 후지미 난나

번역 이경인

발행 영상출판미디어(주)
등록번호 제 2002-000003호
주소 21315 인천광역시 부평구 부평대로 283 A동 702호
전화 032-505-2973(代) | FAX 032-505-2982

ISBN 979-11-380-1711-4
ISBN 979-11-380-1204-1 (세트)

SILENT · WITCH Vol.2 CHINMOKU NO MAJO NO KAKUSHIGOTO
ⓒMatsuri Isora, Nanna Fujimi 2021
First published in Japan in 2021 by KADOKAWA CORPORATION, Tokyo.
Korean translation rights arranged with KADOKAWA CORPORATION, Tokyo.